Stephan Reimertz

Papiergewicht

Stephan Reimertz

Papiergewicht

Roman

Luchterhand

In memoriam

Hellmut Becker
1913 – 1993

Antoinette Becker
1920 – 1998

1

Mein Vater fuhr geradeaus. Der Wagen zog schnell über die Straße, die einen Kilometer am Fluß entlang lief. Der Fluß hatte Strudel, und es waren viele darin ertrunken, Mensch und Tier. Mein Vater hatte sogar ein paar gute Schwimmer gekannt, die in dem Fluß ertrunken waren. Ein Luftzug wirbelte mir über die Backe, und ich lauschte dem Sechszylinder-Boxermotor. Die ganze Fahrt über hatte ich versucht, den »*Großen Treck*« weiterzulesen. Das Buch lag aufgeschlagen auf meinem Schoß. Aber in der halben Stunde, die die Fahrt dauerte, war ich nur zwei oder drei Sätze weiter gekommen.

Es war für lange Zeit der letzte Besuch im Dorf.

Immer wenn wir hier vorbeifuhren, fürchtete ich mich vor dem Fluß. Ich wollte ein guter Schwimmer werden wie mein Vater. In seiner Jugend war er oft durch den Fluß geschwommen. Er konnte auf dem Wasser liegen. Das hatte er mir an der Ostsee gezeigt. Er nannte es *Toter Mann*.

Vom Rücksitz sah ich meinen Vater halb von hinten. Mit zwei Fingern der linken Hand tippte er ans Lenkrad, die Rechte lag auf dem kurzen Schaltknüppel. Das Kinn gesenkt, sah er durch die Sonnenbrille auf die Straße. Er bewegte den Kopf nicht und kaum das Steuer. Ich sah aber seine Schläfen arbeiten. In seinem Kopf schob er schwere Gedanken hin und her. Dachte er an das große Geschäft, die Klinik in Berlin und an das neue Haus? Ich wußte, sein Nacken war stark. Als ich klein war, hatten wir zum Spaß gerungen. Später gab er mir Boxunterricht. Er trug Krawatte, heute wie an Werktagen. Unter dem weißen Hemd sah man seine Muskeln. Sicher war er immer noch ein guter Schwimmer. Er war lange nicht mehr mit mir ins Schwimmbad gegangen. Ich konnte noch immer nicht schwimmen. Vielleicht hatte er keine Lust, mit einem Nichtschwimmer ins Schwimmbad zu gehen.

Ich schlug das Buch zu und warf es hinter mich auf die Ablage zu dem blauen Schulheft mit der *»Nacht der Wahrheit«*. Ich wollte der Großmutter zum Abschied meinen selbstgeschriebenen Roman vorlesen, wenigstens den Anfang. Mein kleiner Bruder war neben mir auf sein Polizeiauto gesunken und schlief. Draußen lief der Fluß vorbei.

Und dann war da wieder das Bild in meinem Kopf. Durch das Fenster sah ich den Fluß und die Landschaft, aber in meinem Kopf sah ich etwas anderes. Ich sah zwei Figuren. Sie waren groß und schön, aber sie taten etwas, das ich nicht sehen wollte. Wenn ich mich trotzdem konzentrierte und das Bild anstarrte, geriet es durcheinander. Kämpften die beiden miteinander oder gegen einen Dritten? Ich konnte das Bild nicht ruhigstellen. Seit den Tagen vor Weihnachten sah ich es immer wieder. Ich würde es schon noch zu fassen bekommen. Bisher hatte ich alles herausgekriegt.

Je näher das Dorf kam, desto mehr verschwamm das Bild. Es gehörte nicht dorthin.

Der Wald kam näher, in dem die Kurve zum Dorf lag. Mein Vater nahm die Hand meiner Mutter und legte sie auf den Schaltknüppel. Es sah aus, als schalteten meine Eltern den Gang zusammen herunter, aber ich wußte, daß mein Vater meiner Mutter die Hand führte. Meine Mutter konnte den 911 gar nicht allein fahren. Ich hätte ihn fahren können, aber ich durfte nicht, weil ich erst zehn war. Das war etwas mehr als der halbe Weg zum Führerschein. Vor mir lagen noch acht Jahre, ein langer Tunnel, durch den ich zu Fuß gehen mußte.

Wir fuhren auf den Wald zu. Ich schaute noch einmal zum Fluß hinunter.

»Wann gehen wir wieder ins Schwimmbad?« fragte ich meinen Vater.

»Wenn du dich benimmst«, antwortete meine Mutter. »Benimm dich wenigstens heute. Du weißt, es ist das letzte Mal für lange. Und komm ja nicht auf die Idee, zum Bauernhof zu gehen und dich dreckig zu machen!«

Mein Vater bewegte den Kopf nicht. Im Rückspiegel sah er an mir vorbei.

»Gleich kommt die Kurve«, sagte er.

Fünf Jahre lang waren wir jeden Sonntag durch die scharfe Kurve gefahren. Sie lief nach links, dann ging es den Berg hoch. Der Wald begann, bald kam das Dorf, die Welt der Großmutter und des Bauern Kampehoff. Mein Vater war aus dem Dorf gekommen, aber er hatte es schon als junger Mann auf dem Motorrad hinter sich gelassen. Wenn wir sonntags zur Großmutter fuhren und die Männer im Dorf vor seinem Wagen den Hut zogen, merkte man, daß auch er von hier war. Wir rollten ins Dorf, und die Leute blieben auf dem Weg zur Kirche stehen. Sie hörten auf zu sprechen. Mein Vater fuhr den schnellen Wagen ganz langsam. Die Leute nickten und winkten. Sie hatten ihn schon als Jungen gekannt.

»Dein Vater hat es von allen hier am weitesten gebracht«, sagte meine Großmutter. Meinte sie die weiten Reisen? Schon als Student war er nach Amerika gefahren, dann durch ganz Europa gereist, sogar bis Rußland. Er hatte einen wichtigen Beruf. Er war Arzt. Er heilte die Kranken in der Klinik, und den Gesunden hielt er Vorträge. Als er nach Berlin kam, um seinen Doktor zu machen, hat mein Vater meine Mutter kennengelernt.

Als wir in den Wald mit der Kurve fuhren, drosselte mein Vater kaum das Tempo. Er ging ein wenig vom Gas, und der Wagen zog durch die Kurve wie auf Schienen. Der Wagen stieß die Straße hinauf und brüllte dabei wie ein Rennboot.

»Man muß schon in der Kurve wieder beschleunigen, um keine Zeit zu verlieren«, sagte mein Vater. Er sagte das zu mir, und ich richtete mich im Sitz auf.

Mit meiner Mutter konnte mein Vater nicht übers Autofahren reden. Sie wußte noch nicht einmal, wieviel PS ihr neuer Käfer hatte. Nur die Mutter von Thomas, ein paar Häuser weiter, die immer mit ihrer Ente durch die Straße schnatterte, wußte noch weniger von Autos als meine Mutter. Sie hatte keine Ahnung, warum ihr Wagen 2 CV hieß und wieviel Zylinder unter der Haube waren. Es gab wenig Frauen, mit denen man über Autos reden konnte.

Mit Frau Blömeke sicher. Mit Frau Blömeke konnte man sicher über alles reden, wenn sie sich nur die Mühe machte, einen zu verstehen. Frau Blömeke konnte auch Autofahren. Seit ihr Mann tot war, fuhr sie sogar sehr viel Auto, darum hatte sie meistens keine Zeit zu reden. Mit Schwung fuhr sie auf ihr Grundstück, das gegenüber dem Haus meiner Eltern lag, und hielt ein paar Zentimeter vor dem Garagentor. Sie fuhr einen VW Käfer, genau wie meine Mutter. Hinten drin saß Alfred, ihr Sohn.

Mit Alfred zu spielen, kam nicht in Frage, obwohl ich dann in das Haus gegenüber hätte gehen und sehen können, wie Frau Blömeke lebte.

Frau Blömeke hieß Marika, und sie war Österreicherin. Aber sie kam nicht aus Wien.

»Die kommt da unten vom Land«, sagte meine Mutter und zeigte mit dem Kinn in die Zimmerecke. »Irgendwo am Ende der Welt.«

Meine Eltern erwähnten, daß Frau Blömeke aus »Kratz in der Steiermark« stammte. *Kratz in der*

Steiermark, das war für sie ein Landstrich, wo es gar nichts gab, keine Autos, keine Waschmaschinen, kein Leben. Nur ein paar Kühe und ein paar Menschen, die nicht mehr im Hirn hatten als die Kühe.

Als Herr Blömeke noch lebte, hatten sich die beiden Nachbarinnen nicht viel zu sagen gehabt. Sie grüßten sich über die Straße.

Herr Blömeke stammte von hier. Er war älter als seine Frau, hatte eine Glatze, eine Brille mit schwarzem Rand, und ein Bein zog er nach. Man hielt ihn für ihren Vater.

»Der Alte war früher beim Finanzamt«, erzählten sich meine Eltern. »Dann hat er auf Steuerberater umgesattelt. Blöd ist der ja nicht.«

Herr Blömeke lüpfte den Hut, wenn ich ihn auf der Straße grüßte.

»Na, was macht der Herr Kronprinz?«

Blömekes gingen öfter spazieren, einfach so die Straße entlang; Herr Blömeke mit seinem grauen Mantel, seine Frau mit dem dunklen Haar, der kleine Alfred dazwischen. Sie gingen Hand in Hand, alle drei.

Frau Blömeke fuhr einen blauen Käfer, meine Mutter hatte gerade einen in Orange mit Schiebedach bekommen. Er war etwas breiter und hatte dickere Reifen. Beide Käfer konnte man schon aus der Ferne rattern hören. Ich war jedesmal gespannt, ob es Frau Blömeke oder meine Mutter war. Ich beugte mich über den Tisch. Mein Zimmer lag zur Straße. Im Winter konnte ich Blömekes Haus sehen. Im Sommer war es von Bäumen verdeckt. Ich war enttäuscht, wenn es draußen ratterte, und es kam ein orangefarbener Käfer, kein blauer. Gleich würde der Schlüssel in der Haustür klacken, und meine Mutter würde rufen: »Mein Gott, komm doch mal runter und hilf mir beim Auspacken!«

Mit der Zeit konnte ich das Rattern des alten Käfers von dem Dröhnen des neuen unterscheiden. Die Musik des Sechszylinder-Boxermotors hörte ich sowieso überall heraus. Nur Herrn Blömeke mit seinem Ford Taunus bemerkte man nicht. Wenn drüben das Garagentor quietschte, wußte ich aber, daß er es war, denn er stellte seine blaugrüne Badewanne jeden Abend in die Garage. Ich hatte nichts gegen Herrn Blömeke. Es störte mich nur, daß er da war.

Der kleine Alfred Blömeke hatte eine Haarfarbe, für die es keinen Namen gab. Sein Haar stand immer ab, als hätte er in die Steckdose gefaßt. Wenn man ihn vor dem Haus traf, starrte er Löcher in die Luft. Sein Blick war nicht zu fangen. Und so jemand wurde im Auto herumgefahren von einer Frau wie Frau Blömeke. Seit ihr Mann tot war, fuhr sie nur noch Alfred herum. Herr Blömeke war ein guter Mann gewesen, aber aus einer vergangenen Zeit. Alfred besuchte eine Schule in der Stadt. Morgens fuhr seine Mutter ihn hin und holte ihn nachmittags ab. Er war so alt wie ich, aber zu klein für sein Alter.

Marika Blömeke war eine Königin. Ihre Brüste schienen größer zu sein als die meiner Mutter, größer als die Brüste von allen Frauen, die ich kannte. Nie trug sie diese Fetzen, in denen viele Frauen herumliefen. Ich nahm an, daß sie in Österreich eine Hausschneiderin hatte, die nach ihren Anweisungen Kleider und Mäntel im österreichischen oder im russischen Stil nähte. Wenn ich sie von meinem Zimmer aus kommen oder gehen sah, glaubte ich ihren Duft zu atmen.

Ein paar Wochen bevor Herr Blömeke starb, harkten mein Vater und ich das Laub im Vorgarten. Da kam der blaue Käfer angerasselt. Frau Blömeke fuhr ihren Mann. Er ging nicht mehr zur Arbeit. Man sah nur Rauchschwaden in dem kleinen Auto, denn der alte Herr rauchte immer.

»Der sollte nicht so viel rauchen!« sagte mein Vater und steckte sich eine Zigarette an. »Wenn man es am Herzen hat ...«

Mein Vater verstand etwas davon. Er war Herzspezialist.

Man hörte Herrn Blömeke murmeln, als seine Frau ihm beim Aussteigen half. Mit seinem Hut und dem Bein kam er nicht so leicht aus dem VW. Er ging am Stock. Wenn er mit Alfred spazierenging, sprang sein Sohn um ihn herum. Immer wieder lief er bis zum Ende der Straße und zurück. Der alte Mann blieb oft stehen und deutete mit dem Stock auf irgend etwas, das er Alfred erklären wollte. Aber Alfred konnte man nichts erklären.

Eines Mittags, es war vor Weihnachten, kam mein Vater zum Essen nach Hause und erzählte, daß Herr

Blömeke gestorben war. Meine Eltern schauten mir in die Augen. Ich bekam einen Schreck. Ich hatte es mir gewünscht. Doch plötzlich mochte ich Herrn Blömeke dafür, daß er gestorben war. Ich sah ihn, wie er in die Grube stieg, das eine Bein nachschleppte und mir mit der Zigarette zuwinkte.

»Paß gut auf sie auf!« rief er mir zu. Er war mir nicht böse.

Doch der Tod war kein Spaß. In der Straße wurde es still, Frau Blömeke ging in Schwarz, und auch bei uns war irgend etwas anders geworden.

Als wir ins Dorf kamen, dachte ich nicht mehr an die Blömekes. Ich sah die alten Häuser und freute mich auf meine Großmutter. Von der Kirche läutete es. Mir fiel ein, daß ich letzte Nacht von Glocken geträumt hatte.

Mein Vater fuhr mitten auf den Marktplatz. Die Leute gingen schon zur Kirche. Er parkte den Wagen direkt vor seinem Elternhaus, neben den Brunnen, so daß niemand mehr durchfahren konnte. Ich blinzelte in die Seitenscheibe, als ob die Fahrt noch lange nicht zu Ende wäre. Meine Eltern wanden sich aus dem Wagen. Beide waren sehr groß. Natürlich waren sie größer als ich, aber sie waren auch größer als andere Erwachsene, größer als die meisten Leute vom Dorf. Mein Vater überragte meine Mutter noch um einen halben Kopf. Aber auch meine Mutter war groß für eine Frau, das sah man, wenn sie neben dem Postboten, Onkel Klaus oder unter den Müttern meiner Mitschüler stand. Sie klappte ihren Sitz nach vorn und nahm Claus-Wilhelm und sein Polizeiauto auf den Arm. Die Glocken schlugen laut.

»Wir gehen zusammen«, sagte mein Vater und ging voran. Ich stürmte schon an ihm vorbei auf die Tür zu, hinter der ich jahrelang zu Hause gewesen war, die Stufen hinauf zu meiner Großmutter. Sie umarmte mich und hob mich ein paar Zentimeter hoch. Mein Vater stieg das Treppchen hinauf. Sein Anzug stand ihm gut. Meine Mutter ließ ihre Handtasche links baumeln.

»Ich hatte gesagt, wir gehen zusammen.« Mein Vater sah mich an.

Ich ließ meine Großmutter los und trat in die dunkle Diele. Ich atmete den Duft aus der Küche.

Hier im Dorf hatte ich die ersten Jahre meines Lebens verbracht. Hier war ich jemand, und ich wollte, daß Frau Blömeke das begriff, auch wenn sie niemals hier herkommen würde. Ich wollte etwas sagen, das ihr Eindruck machte. Jeden Tag formte ich Worte vor dem Spiegel im Badezimmer. Auf dem Schulweg murmelte ich Sätze für ein Gespräch mit ihr. Meine Sätze begannen mit Worten wie: »Ich bin der Meinung ...« oder »Nach meiner Ansicht ...«. Das hatte ich von meiner Mutter, die mir sagte, daß man so anfangen mußte, wenn man jemanden überzeugen wollte.

Meine Mutter sagte Sachen wie: »Die Welt ist ein Dorf.«

Das war ein guter Satz, auch wenn ich nicht ganz verstand, was sie damit meinte. »Die Welt ist ein

Dorf«, würde ich einmal zu Frau Blömeke sagen. Es ging nicht um den Inhalt, sondern um den Satz. Ich probierte es in der Schule aus und rief eines Tages in die Klasse: »Die Welt ist ein Dorf!«

Alle waren still. Die Lehrerin, Frau Nickel, sah mich mit ihrem schiefen Gesicht an.

»Ja, ja. Unser neunmalkluger Herr Professorensohn!«

Hatte ich einen Erfolg erzielt? Aber was wußten sie hier schon von einem Dorf? Lehrerin und Mitschüler sahen in mir nur den Sohn des Professors. Das war ihr Problem. Ich wollte lieber der Junge vom Dorf sein – und der künftige Boxweltmeister.

Wenn ich im Gespräch mit Frau Blömeke den Satz fallenließ »Die Welt ist ein Dorf« und dabei die Augenbrauen zusammenzog, würde sie schon begreifen, daß ich die Welt kannte, daß ich ein Urteil hatte, und vor allem, daß ich kein kleiner Junge war.

»Du bist ein kleiner Junge«, sagten die Erwachsenen immer, wenn sie nicht weiterwußten. Man mußte nur recht haben, schon war man ein kleiner Junge.

Ich schaute in den Spiegel. Das blaue Samtjackett, das die Woche über im Schrank hing, stand mir gut. Ich fühlte mich darin wie ein Erwachsener. Das Jakkett war unbequem, aber ich hätte es auch werktags getragen, damit Frau Blömeke mich darin sah. Einmal hatte ich es morgens zur Schule angezogen, doch meine Mutter ließ mich nicht gehen.

»Wann darf ich endlich anziehen, was ich will?«

»Wenn du groß bist und dir deine Sachen selber kaufen kannst!«

Es war hart, ein kleiner Junge zu sein, und ich beschloß, es nicht mehr lange zu bleiben. Vor dem hohen Spiegel meiner Großmutter nahm ich die Fäuste vors Gesicht, die Rechte neben das Kinn, das Kinn zurück, die Linke zehn Zentimeter vor die Nase. Jetzt war ich gedeckt. Jetzt war ich erwachsen. Jetzt konnten sie kommen. Boxen sah so einfach aus. Man sah die Anstrengung nicht, die dahintersteckte. Das harte Training Tag für Tag, Jahr für Jahr.

»Das wichtigste ist, daß man früh genug anfängt«, meinte mein Vater. Ich hatte mit dem Boxen schon mit fünf Jahren angefangen. Auf dem Schulhof gab es keinen, der stärker war, auch in der vierten Klasse nicht. Trotzdem kam hin und wieder einer, der es wissen wollte. In zwei Jahren würde ich zwölf sein, dann konnte ich in einen Boxverein eintreten. Später mußte ich einen Promoter finden, jemanden, der an mich glaubte. Wenn alles gut liefe, wenn ich es schaffte, jeden Tag früh aufzustehen und bis zum Abend die Zähne zusammenzubeißen, dann könnte ich mit achtzehn meinen ersten Profikampf haben – wie Muhammad Ali, der König der Boxer.

Ich schielte zwischen meinen Fäusten in den Spiegel und kniff die Augen zusammen. Ich merkte nicht, wie meine Großmutter und meine Eltern ins Haus kamen. Dann trat auch mein Vater aus dem Dunkel. Ich ließ die Fäuste sinken und drehte mich um.

»Na, spielt mein Kleiner wieder den Helden?« Meine Mutter grinste. Meine Großmutter beugte sich zu mir und strich mir übers Haar.

Wir gingen zu viert über den Marktplatz zur Kirche. Die Leute grüßten. Meine Mutter, obwohl sie eine Evangelische war, schritt voran. Sie trug ein Seidentuch um den Hals. Die Liebe zu langen Schals entdeckte sie erst später. Es sollte ihre letzte Liebe sein.

Während wir in der Messe waren, kümmerte sich die alte Anna um Claus-Wilhelm. Sie hatte schon bei meinen Großeltern gedient, als mein Vater so alt war wie ich. In der Predigt sprach der Priester über den Boxkampf von letzter Woche. Er verurteilte ihn. Er schimpfte, aber er wußte genau, worüber.

»Man sollte lieber die Hände falten, statt seinem Nächsten die Faust ins Gesicht zu hauen«, rief er, und es hallte von den Wänden. Vor kurzem hatten sie in der Kirche ein Mikrophon eingebaut. Der Priester kletterte nicht mehr auf die Kanzel. Er hielt die Predigt vom Altar aus.

Ob er nachts aufgestanden war oder die Wiederholung des Kampfes am Dienstag abend gesehen hatte? Warum sollte sich ein Priester keine Boxkämpfe ansehen? Muhammad Ali war auch ein Priester. Er konnte besser predigen als unser Priester. Er predigte nicht über das Boxen. Er wollte, daß die Neger ihr eigenes Land bekämen, wo man sie in Ruhe ließ.

»Na, willst du immer noch Boxer werden?« fragte meine Mutter nach der Messe. »Willst du, daß deine

Ohren aussehen wie Blumenkohl? Willst du dir das Hirn zu Brei schlagen lassen? Dein Vater hat das Boxen auch beizeiten darangegeben. Und der wußte, warum.«

Bei Tisch saß ich meiner Großmutter gegenüber. Wenn ich mir die Hände an die Schläfen hielt und geradeaus schaute, sah ich nur sie, und alles war wie früher. Anna trug das Essen auf. Durch das Fenster sah man den Garten und die Hügel dahinter.

Meine Mutter fütterte Claus-Wilhelm. Er aß nichts von dem Kotelett. Sie manschte ihm eine Kartoffel unter den Rahmspinat. Sie schob ihm Tomatensalat in den Mund. Unten im Garten wuchsen schöne Strauchtomaten. Früher hatten wir öfter welche geerntet. Eine Handvoll hing an einem Stiel. Sie waren nicht so rot wie die holländischen aus dem Supermarkt. Aber sie schmeckten besser.

»Wie macht ihr den Tomatensalat an, Mutter?« fragte die Schwiegertochter.

»Ganz einfach mit Essig, Öl, Salz und Pfeffer. Und es kommt eine Gemüsezwiebel aus dem Garten dran.«

»Ich habe jetzt eine Obst- und Gemüseschneidemaschine von Bosch. Du tust die Tomate oben rein, und unten kommt der Salat heraus!«

Mein Vater sagte nie, daß es bei seiner Mutter besser geschmeckt hätte. Er war ein Gentleman.

»Was gibt's zum Nachtisch?« fragte ich meine Großmutter. Die Antwort war klar.

»Apfelkompott!«

»Wenn du deinen Teller aufißt!« schränkte meine Mutter ein.

»Wie soll ich den essen? Der ist aus Porzellan!«

Ich nahm alles beim Wort und wunderte mich, daß die Erwachsenen es nicht taten. Sie sagten das eine und meinten etwas anderes.

Ich wollte, daß alles genau so war, wie es hieß.

»Du gehst auf dein Zimmer«, fauchte meine Mutter oft und kniff die Augen zusammen.

»*Auf* mein Zimmer? Also auf den Dachboden?«

»Du weißt genau, was ich meine!«

Einen Spruch tat sie in letzter Zeit immer öfter, je näher der Umzug kam: »In Berlin werden andere Saiten aufgezogen!«

»Was denn für Saiten? Von 'ner Gitarre oder 'ner Geige?«

Ich löffelte Großmutters Kompott. Ich machte die Augen zu und erinnerte mich an die Zeit, als ich noch bei ihr wohnte.

»Träum nicht!« sagte meine Mutter oft. Sie sagte es auch, wenn ich gar nicht träumte, sondern zuhörte, was die Erwachsenen redeten, und vor allem, wie.

Nun war der März gekommen. Sie hatten lange davon gesprochen.

»Im März ziehen wir nach Berlin …«

»Spiel doch noch etwas mit der Kirsten, im März hast du sie nicht mehr …«

Es war das letzte Mal für lange Zeit, daß ich bei meiner Großmutter war; das letzte Mal für lange Zeit im

Dorf. Diese Gelegenheit durfte ich nicht verstreichen lassen. Ich mußte den Jungen da draußen wiederfinden. Er streunte irgendwo herum und hatte ein Gesicht zum Weglaufen. Niemand außer mir hatte ihn gesehen. Ich hatte alle gefragt, niemand wußte von ihm. Er lief durch die Gegend und heckte etwas aus. Ich würde nicht zulassen, daß er jemandem vom Dorf oder der Bauernfamilie etwas tat.

Ich wollte ihn finden und aus der Gegend wegjagen. Das sollte mein Abschied sein.

Als wir ins Dorf aufbrachen, hatte meine Mutter mich an der Schulter genommen und mit dem Finger gedroht: »Wenn du heute auf den Bauernhof gehst, kannst du was erleben!«

Aber ich hatte oben auf dem Berg noch etwas zu erledigen. Es gab da noch eine Rechnung zu begleichen. Es war die letzte Chance. Seit zwei Tagen hatte es nicht mehr geregnet, vielleicht konnte ich den Bauernhof erreichen, ohne mit den Schuhen in Matsch zu treten.

»Wenn deine Hosen wieder vor Dreck stehen, gibt's Stubenarrest!«

Wieviel Nachmittage hatte ich schon im Stubenarrest gesessen für die wenigen Stunden mit Rupert, Max und Magdalene, mit dem Schäferhund Harras, mit den Kühen und Schweinen. Die kurzen Sonntagnachmittage auf dem Bauernhof mußte ich mit viel mehr Zeit in meinem Zimmer bezahlen. Früher bei meiner Großmutter hatte ich draußen auf der Straße oder im Garten spielen dürfen. Jetzt bekam ich ständig Stubenarrest.

»Man muß für alles bezahlen«, sagte mein Vater. Da hatte er recht, auch wenn er dabei nicht an Zeit zum Spielen, sondern an das Geld dachte, das sein Auto und seine Familie kosteten.

»In Berlin fangen wir ein ganz neues Leben an!« Meine Mutter schob Claus-Wilhelm einen Löffel Kompott in den Mund.

»Den Oliver müssen wir umschulen. Das ist kein Problem. Und für den Claus-Wilhelm nehmen wir ein Au-pair-Mädchen, dann parliert er in drei Jahren Französisch wie'n kleiner Pariser.«

»Ist doch egal, ob er auf Deutsch oder auf Französisch nichts sagt«, murmelte ich mit vollem Mund. Mein Bruder hatte spät sprechen gelernt, und er sprach auch jetzt nur, wenn unbedingt nötig.

»Du mußt gerade reden.« Meine Mutter stützte beide Hände auf den Tisch. Jetzt springt sie auf, dachte ich. »Du nimmst dem Jungen doch alles weg. Wenn er was sagen will, hast du es längst gesagt. Wenn er sich für etwas interessiert, kannst du es besser. Da verliert er die Lust.«

In Berlin würden sie andere Saiten aufziehen. Meine Mutter war dort zu Hause.

Doch mein Bruder sprach auch später nicht. Strauchtomaten gab es sogar in Berlin, und die Obst- und Gemüseschneidemaschine wurde nie benutzt. Dafür begann das Zeitalter von Mozzarella und Basilikum.

»Ihr beiden werdet so richtige Berliner Jungs!« Meine Großmutter lächelte.

Ich wollte nie im Leben ein Berliner Junge werden. Lieber sterben; dann konnten sie mich auf dem Dahlemer Waldfriedhof begraben.

»Der Dahlemer Waldfriedhof ist der schönste Ort von ganz Berlin«, schwärmte meine Mutter immer.

Ihr Großvater, der General, lag dort begraben.

»Bei uns werden Leute nach dreißig Jahren aus ihren Gräbern geholt und müssen den Neuen Platz machen. Nur mein Großvater nicht. Der hat ein Ehrengrab!«

Ich erschrak, wenn ich mir vorstellte, wie meine Mutter nach dreißig Jahren an meinem Skelett rüttelte, als ginge es zur Schule. »Oliver, aufstehen! Die neuen Toten kommen! Und zieh dich an, so kannst du doch nicht über den Friedhof laufen! Wie du wieder aussiehst!«

Als Enkelin eines preußischen Generals fand sie es in Ordnung, daß man pünktlich nach drei Jahrzehnten aus dem Grab stieg.

»Deutschland ist ein kleines Land. Da muß man zusammenrücken.«

Als sie mein Gesicht sah, sagte sie: »Tröste dich. Du kannst dich auch verbrennen lassen.«

Die Flammen jagten mir noch größeren Schrecken ein als die Vorstellung, dreißig Jahre lang von Würmern zerfressen zu werden und dann aufstehen zu müssen.

»Ich kriege sowieso ein Ehrengrab«, sagte ich. »Als berühmter Boxer …«

Meine Mutter amüsierte sich.

»Wie willst du denn ein berühmter Boxer werden? Du kriegst von den Negern eins auf die Nase, daß dir Hören und Sehen vergeht!«

Ali, Frazier und Foreman waren Neger, aber was vor allem zählte: sie waren Boxer. Mein Vater sagte einmal zu mir, als ich in seinen roten Sandsack haute: »Du glaubst wohl, du bist die große weiße Hoffnung.«

Ich wollte nicht gegen Muhammad Ali boxen, der einmal Cassius Clay geheißen hatte. Ich wollte wie er sein. Lange war keiner gegen ihn angekommen. Vor Weihnachten hatte er Oscar Bonavena geschlagen, den bisher unbesiegten Stier aus Argentinien.

Ich boxte seit fünf Jahren. Als meine Eltern mich zu sich holten und ich den roten Ledersack im Arbeitszimmer meines Vaters sah, fing ich an. Mein Vater zeigte mir, wie es ging. Als ich noch bei meiner Großmutter wohnte, wäre ich nicht auf die Idee gekommen zu boxen. Mit Rupert und Max vom Bauernhof hatte ich höchstens Ringkampf gemacht, aber nicht ernst.

Als mein Bruder dann geboren wurde, boxte ich jeden Tag.

Das Haus meiner Eltern war größer als das meiner Großmutter. Und es war neu. Es gab auch einen Garten. Da wuchs kein Gemüse, da stand nur Rasen. Die Häuser standen hinter Zäunen und Mauern. Einige waren noch im Bau. Alle hatten Garagen mit breiten Toren für zwei oder drei Autos. Ich kam in die erste

Klasse und ging jeden Morgen zwanzig Minuten zur Schule. Wenn ich mittags nach Hause kam, war meine Mutter mit meinem Bruder oder mit sich selbst beschäftigt. Sie saß unter ihrer Frisierhaube und feilte die Nägel, oder sie beugte sich mit viel Heiteitei über die Wiege meines Brüderchens. Meistens aber telephonierte sie.

Wir fuhren nur sonntags ins Dorf. Mit dem Auto brauchte man eine halbe Stunde, wenn man so schnell fuhr wie mein Vater. Laufen konnte man den Weg nicht, und auch mit dem Fahrrad war er nicht zu schaffen. Auf der langen Straße am Fluß und der Kurve hatte es viele Unfälle gegeben. Und der Fluß war tief. Geriet man in einen Strudel, kam man nicht wieder hoch. Wenn ich nach dem Mittagessen über den Schularbeiten saß und auf den Globus starrte, erschien mir das Dorf weiter entfernt als Amerika.

»Der Junge muß Sport treiben!« sagte meine Mutter. »Der lungert sonst nur herum.«

Ich hatte meinen Vater gefragt, wie man boxt, und so mußte ich einmal in der Woche zum Unterricht antreten. Zuerst zeigte er mir die Beinarbeit.

»Wie stehst du denn überhaupt da!« rief er, wenn meine Füße zur Seite zeigten oder über den Boden schwebten. »Das ist keine Ballettstunde.«

Dann brachte er mir die Armhaltung bei. Ich mußte mich hinter meinen Armen und Fäusten verschanzen, damit mich keiner treffen konnte. Mein Vater traf mich doch, am Kopf und am Bauch, ganz leicht nur, um mir zu zeigen, wo ich keine Deckung hatte. Am Anfang ließ ich nach jedem Schlag die Arme sinken.

»Mach die Deckung zu«, rief mein Vater. »Nimm die Ellenbogen vor den Bauch!«

Ich gab acht, daß das rechte Bein immer fest auf dem Boden stand, drückte mich mit ihm ab, fuhr mit dem linken nach vorn, drehte mich in der Hüfte und bohrte die linke Faust geradeaus.

»Laß die Arme oben!« rief er immer wieder, wenn ich müde wurde. Wir boxten in seinem Arbeitszimmer, in dicken Handschuhen auf dem Parkett, das leicht federte. Sein Zimmer war das größte im Haus. Neben dem Schreibtisch und dem langen Schrank hingen hier der Sandsack, ein Punchingball und eine Maisbirne, damit er immer boxen konnte, wenn er Lust hatte.

»Das entspannt«, sagte er. »Ein bißchen geboxt, und du siehst wieder klar.«

Ich traute mich nicht zuzuschlagen. Ich sah meinen Vater nah vor mir. Er machte seine Deckung auf, damit ich einen Treffer landete. Er tänzelte mir entgegen und wieder ein Stück zurück, machte die Deckung zu und lachte. Mein Kopf war in Höhe seiner Brust, und ich hätte zuschlagen können. Ich boxte in seine Richtung, ohne daß ich ihn richtig treffen wollte. Es sollte so aussehen, als ob ich es versuchte. Er hielt sein Kinn hin und deutete mit dem Handschuh darauf: »Da, schlag zu! Hau, so fest du kannst. Die Geraden immer aus der Schulter heraus. Keine Angst, daß du mich triffst. Ich fall davon nicht um.«

Ich wußte, daß es an der Zeit war, ihm einen richtigen Kinnhaken zu verpassen. Wenn er k. o. ging, konnte ich sagen: »Du hast es ja gewollt!« Ich hatte aber Angst vor seiner Kraft, und zugleich wollte ich ihm nicht weh tun. Er gab mir ein paar Treffer auf Schultern und Schläfen; ganz schwach, aber sie saßen.

»Jetzt habe ich Punkte gesammelt!« rief er. Als er versuchte, mir die Rechte leicht auf die Nase zu setzen, berührte ich seine Brust; zu schwach, als daß es ein Treffer gewesen wäre.

Da traf ein linker Haken mein Kinn, daß ich an die Tür schlug.

»Das kommt, wenn man die Deckung aufmacht.«

Meine Kehle wollte Tränen herauspressen, aber ich versuchte, das Gesicht in den Griff zu kriegen. Mein Vater haßte Spielverderber.

»Mann, hast du gut gemacht«, sagte ich.

»Jetzt fangen wir noch mal von vorne an«, sagte er. »Ist alles eine Frage der Beinarbeit und der Reaktion. Muß man nur üben. Stell dich neben mich und mach mir alles nach!«

Ich ging neben ihm in die Grundstellung, achtete auf seine Arme und Beine, und gemeinsam schlugen wir unsere Geraden und Haken in die Luft.

»Vor allem die Füße immer auf dem Boden behalten. Und mit der Linken tippst du deinen Gegner nur leicht an, um zu sehen, ob der überhaupt noch da ist. Der Schlag kommt aus der Rechten.«

Noch immer wollte ich nicht zuschlagen. Aber er

rief: »Du mußt dem Gegner das Nasenbein ins Gehirn treiben!«

Ich faßte mir ein Herz, weil ich wußte, daß mein Vater wartete. Ich streifte mit der Linken seine Schulter, nahm sie rasch zurück, kam mit einer rechten Geraden heraus und boxte ihn gegen die Brust, die er extra aufgelassen hatte. Doch wieder vergaß ich die Deckung. Ich hielt die Linke nur auf Schulterhöhe, statt sie vor das Kinn zu ziehen und mit dem Ellenbogen den Bauch zu schützen. Da versetzte er mir einen rechten Haken gegen die Schläfe. Als ich mit der Linken hinfuhr, um den Kopf noch zu decken, gab er mir mit der Linken einen Schlag auf den Bauch.

»Der war nicht von schlechten Eltern, was? Das mußte ich tun, damit du Deckung lernst. Bei einem richtigen Kampf wärst du jetzt k. o.«

So sehr ich mich zusammenreißen wollte, um kein Spielverderber zu sein; Tränen liefen mir übers Gesicht.

»Die Linke, mein Lieber, muß immer an der Schläfe liegen, wenn man mit der rechten Geraden herauskommt«, lehrte mein Vater. »Wenn du dich daran hältst, bist du unschlagbar. Dafür lohnt es sich, ein bißchen zu leiden!«

Mit der Rückseite des Boxhandschuhs wischte ich mir die Tränen ab und ging wieder in die Grundstellung.

Wenn mein Vater nicht da war, betrat ich in sein Arbeitszimmer und übte am Sandsack.

»Du kannst da ruhig reinhauen«, sagte er. »Schlag aber nicht alles kaputt und bleib vom Schreibtisch weg.« Ich dachte gar nicht daran, an seinen Schreibtisch zu gehen. Ich wäre auch nicht in der Kirche an den Altar gegangen. Wenn ich in seinem Zimmer war, wußte ich, auf welchem Boden ich stand. Ich betrachtete seine Sachen, aber ich faßte nichts an. An der Wand hingen drei Bilder von Max Beckmann. Sie waren in Rot, Blau, Grün und Weiß und mit breiten schwarzen Strichen gemalt. Man konnte etwas erkennen. Mein Großvater hatte sie nach dem Krieg in München gekauft, »für 'n Appel und 'n Ei«, wie mein Vater erzählte.

Sein Zimmer war das einzige im oberen Stockwerk, das Fenster nach zwei Richtungen hatte. Es war schön hell. Auf dem Boden lag ein Kudu-Fell, das er aus Südafrika mitgebracht hatte. Auf dem Schreibtisch stand ein Aschenbecher aus Stein, daneben lagen Mappen und Papiere. Im großen Bücherregal standen ein paar Figuren vor langen Buchrücken, auch zwei silbergraue Schuko-Blechautos zum Aufziehen, mit denen er als Junge gespielt hatte: Der Caracciola-Mercedes, der wie ein kurzer Keil mit vier abstehenden Ohren aussieht, und der 356er Porsche, den er »das Ei« nannte. In der oberen Reihe standen Pokale vom Boxen und Schwimmen. Mein Vater war Amateurboxer gewesen, und er hätte das Zeug zum Profi gehabt. Aber er war nach Berlin gegangen und hatte Medizin studiert.

»Ich flicke Leute zusammen, statt sie zusammenzuschlagen«, sagte er gern.

Mitten im Zimmer hingen die drei Geräte. Ich bearbeitete den Sandsack. Die Maisbirne und der Punchingball waren noch zu schwierig für mich.

»Die kommen später dran; wenn du etwas kannst.«

Ich zog seine Ballhandschuhe über, einfache Fäustlinge aus Leder, ohne Futter, und stellte mich vor den Sack. Ich schlug zu und versuchte, in Deckung zu bleiben. Oft vergaß ich aber die ganze Technik und drosch mitten im Zimmer auf den Sandsack ein, bis ich außer Atmen war. Dabei wiederholte ich die Befehle meines Vaters.

»Mach die Deckung zu ...«

»Nimm die Linke vor's Gesicht ...«

»Paß auf die Beinarbeit auf ...«

Es verschlug mir schnell die Sprache. Ich hielt ein, atmete durch und stellte mich vor den großen Spiegel. Der Spiegel war aus Metall, damit man ihn beim Üben nicht kaputt haute. Ich ging in die Grundstellung. Ich beugte mich nach vorn, den linken Fuß einen halben Schritt vor dem rechten, die rechte Ferse leicht gehoben, damit der Fuß gut abrollen konnte, das Kinn zurück, die rechte Faust davor, die linke neben der Schläfe. Ich sah zwischen meinen Fäusten heraus wie aus einer Ritterrüstung. Ich schaute mir ins Auge und setzte die erste Gerade.

»Den Arm gerade vom Körper weg!«

Ich schlug noch ein paar Geraden und Haken, dann

links-rechts-links. Ich tänzelte vor und zurück, nach rechts und nach links und achtete dabei auf ständige Deckung und gute Beinarbeit. Ich versuchte mich schnell über den Boden zu bewegen und doch mit beiden Füßen auf dem Boden zu bleiben. Ich wurde immer schneller und dachte an die Atmung. Ich wollte meinem Vater ein würdiger Gegner sein.

Nach ein paar Wochen hatte er keine Lust mehr, mir Boxunterricht zu geben.

»Was dir fehlt, ist der Killerinstinkt«, sagte er.

2

Wann hatte ich ihn zum ersten Mal gesehen? Mir wurde schlecht, wenn ich bloß daran dachte.

Es war noch vor Weihnachten gewesen, etwa zu der Zeit, als Herr Blömeke starb. Nach dem Mittagessen bei meiner Großmutter streifte ich durch das leere Dorf. Ich trug einen warmen Mantel. Alles war kahl, man wartete auf Schnee. Ich ging in schwarzen Schuhen ins Tal hinunter und über den Bach. Der Bach war zugefroren, der Hang abgegrast. Die Kühe standen im Stall.

Habe ich ihn da schon gesehen, irgendwo am Berg oder auf den Feldern?

Wie immer in der Weihnachtszeit standen bei Kampehoffs Lebkuchen auf dem Tisch. Wir durften naschen, dazu gab es Kakao.

Der Vater von Rupert, Max und Magdalene kam in die Stube. Paul Kampehoff war der einzige Bauer, den ich kannte. Er legte mir die Hand auf den Kopf.

»Na, und wie?«

In drei kurzen Wörtern konnte Paul Kampehoff viel sagen.

Kampehoffs hatten immer das Dorf vor Augen. Sie konnten es auch von der Stube aus sehen. Mein Großvater hatte das Dorf regiert. Er war nicht nur Bürgermeister gewesen. In seiner Glasfabrik hatten die meisten gearbeitet. Einige hielten nebenbei kleines Vieh. Der Hof gehörte noch zum Dorf, aber er war schon weiter vom Marktplatz weg, als man rufen konnte.

Wenn ich in den Ferien ein paar Wochen bei meiner Großmutter verbringen durfte, ging ich in Gummistiefeln durch das Tal zum Bauernhof. Ich spielte mit Rupert, Max und Magdalene, half Rüben einfahren und Stall ausmisten. Alles war wie früher. Einmal hatte ich von Paul Kampehoff für meine Arbeit fünf Mark bekommen. Ich fühlte mich wie ein richtiger Bauer.

Wenn ich sonntags auf den Hof trat, kamen Rupert, Max und Magdalene angesprungen, Harras hinterdrein.

»Na, Oliver!« Rupert schlug seine offene Hand gegen meine. Mit einer Kopfbewegung kommandierte er uns in den Stall oder auf die Wiese. Er war der Älteste.

In Gummistiefeln marschierten die drei voran. Im Winter trat der Dampf der Tiere aus dem Stall. Ich folgte durch das dunkle Tor.

Zuerst sah man nichts. Man atmete warmen Dunst. Es roch gut hier. Ich mochte den Geruch der Schweine. Als wir durch den Stall stiefelten, gerieten sie in Hektik. Sie grunzten und quiekten, voller Angst wie die armen Seelen im Fegefeuer. Langsam trat die Haut aus dem Dunkel hervor.

»Was habt ihr für schöne Säue!« sagte ich.

Die drei wollten sich kaputt lachen. Rupert haute Max an die Schulter, und Magdalene kreischte.

»Das heißt nicht Säue, das heißt Sauen! Da sieht man, wie lange du vom Dorf weg bist!«

Eines Tages würde ich ins Dorf zurückkehren. Ich würde die Fabrik wiederaufbauen, damit die Leute nicht mehr zur Arbeit in die Stadt gehen mußten. Das Geld dazu hatte ich. Ich würde der Schützer des Dorfes sein wie mein Großvater.

Frau Kampehoff hatte einen großen Adventskranz auf dem Tisch. Bis Weihnachten waren es noch ein paar Wochen, aber alle vier Kerzen brannten schon.

»Was wünschst du dir dies Jahr vom Christkind?« fragte sie. Wir waren eine Familie.

Es wurde früh dunkel. Ich stieg vom Hof hinab und hoffte, die Schuhe würden mich bei den Eltern nicht verraten.

Da sah ich ihn wieder. Er ging quer über den Berg. Er mochte so alt sein wie ich, trug aber Sachen wie auf einem alten Photo. Er gehörte nicht zu Kampehoffs Familie und war auch nicht aus dem Dorf. Was hatte er hier zu suchen? Er war mehr als einen Steinwurf weg, aber ich sah ihn deutlich. Er hatte ein breites Kinn und einen starken Nacken. Sein Gesicht gefiel mir nicht.

»Wenn ich dich länger ankucke, muß ich kotzen«, flüsterte ich in die Dämmerung.

3

Zu Weihnachten bekam ich einen Sandsack. Nicht den roten aus Leder, den ich mir gewünscht hatte. Ich hatte den gleichen haben wollen wie mein Vater.

»Es reicht doch, wenn der rote bei mir im Zimmer hängt«, sagte er am Heiligabend. Sie schenkten mir einen Leinensack. Der Trainingsanzug, den es auch noch gab, war knapp. Meine Mutter kaufte stets Sachen, die mir zu klein waren. Oder sie brachte etwas mit, das ich nicht anziehen würde. Ich schlief nie im Nachthemd, aber sie brachte immer wieder Nachthemden mit. Unter dem Weihnachtsbaum fand ich auch Ballhandschuhe und weiße Bandagen. Fehlten noch Boxschuhe, die richtigen, die man über der Wade schnürt.

»Nach den Ferien kaufe ich dir Schuhe dazu«, versprach sie.

Über Silvester fuhren wir in die Schweiz. Den Sandsack und die Ballhandschuhe mußte ich zu Hause lassen, auch das Fernglas, ein Geschenk meiner Großmutter. Ich steckte die Bandagen ein.

»Die kannst du doch beim Skilaufen nicht gebrauchen!«

Meine Eltern waren den ganzen Tag auf der Piste.

Ich mußte auf Claus-Wilhelm aufpassen und las dabei den »*Großen Treck*« zu Ende.

Beim Lesen wickelte ich die Bandagen um meine Hände; genauso, wie es in der Boxfibel stand. Ich umwickelte jeden Finger einzeln und verknotete zuletzt die beiden Bänder, die heraushingen.

»Damals nach den Turnieren«, erzählte mein Vater, »waren meine Bandagen immer blutig wie Roastbeef.«

Mein Vater gab mir keinen Unterricht mehr. Aber ich wollte ihm zeigen, daß ich es auch ohne ihn schaffte. Vielleicht rief er mich eines Tages wieder zum Unterricht in sein Zimmer.

Hätte mein Vater mir gesagt: Du mußt durch die Wand gehen, um Weltmeister zu werden, ich hätte es getan.

Ich zog die Bandagen ab und wickelte meine Hände wieder ein, bis ich es konnte, ohne hinzuschauen. Ich holte mein ledernes Springseil mit den Holzgriffen, aber auf dem Teppichboden im Hotelzimmer konnte man nicht gut Seilspringen. Ich übte Schattenboxen, tänzelte über den Teppich und stieß mit jedem Schlag Luft aus. Die weißen Hände sausten durch die Luft. Ich zog die Vorhänge zu, nahm das Bild mit dem Gebirgspanorama von der Wand, kippte eine Nachttischlampe und kontrollierte meine Haltung im Lichtkegel. Meine Umrisse waren die eines richtigen Boxers. Es war der Schatten von Muhammad Ali.

Ich hatte nichts mehr zu lesen und schlug das Heft

mit der »*Squaw des Apachen*« auf. Wenn ich mich ausgeboxt hatte, schrieb ich weiter. Die Bandagen behielt ich an. Meine erste Geschichte gefiel mir gut, aber es sollten noch mehr werden. Eines Tages wollte ich einen richtigen Roman schreiben. Bevor ich mit der Arbeit anfing, las ich noch einmal durch, was ich am Tag zuvor notiert hatte.

Der alte Häuptling der Indianer war gestorben. Er hinterließ eine schöne Squaw, die er einst einem fremden Stamm geraubt hatte.

Sie kam aus Utah, wo sich Fuchs und Hase gute Nacht sagen.

Nun kämpften die anderen Indianer, wer der neue Häuptling werden und die schöne Squaw kriegen sollte. Sie blieb zu allem still, aber sie hatte sich schon entschieden. Sie liebte den ältesten Sohn vom Häuptling. Der stammte aus einer früheren Ehe von dem großen Alten. Nach hergebrachter Sitte stand es ihm zu und keinem anderen, Nachfolger seines Vaters zu werden. Das Gesetz der Indianer sagte: »Wenn der große Häuptling stirbt, und er kriegt einen Nachfolger, dann soll der auch die Squaw von ihm heiraten, seine Witwe, wenn sie noch lebt. Natürlich nur, wenn es nicht seine Mutter ist, dann kann er sie ruhig freien.«

Aber die anderen Indianer tranken Feuerwasser und waren besoffen. Außerdem imponierten ihnen die neuen Waffen, die die Bleichgesichter angeschleppt hatten. Sie wollten von den alten Gesetzen nichts mehr wissen. Die Weißen hatten ihnen Whiskey und Gewehre gebracht und Waschmaschinen versprochen. Dafür sollten die Indianer ihre alten Gesetze brechen, ihren Göttern abschwören und an dasselbe glauben, an was die Weißen glaubten.

Alle wollten Waschmaschinen, und es gab nur einen, der sich weiter an die alten Gesetze hielt. Es war der älteste Sohn des Häuptlings, der, den er zu seinem Nachfolger bestimmt hatte.

»Solange mein Vater, der große Häuptling, gelebt hat«, schrie er die anderen an, »hättet ihr euch das nicht getraut! Da habt ihr euch noch anständig aufgeführt. Jetzt glaubt ihr, das Land gehört euch und ihr könnt euch benehmen wie die Schweine. Aber ich sage euch: Bevor dreimal der Winter wiederkommt, wird hier alles in Schutt und Asche liegen, wenn ihr so weitermacht …«

Die Rede des Häuptlingssohnes ging noch drei Seiten weiter. Ich schrieb mich in Begeisterung hinein. Die Sache mit der Squaw verlor ich aus den Augen. Aber in seiner Wut hatte der junge Indianer die Richtung gewiesen, in der die Geschichte weitergehen konnte. Der Leser befürchtete den Untergang des Apachendorfes, und das sollte er auch. Während ich den Sohn des Häuptlings reden ließ, sah ich schon die brennenden Wigwams in der Ferne. Nur einen passenden Namen für meinen Helden hatte ich noch nicht. Auch die Squaw, um die alle kämpften, war noch namenlos.

»Es ist besser, Romane zu schreiben, als welche zu lesen«, predigte ich Claus-Wilhelm, der an der Fernsteuerung drehte. Er ließ sein neues Polizeiauto über den Teppichboden im Hotelzimmer fahren, am liebsten gegen meinen Fuß. »Wenn du den Roman selbst schreibst, kannst du deinen Figuren Namen geben, die dir gefallen. Du kannst sie taufen.«

Mein Bruder kuckte mit offenem Mund seinem schwarz-weißen Auto nach.

Jeden Morgen, wenn meine Eltern auf die Piste gingen, bandagierte ich mir die Hände. Ich boxte gegen Oscar Bonavena und Joe Frazier. Ich schlug sie k.o. Dann schrieb ich ein paar Seiten an der *»Squaw des Apachen«*. Später zog ich die Vorhänge zu, um mich beim Schattenspiel wieder in den Meister aller Klassen zu verwandeln.

Muhammad Ali sah nicht nur schön aus und verdiente viel Geld, er war auch ein frommer Mann. Wegen seines Glaubens hatte er sogar seinen Namen geändert. Und er schlug sie alle. Kein Boxer war je so berühmt gewesen wie er. Auch Jack Johnson und Joe Louis nicht.

»Ich bin der Größte!« konnte er sagen. Bei jedem anderen wäre das Angeberei gewesen.

Im Licht der Nachttischlampe führte ich meinen Tanz auf. Ich dachte nicht mehr an Standbein und Spielbein, ich vergaß die Technik, und alles war so einfach.

Claus-Wilhelm fuhr mit seinem Polizeiauto in jeden Winkel des Zimmers. Er verlor nicht so schnell die Lust an einem Spiel wie ich. Sogar vom Schattenspiel hatte ich bald genug. Ich riß die Vorhänge zur Seite, nahm den Füller in die bandagierte Hand und krakelte weiter am Indianerroman. Aber ich schrieb nicht nur, um den Tag im Hotelzimmer herumzubringen oder um die Geschichte fertigzukriegen. Ich schrieb, damit das Bild in meinem Kopf verschwand. Sogar in die Schweiz verfolgte es mich. Es pulsierte in meinem Schädel. Ich mußte es anstarren; immer wieder dieselben zwei oder drei Figuren. Ich glaubte, sie zu kennen, aber bevor ich etwas sehen konnte, wurde mir schwarz vor Augen. Wenn ich boxte, begann das Bild, sich aufzulösen. Wenn ich schrieb, ging es weg.

Ich dachte an Frau Blömeke. Zu Weihnachten hatte ich sie nicht gesehen. Vielleicht war sie nach Österreich gefahren, statt mit Alfred ein einsames Fest in Köppelsbleek zu verbringen.

Wenn sie sich in der Steiermark aufhielt, dann war sie in meiner Nähe. Ich holte mir den Straßenatlas aus dem Wagen. Er steckte in der Seitentasche der Beifahrertür. Ich suchte den Weg vom Kanton Wallis in die Steiermark.

Doch je stärker ich Marika herbeisehnte, desto ferner schien sie zu rücken. Da hatte ich eine Idee. Statt an der *»Squaw des Apachen«* zu pinseln, konnte ich doch einen Brief an Frau Blömeke schreiben. Warum sollte man nicht seiner Nachbarin eine Freude machen; besonders, wenn sie traurig war? Ich drehte mein Schulheft um und schrieb ins Unreine:

Liebe Frau Blömeke!
Wir sind hier seit einer Woche in der Schweiz. Die Welt ist ein Dorf.

Ich wollte Ihnen noch sagen, daß es mir leid tut, daß Ihr Mann gestorben ist. Er war ein netter Kerl.

Kommen Sie uns doch mal besuchen, wenn Sie wieder zu Hause sind. Nach meiner Ansicht muß man immer kämpfen, daß alles gut wird.

Als es dunkel wurde, kamen meine Eltern von der Piste zurück. Sie hatten gute Laune. Ich legte das Löschblatt ein und schlug das Heft zu. Doch meine Mutter hatte schon Verdacht geschöpft. Sie fragte mich, was ich da machte.

»Ich schreibe.«

»Was wirst du schon zu schreiben haben!«

Mein Vater sah meine Hände an. Ich bemerkte die blauen Tintenflecke auf den Bandagen. Meine Mutter sprach aus, was er dachte: »Du machst wieder nur Quatsch. Schade um die Bandagen!«

Nach dem Abendessen mußte ich zusammen mit Claus-Wilhelm ins Bett. Er schlief sofort ein, und ich knipste die Nachttischlampe an. Ich las die ganze *»Squaw des Apachen«* durch. Ich schmökerte in meinem eigenen Roman, als hätte ihn ein anderer geschrieben. Beim Einschlafen dachte ich an Graz und an Frau Blömeke. Wenn wir wieder zu Hause waren, blieben mir noch zwei Monate. Im März ging es nach Berlin, das hieß Abschied von Marika. Aber ich würde wiederkommen und mir das holen, was mir zustand. Einem berühmten Boxer konnte man nichts abschlagen.

»Nach den Ferien werden andere Saiten aufgezogen«, hatte meine Mutter in den Bergen wieder verkündet. Es kam dann zu Hause doch nicht so schlimm, denn was immer sie versprach, vergaß sie sofort.

Auch im Ort meiner Eltern war Schnee gefallen. Die Häuser waren erst vor ein paar Jahren gebaut worden. Sie gehörte zu einem Dorf namens Köppelsbleek. Von diesem Dorf war nichts mehr übrig. Der alte Dorfkern bestand nur noch aus einem Loch, dort sollte eine Einkaufspassage gebaut werden. Weiter hinten bei der Schule waren ein paar Hochhäuser hochgezogen worden. Die Straße mit dem Haus meiner Eltern hieß »Im Prinzengarten«.

Ich fand das zum Lachen, denn in dieser Öde war sicher nie ein Prinz gewesen. Köppelsbleek mit dem Prinzengarten auf der einen und den Hochhäusern auf der anderen Seite war keine richtige Stadt. Ein richtiges Dorf war es schon gar nicht. Es war ein Niemandsland mit einem Supermarkt, ein paar kleinen Geschäften und einer Tankstelle mit Waschanlage.

Die Leute, die auf unserer Seite wohnten, sagten nicht etwa: »Wir kommen aus Köppelsbleek«, sondern: »Wir kommen aus dem Prinzengarten«. Man sollte nicht denken, sie könnten in den Hochhäusern wohnen.

Ein Jahr, nachdem wir weggezogen waren, wurde das Kaff mit Dorfkern, Prinzengarten und dem Hügel mit den Hochhäusern und der Schule von einer der Städte eingemeindet. Der häßliche Name wurde durch einen noch häßlicheren ersetzt. Aber auch das Dorf meiner Großmutter, mein Dorf, sollte von der Landkarte verschwinden, obwohl niemand meine Großmutter oder Herrn Kampehoff gefragt hatte, ob sie Wert darauf legten, ihre Adresse zu ändern. Meine Briefe aus Berlin mußte ich an eine Stadt adressieren, in der ich nie gewesen war. Das Dorf hatte keinen eigenen Bürgermeister mehr. Es wurde von fremden Leuten regiert.

Wenn ich bei Klassenarbeiten als erster mein Heft abgab oder eine Frage der Lehrerin als einziger beantworten konnte, zuckte sie die Schultern.

»Kunststück, wenn man aus dem Prinzengarten kommt …«

Alle verstanden sofort. Aber es gelang Frau Nickel nicht, die Klasse gegen mich aufzuhetzen. Ich war gut im Sport, und auf dem Schulhof traute sich inzwischen keiner mehr an mich heran.

Es war ein großer Unterschied, ob einer aus den Hochhäusern, aus einem Reihenhaus, oder aus dem Prinzengarten kam. Mir war es gleichgültig, weil ich mich nur meinem alten Dorf zugehörig fühlte. Christian und Thomas hingegen, die bei uns in der Straße wohnten, gaben an wie die Söhne des Kalifen.

»Ich habe zwei Zimmer für mich ...«

»Wir haben einen Swimming Pool ...«

Kirsten, die neben mir saß, kam aus den Hochhäusern. Sie besuchte mich öfter. Am Anfang ging sie mir auf die Nerven, aber sie kam immer wieder. Wir hörten zusammen Platten. Sie war gut in der Schule, und ihre Eltern gaben ihr für jede Eins fünf Mark. Für fünf Mark konnte man sich eine 45er Platte mit zwei Liedern kaufen. Sie schwärmte für Roy Black und Udo Jürgens. Sie brachte ihr Plattenalbum mit, um auf meiner Anlage ihre Lieblinge in Stereo zu hören.

Siebzehn Jahr, blondes Haar – so stand sie vor mir.
Siebzehn Jahr, blondes Haar – wie find ich zu ihr?

Ich litt, wenn solche Töne aus meinem Zimmer drangen.

»Na, hast du wieder Musikstunden mit der Kirsten abgehalten?« Meine Mutter kicherte.

»Die Kirsten ist ein nettes Mädchen«, stellte mein Vater fest. »Die mußt du dir warmhalten.«

Als angehender Boxer dachte ich aber gar nicht daran, mir diese Verbindung von Affenschaukeln, Drahtbrille, Stupsnase, Sommersprossen, Zahnspange und Kaugummiblasen als Spielkameraden zu halten.

»Gehst du etwa mit der?« hatte Christian mich gefragt.

»Kirsten, Kerstin und Carsten heißt man nur, wenn man aus den Hochhäusern kommt«, meinte meine Mutter.

Es war mir lieber, wenn ich bei Kirsten zu Hause war, als wenn sie bei mir herumsaß. Sie wohnte im siebenten und letzten Stock. Von dort aus konnte man über die Felder bis zum Horizont schauen, dahinter lag das Dorf.

»Rat mal, wer da ist!« neckte meine Mutter, wenn ich vom Fußballspielen am Berg oder vom Cellounterricht nach Hause kam und Kirsten in meinem Zimmer schon Kaugummiblasen platzen ließ.

Wenn ich sie im Supermarkt oder vor den Geschäften entdeckte, zog ich den Kopf ein und duckte mich hinter ein Regal oder den Zigarettenautomaten.

Kirsten roch nach Bonbons und Kaugummi, nicht so gut wie Frau Blömeke mit ihrem Parfum.

Im Januar trug unsere Nachbarin immer noch Schwarz. Den Brief hatte ich nicht abgeschickt. Ich hatte einen neuen geschrieben, etwas länger, wieder hinten ins Heft. Wenn ich so weitermachte, wenn ich von vorn *»Die Squaw des Apachen«* und von hinten Briefe schrieb, dann würde der Sohn des Häuptlings in der Mitte des Heftes auf Frau Blömeke stoßen. Dann hatte er seine Squaw. Dann hatte er eine Frau im schwarzen Kleid, unter dem sich ein großer Busen abzeichnete.

Ich saß an meinem Schreibtisch. Ab und zu hob ich den Kopf und hoffte, Frau Blömeke würde aus dem Haus kommen. Das Haus lag weiß im Schnee. Es rührte sich nichts. Die Fenster waren dunkel. Frau Blömeke saß in einem Totenhaus.

4

Ich schob die Schneeschaufel über den Bürgersteig. Sie war aus Holz und hatte unten eine Blechkante. Ich schrappte über die Steine, von der Garage bis ans Ende des Grundstücks.

»Kann ich den Schnee nicht liegenlassen? Der sieht so schön aus.«

»Was sollen die Leute denken?« Meine Mutter stemmte die Hände in die Hüften. »Sieh dir die anderen Häuser an: Da ist überall geräumt. Außerdem könnte jemand ausrutschen. Man darf doch die Alten und Kranken nicht vergessen!«

Mit Pudelmütze, Schal und Handschuhen ausgerüstet, schob ich die Schaufel vor mir her und blieb hin und wieder an einem Pflasterstein hängen. Ich pflügte die weiße Decke vom Bordstein. Ich räumte die Auffahrt vor der Garage frei und fegte mit einem Besen aus, der rote Plastikborsten hatte. Dann streute ich Sand. Immer wieder schaute ich zum Nachbarhaus hinüber. Der blaue Käfer stand vor dem Garagentor.

Ich ließ mir Zeit. Irgendwann würde sie aus dem Haus kommen. Auch wenn man in Trauer ist, muß man einkaufen gehen.

Seit dem ersten Weihnachtstag war ich nicht mehr

im Dorf gewesen. Wie jedes Jahr hatte ich bei meiner Großmutter einen bunten Teller bekommen. Außer dem Fernglas hatte sie mir zwei englische Bücher geschenkt. Dafür war sie extra in die Stadt gefahren.

Der Winter schien das Dorf noch weiter weggerückt zu haben. Zwischen hier und dort lag eine weiße Ebene, die nur der schwarze Fluß durchschnitt. Man bewegte sich langsam durch den Schnee. Rufe gingen ins Leere, Autos fuhren ohne Laut durch die Straßen. Immer wieder drehte ich den Kopf über die Schulter, um die Nachbarin ja nicht zu verpassen.

Im Dorf war jetzt der Marktplatz verschneit. Feierten sie dort immer noch Weihnachten?

Gerade wollte ich die Schaufel, den Besen und die Schachtel mit dem Salz wieder in die Garage stellen, als ich einen Schatten bemerkte. Ich verstaute die Sachen, als ob nichts wäre, und als ich aus der Garage trat, stand sie vor ihrem Wagen.

Sie hatte einen langen schwarzen Mantel an, mit Pelzrand abgesetzt. Die Mütze paßte dazu. Ihre Lippen schienen rot aus dem Gesicht. Als ich plötzlich vor ihr stand, spürte ich überall einen Schlag; in der Brust, an den Händen und Füßen und direkt unter der Schädeldecke. Was sollte ich einer Frau sagen, die gerade Witwe geworden war? Man sah ihr den Tod ihres Mannes an.

»Tag, Frau Blömeke!« brachte ich über die Lippen. Ich traute mich nicht, ihr einen Schritt entgegenzugehen. »So weiß wie Schnee, so rot wie Blut ...«, ging es mir durch den Kopf.

»Grüß dich, Oliver.« Sie lächelte. »Na, hast du schöne Ferien gehabt? Und wie geht's der Mama?«

Sie betonte die zweite Silbe.

»Uns geht's gut. Wir waren in der Schweiz.«

Sie schien es schon zu wissen.

Was sollte ich mit ihr reden? Kein Wort fiel mir aus den Briefen ein, die ich ihr in mein Schulheft geschrieben hatte. Jetzt war alles ausgewischt. Ihre braunen Haare bogen sich unter der Pelzmütze hervor. Sie zipfelten links und rechts vom Gesicht. Schwarze Handschuhe schlossen das Auto auf.

»Dann mach's gut. Und grüß die Mama schön.«

Schon hatte sie die Tür zugeschlagen und den Wagen gestartet. Der Käfer tastete sich die Auffahrt hinunter. Frau Blömeke schaute noch einmal zurück.

Wie gern hätte ich ihr gesagt, daß mir das mit ihrem Mann leid tat. Aber ich bekam die Zähne immer noch nicht auseinander. Schreiben war leicht. Sobald ich reden wollte, war der Mund zugeklebt. Es war leicht, sich Abenteuer auszudenken und Länder zu beschreiben, in denen man nie gewesen war. Es war leicht, einer Frau lange Briefe zu schreiben, wenn man sie nie abschickte. Und es war leicht, gegen Leute zu boxen, denen man nicht gegenüberstand.

Als ich die Garage zugemacht hatte, sah ich, wie Kirsten die Straße entlangkam. Sie trug eine Zipfelmütze wie ein Zwerg und Fäustlinge, die aussahen wie Ringelsocken. Wahrscheinlich hatte ihre Mutter die gestrickt. Ich wußte, was Kirsten wollte.

»Kommst du mit Schlittenfahren?«

»Tut mir leid, Kirsten, ich muß üben. Vielleicht ein andernmal.«

»Was mußt du denn üben?«

Sie saß in der Schule immer noch neben mir und hatte mitgekriegt, wie ich einmal einen Aufsatz aus dem leeren Heft vortrug.

»Klavier und Cello. Außerdem muß ich trainieren. Du weißt doch, daß ich in den Boxverein will.«

Ich sah ihr an, daß sie nicht wußte, was ein Cello ist. Ich sah auch, daß sie sich nicht zu fragen traute.

»Komm nächste Woche vorbei, dann spiel ich dir was vor!«

Kirsten trollte sich. Als sie allein durch den Schnee zog, tat sie mir leid. Aber ich sah noch das Lächeln von Frau Blömeke. Ich wollte es frisch halten und in mein Zimmer tragen. Außerdem war mir etwas für *»Die Squaw des Apachen«* eingefallen.

»Warum gehst du mit dem armen Mädchen nicht Schlittenfahren?«

Meine Mutter hatte durchs Küchenfenster alles beobachtet.

»Die hat es doch bloß auf meinen Schlitten abgesehen!«

»Überall schließt du dich aus! Und dann sitzt du in deinem Zimmer auf den Ohren und kommst nicht, wenn man dich ruft, und schmierst deine Schulhefte mit Räuberpistolen voll. Du mußt endlich lernen, sozial zu denken!«

Ich saß in meinem Zimmer und überlegte mir, wie es aussah, wenn man auf seinen Ohren saß. Ich schlug das blaue Schulheft auf. Frau Blömeke kam mir wieder in den Sinn. Nach dem Tod meines Großvaters war meine Großmutter ein Jahr in Schwarz gegangen. Es gab Photos, auf denen sie sich im dunklen Kleid zu mir herunterbeugte und mich an beiden Händen hielt. Auf einem Bild hatte ich ihren Hut auf.

»Ein Jahr muß man Trauer tragen, dann kann man wieder heiraten!« lachte sie, als wir uns die Photos anschauten.

Die Trauer stand Frau Blömeke gut. Unter der Pelzmütze sah sie aus wie die österreichische Kaiserin.

Ich nahm das Cello, spielte ein paar Tonleitern und stellte mir vor, wie sie die Stufen zum Dom von Graz hinunterschritt. Ich spielte den Anfang von Vivaldis e-moll-Sonate mit viel Vibrato. Ich paßte auf, daß ich die Saiten schön in der Mitte der Fingerkuppen zu fassen kriegte.

Plötzlich stand meine Mutter vor mir. »Ich muß mit dir über dein Verhalten reden.« Sie hatte Lockenwickler im Haar.

»Ich finde es nicht richtig, daß du dich immer auf deinem Zimmer einschließt.«

»Einschließt? Gerade hast du mir vorgeworfen, daß ich mich ausschließe.«

»Die anderen Kinder gehen Schlittenfahren oder Eislaufen, und du sitzt hier herum und spinnst vor dich hin.«

Das Thema hatten wir vorhin schon abgehandelt, aber wenn es ihr gefiel, konnte alles von vorn losgehen.

»Dein Vater und ich, wir machen uns Sorgen. Du zeigst ein auffälliges Verhalten. Herumsitzen und Musizieren ist eine feine Sache. Aber alles hat seine Zeit. Man muß auch mal spielen gehen.«

Ich ließ den Bogen sinken.

»Dein Vater und deine Mutter haben hart gearbeitet, um das zu erreichen, was wir dir heute bieten können. Du hast alles, wovon andere Kinder nur träumen. Du fährst in Skiurlaub. Das konnte ich in deinem Alter nicht. Es waren harte Zeiten nach dem Krieg. Und glaubst du etwa, die Kirsten hat von der Schweiz auch nur einen Zaunpfahl gesehen?«

Sie riß die Augen auf.

War ich am Krieg schuld und daran, daß Kirsten im Hochhaus wohnte?

»Sieh dir deinen Bruder mal an: Ein ganz normaler, gesunder Junge. Der spielt mit Bauklötzen und mit seinem Polizeiauto. Der kuckt Fernsehen und ist zufrieden. Und du? Hängst den ganzen Nachmittag am Klavier. Schreibst Indianergeschichten und verdirbst dir die Augen. Führst dich auf wie der neue Max Schmeling. Liest Bücher, die noch nichts für dich sind. Und wer hat von dir verlangt, auf eigene Faust Englisch zu lernen? Warte lieber ab, bis das in der Schule drankommt.«

Ihr Blick glitt über das Cello, den Notenständer, das Bücherregal und die beiden Poster. Auf dem einen sah man Neil Armstrong bei seinen ersten Schritten auf dem Mond, auf dem anderen Muhammad Ali in weißen Boxershorts vor grünen Hügeln.

»Eins macht uns wirklich Kummer: Du bist nicht wie die anderen.«

Ich setzte den Bogen wieder an, aber meine Mutter rief: »Hör gefälligst zu, wenn ich mit dir rede!«

Sie stand vor mir. Mit Cello und Bogen fühlte ich mich wie mit Schild und Schwert bewaffnet.

»Musik ist schön. Aber alles zu seiner Zeit. Da kommt die kleine Kirsten hierher, um mit dir Schlitten zu fahren. Aber der Herr hat wichtigeres zu tun.«

Meine Mutter hätte auch Reden im Fernsehen halten können. Sie sprach immer so deutlich.

Noch ehe ich etwas erwidern konnte, drehte sie sich auf dem Absatz um und schlug die Tür hinter sich zu. Alles in meinem Zimmer, das Cello, der Schreibtisch mit dem Globus und der Saturn-V-Rakete, das Bücherregal und die Poster an der Wand, hatten an Wert verloren. Alles im Leben machte ich falsch. Selbst an meinem dreijährigen Bruder konnte ich mir ein Beispiel nehmen.

Ich spielte eine Tonleiter, brach aber mittendrin ab. Ich setzte den Bogen neu an und ließ ihn nach ein paar Tönen sinken. Ich konnte nicht mehr spielen. Ich konnte mich nicht mehr konzentrieren. Plötzlich spürte ich Wut im Bauch. Ich lehnte das Cello gegen den Stuhl und drosch ohne Handschuhe auf den Sandsack ein, der noch in der Ecke stand. Ich achtete nicht darauf, wie ich mich hielt. Der Kopf schwoll. Ich konnte nicht aufhören, den Sack zu prügeln.

Aber ging nicht jeder Schlag ins Leere? Kein Treffer war dabei, kein K. o.

Keuchend trat ich ans Fenster. Es gab Wände, durch die konnte man nicht hindurch.

Frau Blömeke kam und ging, ohne daß ich sie zu mir locken konnte. Wenn ich jeden Tag schreiben übte, so wie ich Cello übte, wenn ich eines Tages so gut schreiben konnte, wie ich Klavier spielte, dann würde ich ihr einen Brief schicken, der sie zwang, in mir etwas anderes zu sehen als den Jungen von gegenüber. Dann würde sie auch etwas anderes zu mir sagen als »Grüß die Mama schön!«

Aber bis dahin mußte ich mich damit begnügen, mit Claus-Wilhelm zu spielen, mit Kirsten Schallplatten zu hören und einmal in der Woche auf den Bauernhof zu gehen. Kirsten konnte ich immerhin aus der *»Squaw des Apachen«* vorlesen. Sie hielt mich für einen Schriftsteller. Sie folgte den Abenteuern des künftigen Häuptlings mit großen Augen und kam nicht auf die Idee, ich könnte irgendetwas bei Zane Grey oder sonstwo abgeschrieben haben.

Ich ließ mich auf den Stuhl vor dem Schreibtisch fallen. Mir war, als hätte ich mich erbrochen. Man fühlt sich befreit, aber nur ein paar Minuten. Einen Moment lang glaubte ich, die Wut hinuntergewürgt zu haben, doch dann stieg sie wieder hoch.

Man darf im Kampf das Gesicht nicht verziehen. Wenn man zum Schlag ausholt, darf man den Mund nicht zusammenpressen, weil man den Gegner damit warnt. Man darf die Augen nicht zusammenkneifen, wie meine Mutter es tat, wenn sie mich anfauchte. Und wenn man einen Treffer hinnehmen muß, darf sich der Schmerz nicht im Gesicht spiegeln. Das würde den Gegner ermutigen.

So saß ich da und wartete und wußte nicht, auf was. Vielleicht kam irgendwann der Tag, an dem sich niemand mehr trauen würde, mich auszuschimpfen, an dem meine Deckung so perfekt geworden war, daß mich Schläge nicht mehr treffen konnten.

Das Haus war still. Man hörte weder Claus-Wilhelms Polizeiauto, noch meine Mutter am Telephon. Wenn mein Vater nicht da war, telephonierte sie fast immer. War sie mit Claus-Wilhelm weggefahren? Ich hatte nichts bemerkt. Ich lief hinunter in die Garage. Der Käfer war weg.

Ich hatte das Haus für mich. Aber was konnte ich schon machen? Das Cello lehnte am Stuhl. Der Sandsack lag in der Ecke. Ich wollte mein Heft aufschlagen, »*Die Squaw des Apachen*« weiterschreiben. Aber mir fiel nichts mehr ein.

In meinem Kopf war wieder dieser Druck. Irgend etwas ging hinter meinem Rücken vor. Hielten sie alle zusammen? Hier im Haus wohnten mein Vater und meine Mutter, ein Ehepaar mit zwei Kindern, und drüben hauste eine junge Witwe mit ihrem Sohn. Alles hätte in Ordnung sein können. Doch immer wieder flammte in meinem Kopf das Bild auf, das ich nicht genau erkennen konnte und das doch alles durcheinander brachte, mein ganzes Leben. Hinter der Geschichte, in der ich lebte, schien sich noch eine andere Geschichte abzuspielen, von der ich nicht wußte, wer sie eingefädelt hatte.

Ich warf mich aufs Bett und starrte an die Decke. Wohin war meine Mutter mit Claus-Wilhelm plötzlich gefahren? Und wo war Frau Blömeke? Draußen wurde überall geräumt und gestreut, man hörte Schritte knirschen. Immer wenn ein Auto kam oder jemand vorüberging, horchte ich auf, obwohl ich doch wußte, daß Frau Blömeke mit dem Auto unterwegs war. Ihr Mann schlurfte schon lange nicht mehr über die Straße. Meine Mutter kam und kam nicht wieder.

Ich schloß die Augen. Die Geräusche von draußen hallten in meinem Kopf.

Und da war es wieder, das Bild. Ich sah es, und ich sah es doch nicht. Es waren vier Figuren, vier Erwachsene, dann nur noch drei, dann nur noch zwei. Aber plötzlich waren es nur noch Linien und Kreise, ein Muster in der Tapete.

Ich machte die Augen auf. Draußen war es schon dunkel.

5

Am nächsten Sonntag war ich fest entschlossen, meiner Großmutter nach Tisch etwas aus der »*Squaw des Apachen*« vorzulesen. Ich hatte wieder das blaue Schulheft eingesteckt. Hoffentlich ließen sie mich diesmal zu Wort kommen. Sie hatten einiges zu besprechen. Der Umzug nach Berlin rückte näher. Es waren nur noch drei Monate.

Als wir auf dem Marktplatz ausstiegen, bekam ich einen Schreck. Auf dem Balken über der Tür von Großmutters Haus stand in Kreide:

19 + C + M + B + 71

Es war gut zu lesen. So hatte ich also auch in diesem Jahr, das so viel Neues bringen sollte, die Heiligen Drei Könige verpaßt. Im Skihotel in der Schweiz bekam man ohnehin nichts mit. Aber auch in Köppelsbleek und Umgebung gab es keine Jungen, die sich am Dreikönigstag verkleideten und von Haus zu Haus zogen. In Köppelsbleek wohnten fast nur Evangelische. Bei uns im Dorf aber kamen die Könige aus dem Morgenland jedes Jahr, trugen den mit Goldpapier umkleideten Pappstern am Besenstiel vor sich her, und während sie sangen, hofften sie, mit ein paar Süßigkeiten weiterziehen zu können.

Wir kommen daher aus dem Morgenland,
Wir kommen geführt von Gottes Hand.
Wir wünschen euch ein gesegnetes Jahr;
Caspar, Melchior und Balthasar!

Meistens waren Rupert und Max dabei, Rupert mit schwarz angeschmiertem Gesicht als Negerkönig Balthasar. Als ich noch bei meiner Großmutter wohnte, hatten sie mir versprochen, ich könnte bald mitgehen. Ich sollte sogar der Balthasar sein. Magdalene würde mir oben in der Küche das Gesicht mit Ruß schwärzen. Doch bevor es soweit war, kamen meine Eltern, bauten ihr Haus und holten mich aus dem Dorf ab. Jetzt hatte ich eine Familie. Negerkönig bin ich nie geworden.

Wie jeden Sonntag zog ich die gestärkte Serviette aus dem Ring. In das Silber waren die Buchstaben »AvR« graviert. Das A stand für Alphons. Der Serviettenring gehörte zu den Sachen, die ich von meinem Großvater geerbt hatte, kleiner Teil eines großen Schatzes. Die Großmutter saß mir gegenüber, Vater und Mutter rechts und links. Es gab Schnitzel. Meine Mutter zerdrückte eine Kartoffel mit der Gabel und stopfte Claus-Wilhelm das Püree in den Mund.

»Nimm das Messer nicht mit der Faust!« Meine Mutter zeigte auf meine Rechte. »Wo sind wir denn?«

»Er ist eben ein alter Germane«, scherzte mein Vater. »Die essen mit den Schwertern.«

Mein Vater galt bei seinen Kollegen als ein Mann mit Humor. Es wurden tolle Geschichten über ihn erzählt.

Ich spitzte die Finger und aß, als spielte ich Cello.

»Na also! Warum nicht gleich? Er kann ja, er will nur nicht. Und paß auf dein Jackett auf!«

Die feinen Sachen hingen die Woche über im Schrank. Nur sonntags wurde ich gut angezogen. Mein Vater, der sonst keinen Blick für Kleinligkeiten hatte, konnte mich sonntags morgens anschauen und sagen: »Wasch dir mal die Haare!«

Das war seine Art, den Sabbat zu heiligen.

Meine Mutter schrubbte Claus-Wilhelm, bis er rosa war. Warum wollten sie meiner Großmutter immer beweisen, was für ordentliche Kinder sie hatten?

»Iß nicht so schnell«, riet meine Mutter, während Anna noch Kartoffeln auftat. Sonst trieb sie meistens zur Eile. Sie hatte immer mehrere Dinge gleichzeitig im Sinn und verlor schnell die Geduld. Wenn sie mich rief, mußte ich sofort kommen. »Wo bleibst du denn?« schallte es, wenn ich noch eben ein Buch an seinen Platz stellen oder meine Autos wieder in die Reihe schieben wollte. »Na, nun mach schon!« hieß es, wenn ich mir beim Essen Zeit ließ. »Wer ist wie immer als letzter fertig? Du hast wieder mehr geredet als gegessen.« Sie konnte beim Essen viel reden und war trotzdem als erste fertig.

Zum Nachtisch servierte Anna Flammeri mit heißen Kirschen. Flammeri gab es nur zu besonderen Gelegenheiten.

Im März ging es nach Berlin. Es waren keine drei Monate mehr.

Schon beim Essen hatte ich die ganze Zeit auf den Moment gewartet, wo ich mit dem Roman herausrücken konnte. Vielleicht ließen sie mich lesen, wenn Anna in der Küche klapperte und mit dem nächsten Gang nicht nachkam. Das blaue Heft lag bereit. Ich saß darauf.

Aber meine Eltern sangen im Duett vom neuen Haus, von der Klinik, die mein Vater aufbauen würde, und von Berlin, wo es doch so schön war. Die Stadt war *kulturell interessant* und *steuerlich interessant*. Mein Vater hatte an der Berliner Universität seinen Doktor gemacht und kannte Persönlichkeiten. Meine Mutter freute sich darauf, die Schulkameradinnen wiederzusehen und an ihrem *gesellschaftlichen Leben* teilzunehmen. Alles würde ganz anders werden als in Köppelsbleek, wo meine Eltern nie jemanden einluden, außer einmal im Jahr die Kollegen aus der Klinik und einmal die Bundesbrüder aus seiner Studentenverbindung; alles alte Herren von Ende Dreißig.

»In Berlin werden ganz tolle Gartenparties gefeiert. So was kennt man hier auf dem Lande nicht.«

Ganz toll war zur Zeit der Lieblingsausdruck meiner Mutter. Wenn sie nicht gerade von ihrem ältesten

Sohn sprach, fand sie alles ganz toll. Sie hatte immer ein oder zwei Ausdrücke, die sie für alles verwendete. In jeder Saison fand sie neue.

Am Anfang, als meine Eltern ins neue Haus im Prinzengarten eingezogen waren, und ich mit ihnen, hängte meine Mutter ständig die Formel *in diesem Haus* an ihre Sätze.

»Kannst du dich nicht beeilen in diesem Haus…?«

»Mir geht alles so auf die Nerven in diesem Haus …«

Sie sagte sogar: »Guten Morgen in diesem Haus …«

Ich kannte meine Eltern noch nicht gut und dachte, das sagt man eben so. Aber dann verschwand die Wendung von *diesem Haus* aus ihren Reden, und wurde durch das Wort *faktisch* ersetzt.

»Heute gibt es faktisch Omas Apfelkompott zum Nachtisch …«

»Gib Ruhe, ich will jetzt faktisch den Film sehen …«

Im Moment war alles *ganz toll*, und in Berlin würde sie uns eine neue Sommerkollektion von Wörtern und Redensarten vorführen. Sie würde neue Ausdrücke von ihren Freundinnen übernehmen. Und sicher gab es dort Redensarten, die man hier noch nie gehört hatte. Ich achtete schon lange nicht mehr auf diese Wendungen und dachte an etwas anderes. Doch nachher erschienen mir die Gespräche meiner Eltern wie auf Schallplatte gebannt, und ich wunderte mich, was gegen meinen Willen alles hängengeblieben war.

Und während meine Mutter von Gartenparties und vom Theater plapperte, entwickelte sich in meinem

Kopf eine Landschaft mit vielen Kühen, einem Bauernhof, meiner Glasfabrik und meinem Dorf. Ich stand mittendrin. Um meinen Hals hing eine große Medaille. Und vor mir stand Frau Blömeke.

Meine Mutter zählte auf, was sie in Berlin alles vorhatte, in der *eigentlichen deutschen Hauptstadt*. Doch plötzlich scheuchte mich ein Stichwort aus meiner Zweisamkeit mit Marika auf. Mein Einsatz kam, und ich verschlief ihn nicht.

Meine Mutter lieferte mir diesen Einsatz öfter, und ich blieb ihr das Widerwort nie schuldig. Wie so oft spann sich unser festgelegter Dialog an.

»... und dann nehmen wir ein Abonnement für die Oper ...«

»Es heißt nicht *die* Opa, es heißt *der* Opa«, fuhr ich, wie gewohnt, dazwischen.

Meine Mutter bekam nie genug. Immer wieder biß sie an, als hätte ich ihr die Sache nicht schon oft genug vor die Nase gehalten.

»Der Op*a* und die Op*er*!« sang sie. »Das habe ich dir schon hundertmal gesagt. Spiel um Gotteswillen nicht den Dummen!«

Die gleiche Antwort bekam ich, wenn ich sie fragte, wie sie es anstellen wollte, *auf den Ball* zu gehen, ohne herunterzufallen. Jedesmal sprang sie darauf an, als sei es das erste Mal.

»Die ganze Zeit träumst du vor dich, hin«, schimpfte sie. »Aber wenn du mich ärgern kannst, dann wachst du auf!«

Sie wandte sich an ihre Schwiegermutter. »Was soll ich bloß mit dem Jungen anfangen? Niemand wird mit dem fertig. Auch die Lehrerin hat sich schon beschwert!«

Ich stellte mir vor, was ich in Berlin alles anstellen konnte, wenn meine Eltern in der Oper und auf dem Ball waren. Ich konnte zum Beispiel Claus-Wilhelm im neuen Swimming Pool Schwimmunterricht geben.

»Du hast mich nicht erzogen, du hast mich nur in die Welt gesetzt. Und ich habe dich nicht darum gebeten!«

»Jetzt hör dir das an, Mutter! So aufsässig ist der! Und das die ganzen Ferien über. Das eine sag ich dir: So schnell nehmen wir die Kinder nicht mehr in Urlaub mit. Denen wird alles auf dem Silbertablett serviert, aber sie danken es einem nicht!«

Ich wunderte mich, daß mein Bruder, den sie mir sonst als leuchtendes Beispiel vorhielten und der in der Schweiz zwei Wochen lang nichts anderes getan hatte, als sein Polizeiauto durchs Hotelzimmer fahren zu lassen, plötzlich als ebenso undankbar galt wie ich. Oder meinten sie doch nur mich, wenn sie von »den Kindern« sprachen?

Meine Großmutter schwieg. Aber ihr Schweigen sagte viel. In den fünf Jahren, die ich bei ihr verbracht hatte, den ersten fünf Jahren meines Lebens, hatte sie nie geklagt, daß sie mit mir nicht fertig würde. Sie sagte wenig, und doch hatte sie mir Sprechen beigebracht. Ich war ihr im Garten zur Hand gegangen, ich wußte, wie man sich in der Kirche benimmt, ich hatte Anna beim Tischdecken geholfen, ich wußte, wie man das Besteck legt. Ich sagte Bescheid, wenn ich auf den Bauernhof ging. Bei ihr hatte ich immer gewußt, woran ich bin. Meine Großmutter war heute genauso wie morgen.

»Unser Haus wird ständig von den nettesten Mädchen belagert.« Meine Mutter hatte wieder den Tonfall des Märchenerzählers von der Schallplatte. »Aber der Sonderling schickt sie nach Hause, um in Ruhe sein Heft mit hanebüchenen Geschichten vollzukritzeln. Das ist doch nicht normal!«

Meine Großmutter lehnte sich auf dem Stuhl zurück. Ihre Lachfalten spannten sich um die Augen. Sie schaute zu mir herüber und sagte: »Immer lassen!«

Ich blieb an dem Wort hängen, das meine Mutter da wieder benutzt hatte, *hanebüchen*. So redeten also die Leute in Berlin. Ich stellte mir einen Hahn vor, der meine Bücher zerfetzte.

»Ich will nur nicht, daß er zum Außenseiter wird, Mutter!«

»Du wirst lachen, dein Göttergatte war als Junge auch ein Außenseiter. Der dachte gar nicht daran, mit den Kindern im Dorf zu spielen oder drüben mit dem kleinen Paul Kampehoff. Und, hat es ihm geschadet?«

Nach dem Essen gingen wir ins Wohnzimmer, wo auch ich Kaffee bekam, mit viel Milch.

»Tu nicht wieder Zentner von Zucker rein«, sagte meine Mutter. »Ich hab während der Schwangerschaft ganze Waggons von Kalktabletten geschluckt, damit der Claus-Wilhelm gute Zähne bekommt. Und du machst mit deinen Süßigkeiten alles kaputt!«

Meine Großmutter und mein Vater nahmen die beiden Sessel ein, während ich neben meiner Mutter auf der Couch saß, Claus-Wilhelm zwischen uns. Er kaute auf einem Matchboxauto. Er hatte schlechte Zähne, weil ich zuviel Zucker in meinen Kaffee tat.

Über der Kommode hing das alte Stoffbild mit dem Spruch:

Hamburg Ahoi! Dir bleib ich treu!

Ein Kirchturm und ein paar Segelschiffe waren darauf gestickt. Das Stück Stoff zeigte die Heimat meines Großvaters. Der Treueschwur an Hamburg war das erste im Leben, was ich lesen konnte.

Ich schob das Heft mit der *»Squaw des Apachen«* neben mich zwischen die Kissen. Meine Mutter schlug die Beine übereinander, hielt die kleine Tasse und rührte um. Meine Beine baumelten von der Couch, und mit den Händen stützte ich mich auf den Tisch, der mir nur bis zum Knie ging. So saßen wir da, Sonntag für Sonntag. Auch mein Vater schlug die Beine übereinander und machte es sich im Sessel bequem. Er zog eine Zigarre aus der Innentasche des Jacketts, sah sie genau an und schnitt eine Kerbe in das Ende.

Er zündete ein großes Streichholz an und hielt die Zigarre an den blauen Teil der Flamme. Die Angewohnheit, nach dem Essen eine Zigarre zu rauchen, hatte er von seinem Vater.

Ich hatte meinen Großvater nicht mehr gekannt. Hinter mir über der Couch hing sein Bild mit weißem Haar und Zigarre. Ich konnte ihn mir gut vorstellen. Mein Großvater war ein wichtiger Mann gewesen. Er gab den Leuten Arbeit, und in der schweren Zeit hielt er sie zusammen. Nach dem Krieg wählten sie ihn zum Bürgermeister. Wenige Monate vor meiner Geburt war er gestorben. Aber die Leute erinnerten sich noch an ihn. Es war, als sei er gar nicht tot. Wenn ich sonntags allein durch das Dorf ging, kamen sie zu mir, strichen mir übers Haar und sagten: »Du bist doch sein Enkel!« Manche, die meinen Vater kannten, sagten auch: »Du bist doch der Sohn!« Ein Schatten der Ehrfurcht, die die Leute vor meinem Großvater empfanden, fiel auf mich. Ich ließ mich auch gern für meinen Vater loben. Mein Vater war früh vom Dorf weggegangen. Die Leute glaubten, wir lebten in einer schöneren Welt, und ich ließ mir nichts anmerken.

Schade, daß Frau Blömeke mich hier nicht sehen konnte. Hier im Dorf war ich nicht der Junge, der morgens mit seinem Ranzen zur Schule ging und seinem Vater im Garten beim Rasenmähen helfen mußte. Frau Blömeke war es sicher nicht klar, daß ich von einem großen Mann abstammte.

»Reich mir doch bitte mal die Sahne herüber!« sagte meine Mutter und sah mir in die Augen. Ich mußte über den Tisch langen, um ihr das Kännchen hinzuschieben. Sie sah mir auf die Finger.

»Trink deinen Kaffee!« Wenn es nach meiner Mutter ging, mußte ich immer beschäftigt sein. Sie mochte es nicht, wenn ich herumsaß und nichts tat. »Was läßt du dich wieder hängen!« sagte sie dann. Wenn ich allein in meinem Zimmer spielte, las, schrieb, oder Musik machte, rief sie mich oft heraus und trug mir etwas auf. Ich mußte Sachen aus dem Keller holen oder ihr dabei helfen, ein Bild aufzuhängen. Jede Woche las sie den *»Stern«*, riß Kochrezepte heraus und trug mit dem Kugelschreiber ein paar Wörter ins Kreuzworträtsel ein. Hin und wieder rief sie mich, um mir in der Zeitschrift ein Photo zu zeigen. Am liebsten hielt sie mir Bilder von Kindern aus Afrika unter die Nase, die halb verhungert waren.

»So sehen die armen Kinder aus, die nichts zu essen haben. Also sei froh, daß du jeden Tag satt wirst!« Wenn sie weg war, holte ich mir den *»Stern«*, brachte das Kreuzworträtsel zu Ende und kuckte mir die nackten Frauen an.

Ich hatte schon viele Mädchen geküßt; in Gedanken, und weiter war ich auch in Gedanken nicht gekommen. Auch meine Eltern küßten sich. Mir war klar, daß das nicht alles war. Man konnte noch viel mehr mit einer Frau, mit einem Mädchen tun. Auch Magdalene Kampehoff bestand nicht nur aus ihrem

Mund und ihren Zöpfen. Wenn Magdalene in Rock und Stiefeln dastand, wenn sie über den Hof ging, wenn sie beim Fangen rannte, immer war etwas Besonderes an ihr. Sie war aus feinerem Stoff als wir Jungen. Wenn sie mich anlächelte, war das besser, als wenn Rupert und Max über meine Witze lachten.

Frau Blömeke aber war anders als alle. Ich traute mich lange nicht, sie in Gedanken zu küssen. Aber dann fing ich doch damit an. Die Erwachsenen sagten zu allem möglichen: »Ist doch nichts dabei!« Also drückte ich Frau Blömeke leicht meine Lippen auf die weißen Wangen, um sie zu trösten.

Ich versank weiter im Sofa und wartete auf eine längere Pause im Gespräch, in der ich das Heft hervorziehen und die neue Episode aus der *»Squaw des Apachen«* vorlesen konnte. Der Milchkaffee machte mich müde, doch jedesmal, wenn sich die Stimmen senkten, wurde ich munter. Aber kaum griff ich nach dem Schulheft, sprang das Gespräch wieder an. Wenn es nichts mehr zu sagen gab, zog meine Mutter ein neues Thema aus dem Ärmel. Sie mochte das Schweigen nicht.

Oft hockte ich oben auf der Treppe, wenn ich sie sprechen wollte. Wann würde sie unten im Flur endlich den Hörer auflegen? Sie saß neben dem Telephontischchen in einem runden Korbsessel, die Beine übereinandergeschlagen, wippte mit den Fußspitzen und beobachtete sich im Spiegel. Man konnte meinen, sie unterhielte sich mit ihrem Spiegelbild. Auch wenn ich in meinem Zimmer saß und das einzelne Wort nicht verstand, hörte ich doch in der Melodie ihrer Stimme ein Ende von weitem herannahen und stellte die Ohren auf. Es war wie bei den Haydn-Sonaten, die ich auf dem Klavier spielte; man merkte, wenn alle Töne aufgebraucht waren, wenn nichts Neues mehr kommen konnte und der Schluß bevorstand.

»Alles hat mal ein Ende«, sagte meine Mutter. Wenn sie telephonierte, galt das nicht. Aber gerade wenn sie nicht mehr zu sprechen aufhören wollte, hatte ich ihr etwas zu sagen und mußte die ganze Zeit von meinem Zimmer aus lauschen, wie sich unten in der Halle ihre Stimme hob und senkte. Wenn ich Fetzen hörte wie »Dann machs mal gut« oder »Dann grüß mal alle schön«, glaubte ich schon, das Gespräch müsse zu Ende sein, doch dann ging es wieder los.

Wenn sie den Hörer auf das graue Plastikgehäuse knallte, war ich befreit. Ich rannte die Treppe hinunter, blies schon die Backen mit dem auf, was ich ihr unbedingt sagen wollte. Aber da hatte sie die Wahlscheibe schon wieder in Gang gesetzt und winkte ab. »Später!«

Immer mußte man auf etwas warten. Oft saß ich an meinem Schreibtisch, nahm die Kapsel von der Saturn-V-Rakete und setzte sie wieder auf, streichelte den Globus, kuckte aus dem Fenster und fühlte den Tag vergehen. Er rann wie Sand durchs Glas, ohne daß ich etwas daraus machen konnte. Auf der anderen Seite der Straße lag das Haus, in dem Frau Blömeke saß. Sie kam und kam nicht heraus, und unten sprach meine Mutter ins Telephon.

Die entscheidenden Dinge passierten, wenn ich nicht dabei war. Und nachher ließen die Leute sich nichts anmerken. Ein alter Mann stirbt trotz bester medizinischer Behandlung, das ist normal. Seine Witwe sitzt einsam im Zimmer, das ist nichts Besonderes. Nur, daß ich einen komischen Geschmack auf der Zunge hatte, wollte nicht dazu passen. Das Bild in meinem Kopf bäumte sich gegen die Geschichte auf, die sie mir alle vorspielten.

Irgendwo draußen war das Leben. Aber ich mußte im Haus bleiben und auf die Mutter warten, die versprochen hat, spätestens um fünf zu kommen, und die um sieben noch nicht da ist. Immer kann etwas dazwischenkommen, ein Unfall, ein Zufall, eine wichtige Begebenheit, die sich nicht erzählen läßt und bei der es auch kein Telephon gibt. Und ich sitze die ganze Zeit am Fenster und warte.

Vor allem wartete ich darauf, irgendwann einmal kein kleiner Junge mehr zu sein. Solange man auf etwas Gutes wartete, solange man sich auf etwas freute, war das Warten nicht so schlimm. Aber oft wartete man auf etwas, das man gar nicht wollte. So sah ich immer wieder den März und den Umzug nach Berlin vor mir.

Ich trommelte mit den Hacken gegen die Sofaleiste und wartete auf meinen Einsatz. Vielleicht wollte wenigstens meine Großmutter etwas aus der *»Squaw des*

Apachen« hören. Auf der Rückfahrt aus der Schweiz hatte ich meinen Eltern daraus vorgelesen, doch vorn im Auto war es still geblieben. Dann drückte mein Vater die Zigarette im Aschenbecher aus und sagte: »Da mußt du mal Karl May lesen. Der ist großartig. Den habe ich als Junge verschlungen. Sogar auf dem Klo. Da konnte es um mich herum brennen.«

Er hatte immer noch zwei Reihen mit den kleinen grünen Bänden im Bücherregal stehen. Ich nahm »*Winnetou«* heraus und schnupperte an dem gelben Papier. Aber so sehr ich es auch versuchte, ich konnte mich mit dem Lieblingsschriftsteller meines Vaters nicht anfreunden. Old Shatterhand war ein Angeber und Bleichgesicht wie Jerry Quarry, keine große weiße Hoffnung. Nach hundert Seiten warf ich die Geschichte hin. Auch mit »*Old Surehand«*, dem »*Schatz im Silbersee«* und dem »*Wilden Kurdistan«* kam ich nicht weiter. Ich blätterte noch ein paar Bände durch und roch am Papier. Es war am Rand schon braun. War es ans Feuer geraten? Schließlich stellte ich Band für Band wieder ins Regal zurück. Ich hatte mir alle Mühe gegeben, das gut zu finden, was mein Vater gut fand.

»Na, war wohl nichts mit Karl May«, stellte er fest. »Hast du einen gelesen, hast du alle gelesen!«

»Gib nicht so an!« entfuhr es meiner Mutter.

Mein Vater sagte nichts. War er beleidigt, daß ich seinen Lieblingsschriftsteller nicht mochte? Oder war es ihm egal?

Auch Zane Grey hing mir zum Hals heraus. Ich kannte den »*Großen Treck*«, das »*Wüstengold*«, den »*Lone Star Ranger*« und wie die Schinken alle hießen. Von einsamen Flüssen und noch einsameren Rangern hatte ich die Nase voll. Das waren doch keine richtigen Romane! In meinem Buch wollte ich alles besser machen.

Ich hatte nichts mehr zu lesen und stand vor den Bücherregalen meiner Eltern. Alles reizte mich, doch für nichts konnte ich mich begeistern. Ich packte die eine oder andere Schwarte, steckte meine Nase zwischen die Seiten und schlug das Buch wieder zu, daß es staubte.

»Ich will nicht, daß du Romane liest!« sagte meine Mutter.

Romane waren voller Schmutz, besonders die Taschenbücher. Sie standen in einer Reihe auf der Ablage hinter dem Bett meiner Eltern. Es mußten über hundert sein. Unten im Wohnzimmer und dem Raum dahinter, der »Bibliothek« genannt und so gut wie nie betreten wurde, standen Lederbände, Lexika, Bildbände, Atlanten, Klassiker in altem Druck, alles vom Großvater aus Berlin.

»Bücher sind der beste Wandschmuck«, sagte meine Mutter.

Immer wieder ließ ich meine Finger über die Buchrücken gleiten. Eines Tages griff ich einen dicken roten Band. Zuerst dachte ich, der Verfasser sei ein Namensvetter von mir. Doch als ich das Deckblatt aufschlug, sah ich, daß es der Held der Geschichte war, der Oliver hieß. Ein Bild neben dem Titelblatt zeigte einen Jungen in meinem Alter. Er trug alte Klamotten und ging die Straße entlang. Hinter ihm sah es nach großer Stadt aus.

»Das ist noch nichts für dich«, befand meine Mutter. »Das ist Literatur für Erwachsene.«

Die Bücher, die sie mir unter den Weihnachtsbaum legten, ließ ich im Regal verstauben. Besonders, wenn sie erzählten, sie hätten das Buch in meinem Alter verschlungen, faßte ich es nicht an. Nur eines weckte meinen Appetit: Wenn sie auf ein Buch zeigten und sagten: »Das ist noch nichts für dich!«

Seit Tagen las ich nun die Geschichte von dem armen Jungen aus London. Erst jetzt sah ich, was Schreiben sein konnte. Abends las ich, bis mir die Augen zufielen. Am Tag wartete ich nur auf die nächste Gelegenheit, weiterlesen zu können. Ich steckte das Buch in den Ranzen und schleppte es zur Schule. Ich schleppte es wieder nach Hause und dachte: Eines Tages werde ich so ein Buch schreiben.

Ich schlug *»Die Squaw des Apachen«* auf. Der Häuptlingssohn hatte sich auf der Suche nach der Frau seines Vaters im Wald verlaufen. Überall lauerten Tiere. Sie fauchten ihn an, aber er zitterte nicht einmal. Er schritt hindurch wie Tamino. Ich schrieb und drückte auf meinen Füller. Dem Leser sollte angst und bange werden. Ich malte die Schrecken des Waldes aus, die Schrecken der Einsamkeit. Jetzt wußte ich, wie man einen Roman schreibt. Ich war gespannt, was meine Großmutter dazu sagen würde. Selbst meine Eltern müßten merken, daß es gut war.

Die drei unterhielten sich. Für mich und meinen Roman gab es hier immer noch keinen Platz.

Ich wartete weiter auf meinen Einsatz und fiel in Gedanken. Die Gesänge meiner Mutter von Berlin, vom neuen Haus und der neuen Klinik mußte ich jeden Tag anhören. Ich konnte sie mitsingen.

»Wir haben eine Villa im Grunewald gekauft; ganz vornehme Gegend. Lauter alte Bäume, fast so hoch wie auf dem Dahlemer Waldfriedhof. Das Haus ist Jugenstil, mit hohen Stuckdecken. Haben wir über Annonce gefunden, von privat, ganz ohne Makler. Gehörte einem Bankvorstand. Die Erben mußten das so schnell wie möglich verkaufen. Vor dem Krieg sollen Juden drin gewohnt haben. Na, es wird alles von Grund auf renoviert. Ich hab mich in das Haus auf der Stelle verliebt. Mußte natürlich viel Arbeit reingesteckt werden. Die haben sieben Schichten Tapete heruntergekratzt, und dann kamen Zeitungen zum Vorschein, noch in der alten Schrift. Ganze Berge von Gerümpel haben die Arbeiter weggeschafft. Kolonnen von Lkws kamen angefahren. Hat alles einen Haufen Geld gekostet; wir haben fast noch mal soviel reingesteckt. Den Swimming Pool konntest du vergessen. Haben wir einreißen und neu ausheben müssen. Da sind mehrere Bagger gekommen. Die Außenwände wollten sie weiß streichen. Nein, sag ich: ich will eine schöne, moderne Farbe. Jetzt kriegen wir eine blaue Fassade, daß du das Haus schon von weitem siehst. Und drinnen alles Rauhfaser. Riesige Wände für die Bilder. Der Vorbesitzer hatte da so Schinken hängen; ich sag dir: unmoderner Kitsch! Auch die Möbel, so'n Barockzeug, alles Klimbim. Aber das wird jetzt zeitgemäß und farbenfroh bis in die letzte Ecke. Schicke Stahlrohrmöbel und ein Teppichboden, daß du bis zum Knie drin versinkst. Wenn wir da einziehen, ist alles auf dem neuesten Stand.«

Gewöhnlich flocht meine Mutter an dieser Stelle noch einen Hinweis auf die Empfänge und Gartenparties ein, die in dem Haus stattfinden sollten. Der Lobgesang auf die neuen Verhältnisse endete stets mit der Wendung »... was wir den Kindern alles bieten«.

Mein Vater redete selten über das Haus.

»Gut, als Klinikchef mußt du ein bißchen repräsentieren ... Die Einrichtung überlasse ich meiner Frau.«

Zweimal war ich mit meinen Eltern in Berlin gewesen und hatte mich auf der Baustelle herumgedrückt. Das Haus sah wie eine Ruine aus.

»Was machst du denn für ein Gesicht! Du solltest froh sein, daß du in so einem Haus wohnen darfst.« Meine Eltern waren beleidigt, daß ich ihre Begeisterung nicht teilte. Ich sah nur die hohlen Fenster.

»Da kommt überall doppelte Verglasung rein. Das hält die Wärme und dämmt den Schall.«

Meine Mutter betete herunter, welche Möbelstücke in Berlin zu neuen Ehren kommen und welche in den nächsten Wochen verkauft oder an Verwandte verteilt werden sollten.

»Die Hollywoodschaukel lassen wir da. Die kann der Onkel Heinz für sein Häuschen haben. Für Berlin habe ich klassische Gartenmöbel erstanden. Den großen Schlafzimmerschrank hab ich im Köppelsbleeker Blättchen inseriert. Zu verschenken haben wir nichts. In Berlin habe ich schon tausend Läden abgeklappert. Der Claus-Wilhelm kriegt ein richtiges Jugendzimmer.«

Das einzige, was mich an dem Berliner Haus interessierte, war der Swimming Pool. In Köppelsbleek hatten sie nur ein rundes Planschbecken zum Aufblasen. Im Sommer quiekte Claus-Wilhelm darin, während ich mich gerade so weit ausstrecken konnte wie in der Badewanne. In einem richtigen Becken konnte ich schwimmen üben, ohne daß einer zukuckte. Dann brauchte ich meinen Vater nicht zu fragen, ob er mit mir ins Schwimmbad ginge. Denn er versprach es mir immer und ging dann doch nicht.

Meine Mutter rührte in ihrer Mokkatasse. »Der Oliver muß dann noch drei Jahre auf die Volksschule. In Berlin haben wir ja sechs Volksschuljahre.«

Auch diesem Schrecken sah ich seit einiger Zeit ins Auge. In Berlin würden mir noch einmal drei Jahre Langeweile an die Zeit gehängt, die ich hier schon abgesessen hatte. Und das nur, weil man den Berlinern alles dreimal erklären mußte. Manche verstanden nie.

»Der Oliver ist eher naturwissenschaftlich veranlagt. Der forscht am liebsten vor sich hin. Der kann da im Bezirk auf die Oberschule gehen. Claus-Wilhelm ist ein sozialer Typ, immer an Menschen interessiert. Den geben wir auf eine gute Privatschule oder aufs Französische Gymnasium. Da kriegt er das französische Abitur gleich dazu. Die ganze Welt steht ihm dann offen.«

Mein Bruder lutschte an seinem Auto. Ich dämmerte weiter vor mich hin. Die Segelschiffe und den Hamburger Michel sah ich nur noch verschwommen. Alles war mir plötzlich egal; ob man in Berlin sechs Jahre auf die Volksschule gehen mußte oder nur vier, ob ich die städtische Oberschule besuchen würde und Claus-Wilhelm das teure Gymnasium oder umgekehrt, ob ich in einem Fünfundzwanzig-Meter-Pool meine Bahnen zog oder in einem aufblasbaren Becken planschte.

Und Frau Blömeke, war sie mir auch egal? Und mein Roman, der mir beim Essen noch unter dem Hintern gebrannt hatte? Die Erwachsenen redeten weiter. Wollte sich niemand *»Die Squaw des Apachen«* anhören?

Aber es war mir zu anstrengend, mich zu konzentrieren. Draußen fegten die Schneeflocken vorbei. Und plötzlich kam wieder einer dieser Augenblicke, wo ich etwas hörte oder sah, was eigentlich gar nicht da sein konnte. Aus dem Nebel im Hamburger Hafen ragte der Michel. Die Glocken läuteten. Aus dem Rauschen des Wassers hörte ich die Schiffe tuten. Es waren langgezogene Töne, die nach Abschied und Reise klangen.

Mein Großvater war in Hamburg geboren. Seine Vorfahren kamen aus Schweden. Als junger Mann hatte er einmal sein letztes Geld einem alten Mann für die Straßenbahn gegeben und war selbst zu Fuß gegangen. Ich war stolz darauf, daß ich mit zweitem Namen Alphons hieß, nach ihm. Christian und Thomas aus unserer Straße hatten sich darüber lustig gemacht, als ich ihnen einmal meinen Personalausweis zeigte. Als ich sie dann fragte, wie sie mit zweitem Namen hießen, sagte Christian, er wisse es nicht. Thomas behauptete, er hätte keinen zweiten Namen.

Zwischen die beiden Vornamen meines Bruders hatten meine Eltern einen Bindestrich gesetzt. Deshalb wurde er auch immer mit beiden Namen gerufen. Er hieß Claus nach dem jüngeren Bruder meiner Mutter und Wilhelm nach dem Kaiser. Der Bruder meiner Mutter schrieb sich allerdings mit K. Sie aber legte sehr viel Wert auf Claus-Wilhelms C.

»Claus mit C!« sagte sie überall, wenn sie nach den Namen ihrer Kinder gefragt wurde. Mein Bruder konnte es auch schon selbst sagen. Sein Lebtag würde er diktieren: »Bitte Claus-Wilhelm mit C!«

Es war ein Unterschied, ob ein Wort mit K oder mit C geschrieben wurde. Das Modegeschäft in der Zeile neben dem Supermarkt von Köppelsbleek hieß »*Exclusiv*«. Das sollte etwas Besonderes sein.

Mein Bruder hatte zweimal im Jahr Namenstag.

»Einen heiligen Oliver gibt es nicht«, lachte meine Mutter.

Mein Vater deutete mit der Zigarre in meine Richtung. »So gut wie der hätte ich es als Kind auch gern gehabt. Aber ich mußte hart für alles arbeiten. Und der Oliver sitzt den ganzen Tag in seinem Zimmer und döst vor sich hin. Spielt Geige und schreibt Gedichte.«

»Und von Zuhause hast du nichts mitbekommen?« Meine Großmutter lächelte.

Ich hatte noch nie ein Gedicht geschrieben. Ich staunte, daß mein Vater nicht wußte, welches Instrument ich spielte. Schließlich hatte er lange gezetert, als ich ein Cello haben wollte: »Es reicht, wenn du Klavier spielst. Dein Vater und deine Mutter haben auch kein Cello gespielt!«

»Dann schenkt es mir zu Weihnachten und zum Geburtstag zusammen!«

»Darum geht es nicht.«

Schließlich bekam ich mein Cello doch. Am Tag meiner ersten heiligen Kommunion stand es bei meiner Großmutter im Wohnzimmer. Nach der Kirche, als alle am weiß gedeckten Tisch Platz nahmen, entdeckte ich den Schwanenhals des Instruments durch einen Türspalt. Als meine Eltern das Violoncello sahen, sagten sie: »Das sollst du doch nicht, Mutter!«

Das sagten sie immer, wenn meine Großmutter Claus-Wilhelm oder mir etwas schenkte. Diesmal aber war es ernst gemeint. »Wir wollen keinen Musikanten erziehen!«

Meine Mutter schenkte ihrer Schwiegermutter Kaffee ein. »Der ist richtig asozial geworden. Aber in Berlin werden andere Saiten aufgezogen!«

»Er hat seine Anlagen«, befand mein Vater. »Was aber völlig fehlt, das ist das Soziale. Ob es anderen gut- oder schlechtgeht – unserm Herrn Sohn ist das völlig piepe! Aber man muß auch für andere da sein. Nimm mich zum Beispiel. Als ich im Krieg die vielen Toten und Verwundeten sah – da beschloß ich, Arzt zu werden.«

Meine Großmutter stieß Luft aus: »Ich möchte wissen, wo du die gesehen hast. Du warst zehn, als der Krieg zu Ende war. Und schon ein kleiner Doktor!«

»Ich habe mir eine Existenz aufgebaut. Wenn ich heute sage: Ich will mir einen Porsche kaufen, dann kann ich in den Laden gehen und das Geld auf den Tisch legen. Und ich muß niemandem danke sagen!«

»Hast du dir dein Studium selbst finanziert?« Sie lächelte ihren Sohn an. »Bist du Werkstudent gewesen wie dein Vetter Heinz? Oder haben wir dir alles hinterhergeworfen?«

»Ja, aber ich habe was draus gemacht.« Er drückte das letzte Drittel der Zigarre im Aschenbecher aus. »Es war die harte Zeit nach dem Krieg. Wir haben die Ärmel hochgekrempelt. Bei dem Oliver sehe ich da keine Ansätze. Nichts, was darauf hinweist, daß aus dem mal was wird.«

»Der Junge ist neun Jahre alt!« rief meine Großmutter.

»Der wird im März zehn«, gab ihre Schwiegertochter zu bedenken. »Seit fünf Jahren ist der jetzt bei uns. Aber unsere ganze Erziehung hat nichts gefruchtet.« Meine Mutter sprach, ohne sich nach mir umzudrehen. Ich wußte, daß sie meiner Großmutter die Schuld daran gab, daß aus mir nichts wurde. Oft sagte sie: »Die Oma hat dich verzogen!«

»Offenbar haben wir unterschiedliche Ansichten in Sachen Erziehung.« Mein Vater legte den Arm um seine Mutter. »Bei dir konnte der Oliver tun und lassen, was er wollte. Wir waren damals froh, daß du uns den abgenommen hast. Wer hätte sich sonst um den kümmern sollen? Als Assistenzarzt hatte ich alle naselang Nachtdienst, und sie« – er zeigte mit der Zigarre auf meine Mutter – »hat noch studiert. Du weißt, wie dankbar wir dir sind. Der Oliver hat es bei dir gut gehabt. Wir haben dir auch nicht in deine Erziehung reingeredet. Jetzt ist der Oliver da, wo er hingehört; bei seinen Eltern. Und demnächst kommt der aufs Gymnasium. Der muß beizeiten arbeiten lernen. Der muß ein Mann werden und später mal eine Familie ernähren können. Und da, finde ich, hast du den ein bißchen verzärtelt. Der starrt den ganzen Tag Löcher in die Luft und schreibt Verse.«

»Wäre es dir lieber, wenn er mit einer dieser Banden herumzieht und Automaten knackt?« Meine Großmutter lachte. »Übrigens habe ich auch dich erzogen.

Und wenn ich mich recht entsinne, hat mein lieber Sohn gedichtet, was das Zeug hält.«

»Kann sein.« Mein Vater drehte den Kopf zum Kamin. »Sind im Feuer gelandet. Alles reine Scheiße.«

»Sagt man nicht!« warf ich von meiner Sofaecke aus ein.

»Wenn das dein Vater sagt, ist das etwas anderes«, fuhr mich meine Mutter an.

Ein oder zwei Minuten war es still, dann wußte ich, daß der Würfel gefallen war. Der Ärger hatte die ganze Zeit in der Luft gelegen. Aber bis hierher hätte ich noch davonkommen können. Nun war klar, daß es heute noch Streit geben würde.

Aber ich hatte eine Idee. Ich versuchte, meine Eltern abzulenken. Das hatte schon ein paarmal geklappt.

»Was waren denn das für Gedichte, die du gemacht hast?« fragte ich meinen Vater.

Er lächelte in sich hinein.

»Reim-dich-oder-ich-freß-dich: *Das Schlachthaus ist ein Prachthaus, das Kühlhaus sieht so schwül aus!* – Toll, nicht? Erinnerst du dich, Mutter?«

Einen Moment lang atmeten alle auf. Meine Großmutter wiegte sich im Sessel, meine Mutter rührte in der Tasse. Mein Vater erinnerte sich also noch an seine Gedichte. Warum hatte er nie davon erzählt, nie eins zum besten gegeben?

Meine Mutter drehte den Kopf zu mir und sah dabei ihren Mann an: »Dein Vater wollte auch mal Tänzer werden!«

»Red nicht so'n Quatsch!« Er fuhr aus dem Sessel auf.

»Ist aber wahr, der Quatsch«, bemerkte meine Großmutter.

»Aber das ist gar nicht der Punkt.« Er sank zurück. »Wir waren alle keine Engel. Das Problem ist, der Oliver begreift nicht, in was für einer wichtigen Zeit wir leben. Es zeichnet sich eine Zukunft ab, von der ich in seinem Alter nur träumen konnte. Die Technik macht riesige Fortschritte, auch in der Medizin. In ein paar Jahren kann man so viel Geld verdienen, daß es einem zu den Ohren herauskommt. Aber man kriegt das Geld nur bei entsprechender Anstrengung. Wenn wir jetzt alles in die Kinder stecken, dann ist das auch eine Investition. Und beim Oliver sehe ich nicht, daß da wieder was rauskommt.«

»In den Claus-Wilhelm lohnt es sich, zu investieren.« Meine Mutter wollte es mir ganz genau erläutern. »In dich ...«

Sie schlug mit dem Handrücken in die Luft, als haute sie Gläser vom Tisch.

Eben noch hatte ich gedacht, es wäre alles wieder in Ordnung, und wir würden uns vertragen. Aber bei meinen Eltern konnte man nie wissen. Mein Vater beugte sich ein Stück über den Couchtisch und sagte zu mir: »Der junge Herr macht nur das, was ihm Spaß macht! Denk doch mal an unseren Nachbarn, den alten Blömeke. Der kann seiner Familie das alles nicht bieten. Der ist tot. Wir müssen uns alle nach der

Decke strecken. Dein Großvater ist noch über den Hof von seiner Fabrik gegangen und hat eigenhändig die Schrauben aufgelesen.«

Ich dachte an den Herrn Blömeke in seinem Grab und sah Marika vor mir, wie sie in ihrem Haus trauerte.

»Das eine sag ich dir.« Mein Vater war noch nicht fertig. »Wenn du in der nächsten Zeit nicht etwas mehr soziales Verhalten zeigst, dann müssen wir die Konsequenzen ziehen. Dann kommst du ins Internat. Das ist zwar teuer, aber anders wird man mit Leuten wie dir nicht fertig.«

»Bringt er denn schlechte Zensuren nach Hause?« fragte meine Großmutter. Es war eine gute Frage.

»Es zählt immer der Zeugniskopf«, parierte meine Mutter. »Aufmerksamkeit, Betragen, Fleiß und Handschrift. Und da hat er nur Dreien und Vieren.«

Meine Großmutter lachte. »Kein Fleiß, aber 'ne Eins im Rechnen!«

»Jetzt spring du ihm bloß noch bei!« Meine Mutter rutschte in ihrem Sessel hin und her. »In der dritten Klasse der Volksschule kann jeder rechnen. Der Charakter zeigt sich aber oben auf dem Zeugnis.«

Für einen Moment sagte niemand etwas. Es sah aus, als würde meine Mutter über etwas Wichtiges nachdenken. Dann sagte sie: »Ich will nicht so'n Hochbegabten, der mit achtzehn in der Klapse landet.«

Ich wußte nicht, was eine Klapse war. Wahrscheinlich war es Berlinerisch.

»Zwischen Genie und Wahnsinn ist nur ein schmaler Grat«, hatte meine Mutter erklärt. »Die bedeutenden Leute sind alle verrückt geworden. Große Werke schaffen kann man nur, wenn man todunglücklich ist. Denk an Beethoven, der wurde sogar taub. Willst du das etwa?«

Dieses Schicksal wollten sie mir ersparen, indem sie mir kein Cello kauften und mich dazu zwangen, mit Kirsten zu spielen.

»An Claus-Wilhelm hast du nichts auszusetzen!« Meine Großmutter kuckte zu ihrer Schwiegertochter hinüber.

»Claus-Wilhelm und Oliver, das ist ein Unterschied wie Tag und Nacht. Meine Beziehung zu dem Oliver ist eine Sache, die zu Claus-Wilhelm eine andere – er ist ein vollkommen anderer Mensch. Er ist zufrieden mit dem, was er hat. Und das eine kann ich dir versichern: Er hat mich während der Schwangerschaft nicht so getreten!«

Der Priester im Dorf hatte in der Messe einmal darüber gesprochen, daß jeder, der auf die Welt kommt, schon eine Sünde begangen hat: die Erbsünde. Meine Erbsünde bestand darin, meine Mutter getreten zu haben, als ich noch nicht auf der Welt war.

»Er kann doch nichts dafür«, sagte meine Großmutter. »Dein Gatte war auch eine schwere Geburt. Und sein Bruder, der Klaus, kam auf die Welt wie nichts. So ist das eben.«

Mein Vater hatte einen jüngeren Bruder. Er war Maler und wohnte in der Stadt. Er hatte keine Frau und keine Kinder. Wenn wir sonntags bei der Großmutter waren, ließ er sich nicht blicken.

Der Schnee draußen ging in Regen über und trommelte gegen die Scheiben. Mein Vater steckte sich eine neue Zigarre an.

»Wir sind heute nicht hierher gekommen, um über den Oliver zu reden«, sagte er und deutet mit der Zigarre in meine Richtung. »Immer steht der im Mittelpunkt. Dabei haben wir weit Wichtigeres zu besprechen.«

Es sah schlecht aus für *»Die Squaw des Apachen«*. Die Zeit war aufgebraucht. Dabei war ich überzeugt, daß meine Geschichte vom Sohn des Häuptlings, der durch den Urwald geht, um die Squaw zu suchen, auch die anderen hätte begeistern müssen. Besonders das neue Kapitel mit all den Pflanzen und Tieren schien mir wirklich gelungen. Ich wollte es meiner Großmutter unbedingt vorlesen. Sie liebte doch alles, was wuchs.

Aber meine Eltern hatten mit meiner Großmutter einiges zu beraten. Neben dem Sessel meines Vaters stand der kleine schwarze Aktenkoffer. Er hatte ihn noch nie hierher mitgebracht.

Ich trat die Pedale einer Orgel und versuchte dabei, mit den Schuhen nicht an die Sofaleiste zu stoßen.

Claus-Wilhelm mit C popelte in der Nase.

»Du weißt ja sicher, Mutter, warum wir heute da sind.«

Jetzt ging es also los.

»Klar! Wie jeden Sonntag seid ihr gekommen, um euch bei mir satt zu essen.« Meine Großmutter spitzte die Lippen. Ich kannte das. So machte sie es immer, wenn sie sich dumm stellte.

Mein Vater versuchte zu lächeln. »Spaß beiseite, Mutter. Du weißt, was für eine einmalige Chance sich mir mit der Klinik in Berlin bietet. Du weißt, daß ich nicht nur Chefarzt werde, sondern auch Mitbesitzer. Nur entspricht die Ausstattung nicht mehr den technischen und hygienischen Anforderungen, die man an so ein Haus stellt. Ich habe dir hier einmal eine Aufstellung mitgebracht von dem, was fehlt und was gemacht werden müßte.« Er stellte den Koffer auf die Knie und schnackte beide Verschlüsse gleichzeitig auf. Dann hielt er seiner Mutter ein paar Blätter hin. Meine Großmutter setzte ihre Lesebrille auf und überflog die Zahlenkolonnen.

»Kurz und gut«, mein Vater stellte den Koffer offen vor sich auf den Tisch, »wir müßten, na sagen wir mal, sieben Millionen nachschießen, um die Klinik in Schuß zu bringen.«

»Und wo willst du die hernehmen?«

»Also, wir hatten gehofft, angesichts der Tatsache, daß das alles für die Kinder ist, daß sie diejenigen sind, die letztlich von allem profitieren, da hatten wir uns gedacht, du könntest vielleicht etwas aus Olivers Portefeuille zur Verfügung stellen.«

Von dem Portefeuille wußte ich, seit ich bei meinen

Eltern wohnte. Meine Großmutter hatte nie davon gesprochen.

»Das Boot, das im Schuppen liegt – das gehört dir«, hatte sie nur verraten. »Da kannst du später mal mit fahren.«

Meine Mutter erzählte mir dann, daß mein Großvater auch Geld hinterlassen hatte. Er war ein halbes Jahr vor meiner Geburt gestorben. Daß sein erster Enkel ein Junge werden würde, war für ihn ausgemacht: »Der Junge soll es einmal gut haben.«

Meine Eltern sprachen oft von dem Portefeuille. Ständig spielten sie darauf an. »Du kannst mir ja mal was auslegen«, scherzte mein Vater. Und meine Mutter trompetete, als ich einmal nicht aufgeräumt hatte: »Das hat man wohl nicht nötig, wenn man so viel Geld hat!«

Eines Tages bat ich meine Großmutter, mir das Portefeuille zu zeigen. Ich erwartete, daß sie eine Brieftasche aus der Schublade holte, gestopft wie eine Weihnachtsgans. Aber sie lachte nur: »Ich kann dir das Ding nicht zeigen. Das ist kein Sparschwein, das unter der Matratze liegt. Das ist mehr Geld, als in so ein Schweinchen hineingeht; viel mehr, als du dir vorstellen kannst. Du bist ein reicher Junge. Aber du darfst es niemandem sagen. Und du darfst das Geld nicht ausgeben.«

»Wann kann ich mir denn was dafür kaufen?« Ich dachte an einen Steinway-Flügel, wie ihn Arthur Rubinstein spielte. Ich hätte auch eine Gambe brauchen können.

»Du darfst das Geld nie ausgeben. Denn das Geld wirft immer neues Geld ab. Wie eine Huhn, das jeden Tag ein Ei legt. Du kannst das Huhn schlachten und aufessen. Aber dann hast du morgens kein Ei mehr. – Es gibt zwei Arten von Leuten: Die einen können sich nicht beherrschen. Die fallen über ihr Hühnchen her und schlachten es. Dann haben sie einmal ein schönes Essen gehabt. Und nachher sitzen sie vor dem leeren Teller. Die anderen sind die, die ihre Hühner schützen und füttern. Die haben keinen Sonntagsbraten. Aber bei denen steht jeden Morgen das Frühstücksei auf dem Tisch – ein Leben lang.«

Mein Großvater hatte mir Geld vermacht und einigen Besitz, über den ich mit 21 verfügen sollte. Ich durfte aber das Kapital nicht angreifen und auch die Zinsen nicht. »Du kannst eines Tages dein Studium damit finanzieren. Nicht mit dem Huhn und nicht mit den Eiern, aber mit den Küken, die aus den Eiern schlüpfen.«

Einen Steinway-Flügel wollte ich mir trotzdem kaufen.

»Ein Erbe ist nicht geschenkt. Es ist nur geliehen«, erklärte meine Großmutter. »Wenn du eines Tages deinen Enkeln das Portefeuille weitergibst, dann darf kein Pfennig weniger drin sein als das, was dein Großvater dir gegeben hat. Im Gegenteil: Wer etwas mitbekommt, egal ob Güter oder Fähigkeiten, der geht eine Verpflichtung ein. Er verspricht, etwas daraus zu machen. Du kennst doch die Geschichte von den drei

Verwaltern. Zwei von ihnen haben die Talente verdoppelt, die ihr Herr ihnen anvertraut hat. Aber der dritte hat seines nicht einmal auf die Bank getragen, wo es wenigstens ein paar Zinsen gebracht hätte. Nein, er hat sein Talent einfach in einem Loch vergraben. Als der Herr zurückkommt, wird dieser Knecht zur Strafe hinausgeworfen in die Finsternis. Also mach es nicht wie dieser Schelm! Du mußt mit deinem Pfunde wuchern.«

»Und was ist mit Claus-Wilhelm?«

»Um den mach dir mal keine Gedanken. Dein Bruder wird nicht benachteiligt.«

Mein Bruder und ich hatten also ein Leben im Wohlstand vor uns. Der Acker war für uns bestellt. Wir brauchten nur noch hinzugehen und zu ernten. Die Großeltern gaben uns weiter, was sie selbst bekommen und durch kluges Wirtschaften vermehrt hatten. Und sie erwarteten, daß wir keinen Raubbau trieben, daß wir den Wald stehen ließen, daß wir unsere Talente nicht ins Erdloch vergruben. An dem Tag, an dem ich das Kapital meines Großvaters in die Hand nahm, sein Lebenswerk, wollte ich bereit sein. Ich wollte mein Pfund verdoppeln und verdreifachen.

Und doch kam alles ganz anders.

Meine Großmutter gab ihrem Sohn die Papiere zurück. »Aber wie sollte ich an Olivers Portefeuille? Selbst wenn ich wollte; ich könnte es dir nicht geben. Das ist alles fest angelegt. Ohne erhebliche Nachteile kann ich da nichts lockermachen. Wir würden Geld verlieren.«

»Besser ein paar Verluste in Kauf nehmen und dafür die Klinik in Ordnung bringen. Wir können da viel rausholen. Es ist schon ein Wunder, daß das große Geschäft überhaupt zustande gekommen ist. Wenn die Klinik erst läuft, kommt das Geld schon wieder rein. So eine Herzklinik ist heutzutage die reinste Goldgrube. Immer mehr Leute sterben am Herzen.«

»Erst einmal abwarten.« Meine Großmutter setzte sich auf die Kante ihres Sessels. »Dein Vater hat sein Vermögen Oliver und Claus-Wilhelm hinterlassen und nicht dir. Das Erbe ist immer für die Enkel. So haben wir das in der Familie immer gehalten. Und es hat seinen guten Sinn. Du hast auch von deinem Großvater bekommen – und nicht zu knapp!«

»Ich will das Geld ja nur für Oliver mehren!« rief mein Vater.

»Und wenn die Klinik in Berlin nicht läuft? Wie stehe ich dann vor deinem Vater da, der mir das Erbe für den Jungen anvertraut hat? Und was erzähle ich Oliver, wenn er erwachsen ist? Wenn ich nicht mehr bin, und der Junge ist noch nicht volljährig, dann kannst du für ihn das Geld verwalten. Ich hoffe, du verwaltest es gut. Aber noch lebe ich! Und solange ich mich in diesem Jammertal abstrampeln muß und Oliver noch keine 21 ist, habe ich mich um sein Erbe zu kümmern.«

»Immer geht es um den Oliver!« Meine Mutter kniff

ihre Augen zusammen. »Hast du auch mal an uns gedacht? Denkst du an Claus-Wilhelm?«

»Der Kleine wird nicht zu kurz kommen, da kannst du dich drauf verlassen.«

Meine Großmutter hatte mein Geld irgendwo versteckt. Mein Vater aber wollte das Huhn schlachten. Soviel war klar.

Der Regen pochte gegen die Fensterscheiben. Ob er die Kreide an der Tür abwaschen würde? »*C + M + B*«, das stand für Caspar, Melchior, Balthasar. Es hieß auch *Christus mansionem benedicat*.

Nächstes Jahr wollte ich als Negerkönig Balthasar gehen. Aber nicht in Berlin, wo es sowieso nur Evangelische wie meine Mutter gab. Dort kannten sie, wie in Köppelsbleek, keine Heiligen Drei Könige.

»Das Portefeuille wird nicht angetastet«, sagte meine Großmutter. »Und dabei bleibt es.«

Auf dem Kreuz im Eßzimmer stand »*INRI*«. Das hieß *Iesus Nazarenus Rex Iudaeorum*. Lateinisch zu sprechen, war gut. Ich würde es mir selbst beibringen. Das würde meine Mutter dann noch unnützer finden als Englisch.

Die Evangelischen sprachen kein Latein. Sie sprachen nur Deutsch, das aber laut und deutlich. Sollten sie mir in Berlin verbieten, Latein zu lernen, würde ich es mir heimlich beibringen. Ich war kein fauler Knecht.

Seit ich bei meinen Eltern wohnte, hatten sie von dem Umzug gesprochen. Am Anfang war nur von dem *großen Geschäft* die Rede. Als das große Geschäft endlich abgeschlossen war und es nach Berlin ging, führte meine Mutter im Garten Veitstänze auf. Von meinem Vater gab es einen Schmalspur-Film, wo er vor Freude auf dem Rasen herumtrampelte.

Den Film führte er vor, wenn Besuch kam: »Das war an dem Tag, als wir die Genehmigung für die Klinik bekommen haben. Die Behörden in Berlin – die lassen mit sich reden!«

Der Regen tröpfelte nur noch. Es wurde dunkel. Der Sonntagnachmittag war verronnen, ohne daß ich auf dem Bauernhof gewesen war und ohne daß ich eine Zeile aus meinem Roman vorgelesen hatte. Dabei hatte ich es mir fest vorgenommen. Aber an meinem Vater konnte ich sehen, daß man alles, was man sich vornimmt, auch schafft. Man mußte es nur oft genug versuchen. Er würde auch noch an mein Portefeuille herankommen. Einfach, weil er es wollte.

Als das Gespräch der Großen plötzlich abbrach, zog ich mein Heft hervor: »Ich wollte euch eine ganz schöne Geschichte vorlesen. Habe ich selbst geschrieben. Ist ein Kapitel aus meinem Roman.«

Ich blätterte und fand die Seite nicht.

»Ach, tu doch endlich das Ding weg«, stöhnte meine Mutter. »Wollen wir gar nicht hören.« Und an meine Großmutter gewandt: »Das hat der irgendwo abgeschrieben.«

Ich warf das Heft auf den Boden, lehnte mich im Sessel zurück und kuckte aus dem Fenster. Immer gab es etwas, auf das man sich freuen konnte. Aber vorerst war nichts in Sicht. Draußen war es schwarz.

»Immer wenn ich kämpfe«, hatte Muhammad Ali gesagt, »wird es kalt, und es regnet. Keine Sonne zu sehen.«

Ich spielte das Regentropfen-Prélude. Es stand weiter hinten im Heft, Des-Dur, fünf bs, Schwierigkeitsstufe 9, aber ich spielte es so gut wie Arthur Rubinstein. Ich trat aufs Pedal und achtete darauf, daß ich nicht mit den Hacken an die Sofaleiste schlug. Sollten sie reden, was sie wollten.

Aber da hörte ich, wie von ferne meine Mutter ein Thema anstimmte, das mir wichtiger war als jedes andere. Sofort vergaß ich Rubinstein und Muhammad Ali. Ich vergaß sogar das Heft mit der *»Squaw des Apachen«*.

Meine Mutter plauderte von der Frau, die sie *die Blömeke* nannte.

»Die Blömeke«, holte sie aus, »die läuft jetzt herum wie drei Tage Regenwetter. Die hat es bestimmt nicht leicht, nachdem das Gehalt ihres Mannes weg ist. Na, der Alte hat bestimmt 'ne Lebensversicherung abgeschlossen. Der wußte ja, was ihm blüht. Und außerdem wird der ja wohl auch was angelegt haben. Verdient hat er ja.«

Dann erzählte sie, wie schlecht Herr Blömeke in den letzten Monaten vor seinem Tod ausgesehen hatte und wie schnell es mit ihm zu Ende gegangen war.

»Der Blömeke war bei uns in der Klinik.« Jetzt

sprach mein Vater. Er tat so, als ob nichts gewesen wäre. Er wollte keinen Streit mit seiner Mutter. Er hoffte wohl, sie würde mein Portefeuille eines Tages doch noch herausrücken. »Ich habe ihn selbst behandelt, obwohl er nicht privat versichert war. Versteht sich, wenn's der Nachbar ist.«

Er blies Ringe.

»Armer Teufel.«

»Was genau fehlte ihm denn?« fragte meine Großmutter.

»Arteriosklerose der Herzkranzgefäße«, antwortete meine Mutter. »Der hatte schon Angina-Pectoris-Anfälle, als er noch zu Hause war.«

»Was ist denn das?« fragte ich.

Meine Mutter drehte sich zu mir herüber. »Du stellst zu viele Fragen.«

Claus-Wilhelm nuckelte an seinem Auto und kuckte in die Runde. Für ihn war Angina Pectoris kein Thema.

»Ein Angina-Pectoris-Anfall ist gekennzeichnet durch eine Konstriktion der Herzkranzgefäße.«

Mein Vater sprach zu mir. Ich bewegte mich nicht und hörte ihm zu.

»Das heißt, die Blutgefäße, die das Herz mit Blut, also mit Sauerstoff versorgen, ziehen sich zusammen. Es kommt zum sogenannten präkordialen Schmerz. Der Patient hat das Gefühl, er kriegt einen Herzinfarkt. Das passiert gern bei Arteriosklerose, also wenn die Gefäße schon durch Kalkablagerung verengt sind.

Man kann operieren und mit einer Ballondilatation die Gefäße erweitern, man kann auch Medikamente verschreiben. Herr Blömeke war in den letzten Monaten nur noch bedingt belastbar. Der hat sein Leben lang am Schreibtisch gesessen und Zigaretten inhaliert. Ist höchstens mal über die Gänge von seinem Finanzamt geschlurft. Der war so voll mit Kalk wie ein altes Wasserrohr. Naja, ist alles auch Veranlagung. Zum Schluß ging es dann gar nicht mehr, der hing nur noch rum, brachte keine Leistung mehr. Als er zu uns in die Klinik kam, war es schon zu spät für einen Eingriff.«

Er sah den Ringen nach.

»Ich habe dem armen Teufel noch was gegeben, aber es war nichts mehr zu machen.«

Die letzten Worte sprach er mehr zu seiner Mutter und seiner Frau als zu seinem Sohn. Ich war stolz auf meinen Vater, auch wenn ich nicht alles verstand.

»Kein Wunder, wenn man qualmt wie'n Schlot.« Meine Mutter machte ihren Mund weit auf. Man sah die weißen Zähne. »Hätte mal an seine Familie denken sollen, der Mann! Aber nein, eh' der eine Zigarette ausdrückte, steckte er sich damit die nächste an.«

»Drei Wochen war er bei uns.« Mein Vater sprach, wie Ärzte sprechen. »Frau Blömeke hat ihren Mann jeden Tag besucht. Anschließend kam sie immer in mein Büro. Ich wußte natürlich, wie es um ihren Mann stand, und als Arzt mußte ich ihr reinen Wein einschenken. Tat mir leid, als ich die Frau nach Hause gehen sah. Dem Blömeke selbst gegenüber waren wir zurückhaltender. Der wußte auch so, was ihm bevorstand. Am letzten Tag kam er bei mir am Büro vorbeigeschlurft. Wir hielten einen kleinen Plausch. Ich bot ihm einen Kaffee an. Der Mann will sich eine Zigarette anzünden. Ich sage: Herr Blömeke, in Ihrem Zustand dürfen Sie nicht rauchen. Er lächelt, und ich lächle zurück. Die letzte, Herr Professor! Sonst hat er mich nie tituliert. Er verabschiedet sich, schlurft den Gang hinunter. Kurz darauf holt mich die Schwester. Sie hatte gesehen, wie der Blömeke sich auf der Treppe eine ansteckte. Er hustete und fiel die Treppe hinunter. Der Glimmstengel lag neben ihm und qualmte noch, als ich dazukam.«

Er machte eine kleine Pause.

»Es war tatsächlich seine letzte.«

Draußen leuchtete der Schnee im Dunkeln. Hin und wieder flogen noch ein paar Flocken am Fenster vorbei. Ich merkte, daß meine Eltern aufbrechen wollten. Sie wußten, daß es keinen Sinn mehr hatte, noch einmal auf mein Erbe zu sprechen zu kommen. Für heute war das Thema erledigt.

Ich wäre lieber im Warmen sitzengeblieben, statt ins Auto zu steigen. Ich hatte keine Lust auf einen Sonntagabend bei meinen Eltern. Ich konnte mich auf einiges gefaßt machen. Das las ich schon an den Gesichtern ab.

Morgen früh würde ich wieder im Dunkeln zur Schule gehen müssen.

Ich suchte etwas, auf das ich mich freuen konnte. Ich freute mich auf mein Cello und darauf, Frau Blömeke zu sehen. Und nächsten Monat war der große Boxkampf. Hoffentlich würden sie ihn im Fernsehen bringen. Und hoffentlich ließen meine Eltern mich kucken. Wenn ich Glück hatte, waren sie gar nicht da.

Und da war noch der Junge, der hier die Gegend unsicher machte. Den würde ich noch zwischen die Finger kriegen. Alles hat seine Zeit, wie meine Mutter immer sagte. Ob bei uns im Dorf oder in Köppelsbleek; ich hatte nichts mehr zu verlieren. Bis zum Umzug gab es noch viel zu tun.

6

»Wenn die Klinik nicht läuft, ziehe ich die Konsequenzen!«

Eben waren mir noch meine Gedanken durch den Kopf geschwirrt und hatten diese Worte meines Vaters übertönt. Doch kaum saß ich hinten im Wagen, kaum brauste er aus dem Dorf zum Fluß hinunter, stand der ganze Satz vor mir wie gedruckt. Ja, ein Mann mußte immer bereit sein, die Konsequenzen zu ziehen. Aber was meinte mein Vater damit?

Es war still im Auto. Nur einmal, als wir am Fluß entlangfuhren, schimpfte mein Vater über die Baumreihen, die links und rechts die Straße begrenzten.

»Immer stehen diese Bäume im Weg!« beschwerte er sich und fegte mit 120 Stundenkilometern über die Straße. »Sollen sie die doch fällen und die Straße breiter machen, dann hat man freie Fahrt.«

Beim Abendbrot schwiegen sie mich an. Besteck klapperte auf den Tellern, doch es wurde kein Wort gesprochen. Hatte ich meine Eltern beleidigt? Es war doch nicht meine Schuld, daß meine Großmutter ihnen nichts von meinem Erbe gab. Ich war den ganzen Nachmittag nicht nach draußen gegangen, sondern hatte auf dem Sofa gesessen und zugehört. Hatte ich

Angst vor dem Unbekannten auf dem Berg? Immerhin waren meine Schuhe nicht dreckig geworden. Beim Ausziehen konnte ich meiner Mutter die sauberen Sachen vorweisen. Aber es gab keine Pluspunkte.

»Du profitierst von dem Umzug am meisten«, hatte ich noch im Ohr, als ich ins Bett ging.

Nachts träumte ich wirres Zeug. Ich wachte auf und schlich zum Klo. Auf dem Flur bekam ich Angst, Herrn Blömeke zu begegnen. Als ich mit kalten Füßen vor der Kloschüssel stand, kamen die Bilder aus dem Traum wieder. Ein Mann in zerbeulter Ritterrüstung stand vor mir. Er trug die schwarzgeränderte Brille von Herrn Blömeke. Und er hatte den kleinen Bart meines Berliner Urgroßvaters, des Generals. Dann befand ich mich plötzlich in einem großen Kaufhaus. Vor einer Spiegelwand mußte ich ständig Klamotten an- und ausziehen. Meine Mutter stand daneben und kontrollierte. Nie durfte ich nach den Jacken und Hosen greifen, die mir gefielen. Ich hätte gern den braunen Mantel angezogen, auf den ein Gürtel genäht war, aber es ging nicht. Auch die Turnschuhe mit breiten Sohlen, wie man sie jetzt trug, mußte ich stehenlassen. Sie hieß mich unbequeme Stücke anprobieren, indem sie mit einer Reitgerte darauf zeigte. Wenn ich mein Spiegelbild betrachtete, erschienen Flecken auf den neuen Hemden und Hosen. Ich wischte sie ab, aber sie kamen immer wieder.

Ich huschte zurück ins Bett. Da erinnerte ich mich, daß der Traum noch weitergegangen war.

Aus dem Kaufhaus war eine Kirche geworden. Zwischen hohen Regalen mit Waschmitteln hob der Priester mit beiden Händen den Kelch über seinen Kopf. Er sprach laut und deutlich wie ein Berliner. Aus dem Kelch stieg weißer Dampf. Das Waschmittel darin schäumte. Statt »Sanctus, sanctus, sanctus« rief die Stimme meiner Mutter:

»*Sauber, sauber, sauber!*«

Ich hörte es ganz deutlich. Ich roch den Weihrauch, der hinter dem Altar emporstieg. Er roch nach Seife.

Ich wachte auf und konnte nicht wieder einschlafen. Das Waschpulver stach mir in der Nase. Es war kein Traum. In diesem Haus war immer alles frisch gewaschen. Meine Mutter war stolz auf ihre Sauberkeit.

»Das gehörte sich bei uns so«, sagte sie. »Meine Mutter hätte uns kein Krümchen unterm Fingernagel durchgehen lassen. So sind wir erzogen. Da gab es nicht so schmuddelige Verhältnisse wie auf dem Land.« Als ich noch bei meiner Großmutter wohnte, brachte der Postbote hin und wieder Pakete von meinen Eltern. Wenn sie am Wochenende vorbeikamen, wunderten sie sich, daß ich die Sachen nicht trug. Ich mochte das Zeug nicht. Lieber lief ich in meinen alten Klamotten herum.

»Warum ziehst du ihm nie die schöne Jacke an, Mutter?«

»Er will nicht. Außerdem ist das nichts für den Garten.«

Bei meiner Großmutter durfte ich anziehen, was ich

wollte. Einmal in der Woche machte Anna die Wäsche und hängte sie auf dem Dachboden auf. Während sie sich bückte und streckte, hockte ich zwischen den Bettüchern wie in einem Zelt.

Auch Frau Meier leistete ich bei der Wäsche gern Gesellschaft. Im Haus meiner Eltern stand sie alle Tage in der Waschküche. »Mit der neuen Waschmaschine ist die Arbeit ein Vergnügen«, meinte meine Mutter. »Alles vollautomatisch. Man muß nur noch auf den Knopf drücken.« Frau Meier wusch, bügelte und mangelte. Ich saß auf einem Tisch und sah zu, wie sie die Hemden über das Bügelbrett zog und das Bettzeug durch die Heißmangel ziehen ließ, während die bunten Sachen im Trockner tanzten. Sie kam aus einem der umliegenden Dörfer. Man konnte sich gut mit ihr unterhalten.

»Na, Oliver, wie läuft's?« fragte sie, wenn sie mich sah.

In der Waschküche durfte ich mich nicht von meiner Mutter erwischen lassen. »Du weißt doch, daß du Frau Meier nicht bei der Arbeit stören sollst! Auf, geh nach draußen, spielen! Schmeißen Sie den ruhig raus, Frau Meier!«

Frau Meier strich mit der Hand über die Laken und Bezüge und stapelte sie in den Wäscheschrank, der sich oben durch den ganzen Flur zog. Meine Mutter schritt an den Fächern vorbei und inspizierte die Wäsche. Hin und wieder nahm sie ein Stück zwischen Daumen und Zeigefinger wie ein General den Knopf eines Soldaten bei der Parade. Dann hielt sie ihre Nase in den Schrank. Wenn ich sie dabei sah, mußte ich an die Waschmittelreklame vor der Tagesschau denken.

»Ariel wäscht nicht nur sauber, sondern rein.«

Die Bettücher meiner Mutter waren so rein, man hätte den Heiland damit ins Grab legen können.

Ich wälzte mich im Bett und sah immer wieder die Waschmittelreklame, ob ich wollte oder nicht. Wie ein Ohrwurm kroch der Slogan in meinem Kopf herum. So ging es mir oft, wenn ich nicht einschlafen konnte. Die Sprüche aus der Reklame brachten mich sogar vom Abendgebet ab. Sobald ich die Augen zumachte, hörte ich: *»Dasch wäscht so weiß, weißer geht's nicht!«*

Früher hatte meine Großmutter mit mir zu Abend gebetet, jetzt mußte ich allein im Dunkeln die Hände falten. Draußen hoben sich die Bäume vor den Feldern ab wie Adern auf Papier. Die Jalousien in meinem Zimmer blieben nachts hochgezogen, damit das Licht von der Straße hereinkam. Ich legte mich ganz gerade und starrte gegen die Decke.

Das Bilderbuch mit den biblischen Geschichten kam mir in den Sinn. Ich hatte es von meiner Großmutter. Am Anfang sah man Adam und Eva, dann Kain und Abel, dann Moses mit den Gesetzestafeln. Die Zehn Gebote waren komisches Zeug. *»Du sollst keine anderen Götter neben mir haben.«* Von mir aus wäre ich nicht auf die Idee gekommen.

»Mama, was ist ehebrechen?« erkundigte ich mich.

Sie warf die Gabel auf den Tisch. »Das ist nur für Erwachsene.«

Es stand aber in meinem Buch, gleich nach dem Gebot *»Du sollst nicht töten«*. Hatte es etwas damit zu tun?

Ich starrte in die Nacht, und mein Kopf fing langsam wieder an zu kochen. Ich sah, wie mein Vater über den Zaun von Blömekes Grundstück auf die Straße sprang.

Hatte ich es gestern abend durchs Fenster beobachtet, oder war es ein Traum?

Ich strengte mich an, meine Gedanken zu verscheuchen und an etwas anderes zu denken. In Amerika verhandelten sie über einen Boxkampf zwischen Muhammad Ali und Joe Frazier. Hauptsache, der Kampf fand statt und wurde im Fernsehen übertragen. Hauptsache, sie ließen mich kucken. Ich sah Muhammad Ali schon vor mir, mit ausgebreiteten Armen nach dem Sieg. Er trug einen weißen Bademantel. Frazier saß in der Ecke, ließ seine Handschuhe an kurzen Armen baumeln und fletschte die Zähne. Er hatte das Gesicht eines Drachens. Auf diesen Moment freute ich mich. Ich sah den beleuchteten Ring schon vor mir. Aber dann erschien mein Vater im Arztkittel und stieg in den Ring, umgeben von seinen Assistenten.

Er hatte dem armen Teufel noch etwas gegeben, aber es war nichts mehr zu machen gewesen.

»Die Hälfte der Leute, die hier liegen«, hatte meine

Großmutter einmal geschätzt, als wir über den Friedhof gingen, »sind nicht durch Krankheit, sondern durch ärztliche Kunst hier gelandet. Die hat die Schlange des Äskulap gebissen.«

Auch beim Tod meines Großvaters war nicht alles mit rechten Dingen zugegangen. Im Garten hatte ihn eine Wespe in den Finger gestochen. Sein ganzer Arm schwoll an, und sie holten den neuen Arzt.

Dr. Hubertus Preuß hatte sich gerade im Dorf niedergelassen. Er stellte eine Blutvergiftung fest, brachte meinen Großvater in seine Praxis und amputierte ihm dort den rechten Arm. Drei Tage später war mein Großvater tot. »Er ist an einer Wespe gestorben«, sagten sie im Dorf. Aber bald häuften sich die Todesfälle, bei denen Dr. Preuß seine Hand im Spiel hatte. Wenn jemand im Dorf starb, hieß es: »Der war bei Dr. Preuß in Behandlung.«

Bei all meinen Krankheiten, Masern, Scharlach, Mumps, fuhr meine Mutter mit mir ins Dorf zu Dr. Preuß. »Ein Arzt sollte nicht seine eigene Familie behandeln«, sagte mein Vater. Dr. Preuß hatte seine Praxis in dem Haus, in dem er mit seiner Familie wohnte. Im Wartezimmer hingen Stiche von Königsberg.

»So, dann wollen wir mal wieder«, sagte Dr. Preuß, wenn meine Mutter mich mit ihm im Sprechzimmer allein ließ.

Als Claus-Wilhelm die Windpocken bekam, nahm sich mein Vater der Sache lieber selbst an und tauchte mit Stethoskop im Kinderzimmer auf.

Wenn ich am Grab meines Großvaters stand, mußte ich an Dr. Preuß denken, obwohl ich ihn am liebsten aus meinem Gedächtnis gestrichen hätte. War er schuld, daß ich den Großvater nicht mehr kennenlernen durfte?

»Der Claus-Wilhelm wird einmal ein bedeutender Arzt werden wie sein Vater.« Meine Mutter war sicher. Aber unseren Großvater würde auch mein Bruder nicht zurückholen können. Die Fehler des Kollegen Preuß konnte er nicht wiedergutmachen.

»Als mein Großvater im Sterben lag«, erzählte sie, »da stand ich an seinem Bett. Der General richtete sich noch einmal aus dem Kissen auf und sagte: Sollten die Pfaffen recht haben, und es gibt ein Leben nach dem Tod, dann setzt ich mich mit dir in Verbindung. Wenn da wirklich was dran ist, sag ich Bescheid.«

Sie riß die Augen auf: »Bis heute habe ich nichts von ihm gehört!«

Ich hätte meine Mutter gern getröstet. Aber was sollte ich ihr sagen? Ich war nicht sicher, ob ein Evangelischer überhaupt in den Himmel kommen konnte. Wie meinen Großvater kannte ich auch den Berliner Urgroßvater nur von Photos. Aber in seiner Uniform und mit dem Bart konnte ich ihn mir schlecht zwischen den Engeln und Heiligen vorstellen. Und wie sollte er sich mit meiner Mutter in Verbindung setzen? Stürzte sie darum bei jedem Läuten zum Telephon? Jedesmal war eine ihrer vielen Bekannten am

Apparat, mit Klatsch oder mit Entdeckungen in irgendeinem Schaufenster, und wieder nicht der Großvater. Und darum sagte sie: »Ich glaube an nichts.«

Sie konnte nicht warten. Bei ihr mußte alles sofort geschehen. Sie hätte die Astronauten von Apollo 14 nach ihrem Großvater fragen sollen, die gerade neun Tage im All gewesen waren.

»Habt ihr da oben einen General gesehen, oder habt ihr nur die ganze Zeit mit eurer Schubkarre Steine hin und her gekarrt?«

Alle interessierten sich für den elektrischen Schubkarren. Sonst war der Flug nichts Besonderes gewesen; nicht zu vergleichen mit Apollo 13. Die Astronauten Shepard und Roosa hatten mit ihrem Wagen auf dem Mond Gesteinsproben gesammelt. Den Großvater meiner Mutter, den Mann im Mond oder Gott hatten sie nicht gesehen. Deshalb sagte meine Mutter weiterhin: »Ich glaube an nichts.« Dafür interessierte sie sich für die Gesteinsproben: »Bald wird es verrückte Frauen geben, die das als Schmuck tragen.«

»Wenn ich groß bin, werde ich Astronaut.«

»Ach ja? Was willst du denn noch alles werden? Boxer, Maler, Lokomotivführer – und jetzt Astronaut. Was meinst du, wie kalt es da oben auf dem Mond ist. Wir haben Ende Januar.«

Wann hatte ich je Maler oder Lokomotivführer werden wollen?

»Wenn ich 21 bin, gehe ich nach Amerika zur NASA.«

»Nach Amerika zur NASA!« Sie zeigte mir den Vogel. »Du kannst ja noch nicht mal hier bei Bosch 'nen Fön zusammenschrauben! Mach du erst mal deine sechs Jahre Volksschule zu Ende. Dann werden wir sehen, ob sie dich in Berlin auf die Oberschule lassen. Ich hab da mein Abitur bestanden. Das ist alles nicht so babyleicht wie hier in der Provinz. Da muß man Leistung bringen. Das bißchen Klaviergeklimper hilft dir da nichts.«

Wenn man groß war, konnte man alles ausprobieren. Und wenn nichts klappte, konnte man immer noch die Konsequenzen ziehen.

Ich wälzte mich im Bett. Was, wenn der General sich von oben meldete, oder zu Weihnachten mit Lametta behangen vor der Tür stand? Würde meine Mutter dann immer noch sagen: »Ich glaube an nichts«? Würde sie ihm die Tür vor den Nase zuknallen? Oder würde sie katholisch werden? Sie hatte schon mit dem Gedanken gespielt. Oft sah sie mich an und rief: »Es ist zum Katholischwerden!«

Dann wieder sagte sie Sachen wie: »Die Katholiken sind falsch«, oder: »Diese Katholen sind doch alle verlogen.« Ob sie auch meine Großmutter damit meinte?

»Wir Protestanten sind freie Menschen«, predigte sie einmal, als wir in ihrem Käfer zum Einkaufen fuhren. »Frei im Denken. Ich bin stolz darauf, daß wir nicht so'n senilen Papst in Rom sitzen haben. Und diese Erbsünde ist auch totaler Quatsch!«

Ich machte die Augen zu und sah den Priester in seinem roten Gewand mit dem weißen Überhang vor dem Altar stehen, alles frisch gebügelt. Früher hatten der Priester und die Meßdiener ihr Gesicht zum Altar gerichtet. Neuerdings kuckten sie während der ganzen Messe die Gemeinde an und drehten Gott den Rücken zu.

Wie so oft konnte ich nicht einschlafen, weil in meinem Kopf eine Schallplatte lief. Ich konnte sie nicht abstellen. Ich hörte die Reklame aus dem Fernsehen, die Reden meiner Mutter, meine Großmutter, wie sie zu Tisch betete, den Priester in der Kirche und das Gemurmel der Gemeinde.

Ich glaube an den Heiligen Geist,
die Heilige Katholische Kirche,
Gemeinschaft der Heiligen,
Vergebung der Sünden,
Auferstehung der Toten
und das Ewige Leben.

Ich sprach es mit, als würde ich neben meiner Großmutter in der Messe stehen. Seitdem Herr Blömeke gestorben war, machten mir die Toten angst. Was sollte man tun, wenn die Toten auferstanden und hinter einem herliefen, weil man nicht nett genug zu ihnen gewesen war, als sie noch lebten?

Es gab nur einen Toten, von dem ich hoffte, er würde von sich hören lassen: meinen Großvater. Ich brauchte seinen Rat. Ich wollte ein berühmter Boxer werden, ich wollte seine Glasfabrik wiederaufbauen, und ich wollte eine gute Frau finden. Das alles lernt man nicht in der Schule.

Er sollte kommen und sehen, daß ich aus meinen Talenten etwas machte und aus dem Geld, das er mir hinterlassen hatte. Er sollte sehen, daß ich mich bemühte, mehr zurückzugeben, als mir gegeben worden war.

Aber wie sollte ich das ohne seinen Beistand schaffen? Ich hatte niemanden. Ich konnte nur versuchen, daran zu glauben.

»Steh auf, dein Glaube hat dir geholfen!«

Muhammad Ali wußte, worum es im Leben ging. Und er wußte, wie man es macht. Es gab auch andere gute Boxer. Aber er war etwas Besonderes, weil sein Glaube an Allah und an sich selbst auch von den härtesten Schlägen nicht erschüttert werden konnte.

»Ich habe vorher und auch während des Kampfes keine Angst«, sagte Ali in einem Interview, »weil ich mit dem Glauben in den Ring steige, daß alles, was passiert, Allahs Wille ist. Und Allahs Wille ist gut. Warum sollte ich vor etwas Gutem Angst haben?«

Auch unser Priester rief: »Dein Wille geschehe!« Aber was sollte man machen, wenn der Wille Allahs einmal nicht geschah?

Bisher hatte Ali noch nie einen Kampf verloren. Er war jetzt 29, zwanzig Jahre älter als ich. Allah hielt zu ihm. Aber er nahm ihm auch viel weg. Zum Dank dafür, daß er als Priester den Black Muslim diente und den Kriegsdienst verweigerte, hatte er vor dreieinhalb Jahren mit dem Boxen aufhören müssen. »Ich habe keinen Streit mit dem Vietkong!« brüllte er in die Fernsehkameras.

Allah prüfte ihn. Er nahm ihm den Titel, das Geld. Es waren immer die Großen, die besonders hart geprüft wurden. Aber wer sagte denn, daß Ali nach der Prüfung nicht stärker sein würde als vorher, daß er sich nicht dreimal mehr zurückholen würde, als er verloren hatte?

Ich las alles über Boxen. Obwohl er seit Jahren keine richtigen Kämpfe mehr gehabt hatte, war fast immer von Muhammad Ali die Rede, wenn einer übers Boxen schrieb. Die deutschen Zeitungen nannten ihn nach wie vor Cassius Clay. Trotzdem schnitt ich mir jedes Bild, jeden Artikel aus den alten Zeitungen und Zeitschriften aus, die meine Eltern neben dem Kamin in einem Korb schichteten.

Mehr als dreieinhalb Jahre lebte er in seinem eigenen Land wie im Exil. Seine Gefühle in dieser Zeit konnte ich mir vorstellen. Er hielt durch. Er probierte es in jedem Staat, doch kein Gouverneur wollte einen Kriegsdienstverweigerer boxen lassen. Ins Ausland fahren konnte er nicht. Sie hatten ihm den Paß abgenommen. Und in den USA bekam er keinen Kampf. Das war eine Katastrophe für ihn. Als Boxer muß man immer in Übung bleiben. Er hatte Frau und Kinder, die er füttern mußte.

Einmal hatte er gesagt, was für ihn Himmel und

Hölle war: »Die Hölle, das ist fünfundzwanzig Dollar die Woche und vier Kinder zu Hause, die vor Hunger schreien. Und der Himmel: Ein Hunderttausend-Dollar-Haus und eine Viertelmillion auf der Bank.«

Seine Zeit ohne Kämpfe war aber auch eine gute Zeit für ihn, gut auch für viele andere. Er tat etwas gegen den Krieg. Leute, die nichts mit Boxen anfangen konnten, nahmen ihn plötzlich ernst. Und viele interessierten sich fürs Boxen, die vorher gesagt hatten: »Nein danke, ich kann kein Blut sehen.«

Im Ring war Ali nicht zu schlagen, also wurden andere Saiten aufgezogen. Schlimmer, als im Ring zu stehen, ist, draußen zu stehen. Im Ring mußte er nur gegen einen Mann kämpfen. Draußen waren es viele.

In Amerika duzen die Weißen die Neger, bei uns duzen die Erwachsenen die Kinder. Und dann war da das komische Wort *alias*. Man hörte es im Radio und im Fernsehen, man las es in der Zeitung: »Cassius Clay *alias* Muhammad Ali« – »Muhammad Ali *alias* Cassius Clay.« War es so schwer, sich den Namen zu merken, den ein Mann sich gegeben hat?

Für Neger und Kinder schienen in dieser Welt andere Gesetze zu gelten. Aber auch wenn man von allen als Mensch zweiter Klasse betrachtet wird, ist das noch kein Grund, zweitklassig zu sein.

»Könntest du uns bitte mal erklären, was du damit meinst?« quengelte Frau Nickel. »Du glaubst wohl, du bist was Besseres!«

Das war ihr Lieblingssatz, ihre schärfste Waffe. Damit zielte sie immer auf mich. Der Satz prallte an mir ab. Das Gemeine war nur, daß meine Klassenkameraden auf dem Schulhof die Nase in die Luft reckten, wenn die Lehrerin wieder einmal behauptet hatte, ich fühlte mich als »was Besseres«.

Ich konnte nachts nicht schlafen, wenn mir an einem solchen Tag die Wut in den Kopf gestiegen war. Doch was sollte ich gegen die Lehrerin machen? Ich wollte gar nicht besser als die anderen sein. Ich wollte nur anders sein.

Auch Muhammad Ali war sich zu gut, herumzustolzieren wie ein Gockel. Er fuhr mit seinem Auto und ging über die Straße wie der nette Junge von nebenan, nicht wie der größte Boxer, den es je gegeben hat. Die Journalisten, die ihm das Mikrophon hinhielten, merkten gar nicht, daß er sich über sie lustig machte, wenn er sagte: »I'm the biggest man in the world!«

Alle sagten: »Cassius Clay ist ein Angeber!« Aber verglichen mit den Leuten, die ich kannte, den Lehrern, Ärzten, Professorenkollegen und Bundesbrüdern meines Vaters, den Freundinnen meiner Mutter, den Frauen der Bundesbrüder, den Nachbarn, Christian und seinem Vater, und vor allem den Politikern im Fernsehen – verglichen mit denen war Muhammad Ali ein bescheidener Mann. Er ging ins Ghetto, lief die Straße entlang, besuchte Geschäfte und Frisiersalons, einfach so, um mit den Leuten zu reden. Der Mann von der Straße war ihm gut genug. Obwohl er als Weltmeister jedes Jahr Millionen verdient hatte, gab er für sich selbst nicht mehr als zehn Dollar am Tag aus.

Einmal im Leben wollte ich ihm die Hand drücken; diesen Klumpen Gold in meiner Rechten wiegen.

Dreieinhalb Jahre hatten sie ihm den Ring verwehrt. Erst im letzten Oktober durfte er wieder kämpfen – in Atlanta gegen Jerry Quarry. Es war ein einfacher Kampf. Ali hieb das Bleichgesicht in der dritten Runde zu Boden. Dann traf er im Dezember in New York auf Oscar Bonavena, den sie den Pampas-Stier nannten. Die ganze Zeit schienen die beiden nur so zu tun, als würden sie kämpfen. Doch in der letzten Runde machte Ali ernst und hieb den Argentinier dreimal hintereinander auf die Bretter. Das war ein Drama, das einen aus dem Sessel riß. Die ersten vierzehn Runden waren vergessen.

Aber auch Oscar Bonavena traf Muhammad Ali zweimal hart, und Ali ging auf die Knie. Doch er schlug im Knien seine Faust gegen das Kinn des Argentiniers, daß der bis 4 auf die Matte mußte. So etwas hatte noch nie jemand gesehen.

»Bis in die achte Runde dürfte Bonavena in der Punktwertung vorne gewesen sein«, vermutete mein Vater. »Erst in der neunten hat sich das Blatt gewendet. Dann ließ seine Technik nach. Neger sind einfach die besseren Boxer. Die haben mehr Kondition. Das kommt vom Urwald, wo sie stundenlang hinter den Antilopen hergelaufen sind.«

Immerhin hatte es Bonavena fertiggebracht, zweimal bei 8 wieder aufzustehen. Man muß sich einen guten Gegner suchen. Gegen einen Feigling zu gewinnen, ist kein Sieg.

»Noch nie hat der Clay so viel einstecken müssen«, sagte mein Vater nach dem Kampf gegen Bonavena. »Der ist ein sehr guter Boxer. Aber es wird Zeit, daß wir wieder einen weißen Weltmeister kriegen.«

Ali bekam eine Kampfbörse von vierhunderttausend Dollar. Davon hätte er sich zwanzig Steinway-Flügel kaufen können, die genauso schwarz glänzten wie er selbst.

Jetzt sollte er gegen Joe Frazier kämpfen. Auch Frazier hatte Jerry Quarry und Oscar Bonavena besiegt. Daß einer denselben Vornamen trug wie Joe Louis, sagte aber noch gar nichts. Frazier paßte den Amerikanern gut in den Kram. In der Zeit, als sie Ali aus dem Ring gejagt hatten, gaben sie Frazier den Weltmeistertitel. Es war gerade kein anderer da.

Hoffentlich kam es zum Kampf. Dann würde man ja sehen, wer der Größere war. Außer ihrer Hautfarbe und ihrem Beruf hatten die beiden nicht viel gemeinsam. Ali war schnell wie ein Weltergewicht, Frazier war ein Schläger. Ali hatte den Kriegsdienst verweigert, Frazier schwenkte bei jeder Gelegenheit die amerikanische Flagge. Der eine war Black Muslim, der andere las täglich in der Bibel; wenn er überhaupt lesen konnte.

Ich hoffte, sie würden kämpfen, und vor allem

hoffte ich, daß man den Kampf im Fernsehen sehen konnte. Zum ersten Mal in der Geschichte würden zwei Boxer aufeinandertreffen, die keiner je besiegt hatte. Und jeder behauptete von sich, der Weltmeister zu sein.

Ich bekam jetzt schon Herzklopfen, wenn ich daran dachte. Joe Frazier war zwei Jahre jünger als Ali, und er war besser in Form. Ihn hatten sie nicht dreieinhalb Jahre gesperrt. Ali hatte lange warten müssen, bis sie ihn im Oktober wieder in den Ring ließen.

Das Warten kannte ich. Ich hatte immer schon gewartet. Wann würde meine Stunde kommen? Wann würde ich um die Weltmeisterschaft kämpfen? Frühestens 1985, rechnete ich mir aus. Ali und Frazier würden dann alte Herren sein.

Ich stellte mir vor, wie ich im weißen Bademantel zum Ring schreite und unter dem Johlen der Menge zwischen den Seilen hindurchsteige. Mein Gegner ist schon da. Er kaut Kaugummi. Er hat dicke Muskeln an den Schläfen. Er beißt in den Mundschutz. Der Gong schlägt, wir tippen zum Gruß die Rechte aneinander. Ich schlage das Kreuz und nehme die Fäuste vors Gesicht. Mein Gegner hat blaue Augen.

Ich hörte mein Herz. Mit dem Schlaf war es vorbei. Wie lange würde ich noch auf meinen Kampf warten müssen? In ein paar Wochen wurde ich zehn. Blieben noch acht Jahre, bis ich Auto fahren durfte und sicher noch einmal zehn bis zur Weltmeisterschaft. Es ging um Kraft, Reflexe und Schnelligkeit. Und es ging ums

Gewicht. Nur wer Weltmeister im Schwergewicht war, war Meister aller Klassen. Muhammad Ali hatte den Titel getragen, und er hatte ihn nicht im Kampf verloren. Man mußte mehr als 86 Kilo wiegen, um ein Schwergewicht zu sein.

Ich sprang aus dem Bett und lief ins Bad. Die Waage zeigte 38, 5 Kilo. Ich war 1,52 Meter groß. Muhammad Ali maß 1,90 Meter, und er war 99 Kilo schwer.

Ich würde wachsen. Die nötigen Kilos würde ich mir anfressen. Ich ging zurück über den Gang. Herr Blömeke war vergessen. Eine Begegnung mit dem toten Mann konnte mich nicht mehr erschrecken. Ich setzte mich an meinen Schreibtisch und knipste die Lampe an. Neben der Rakete lag der blaue Sport-Brockhaus. Ich schlug unter Boxen nach und schrieb die Gewichtsklassen für Berufsboxer mit Filzstift ab. Heftzwecken hatte ich keine. Ich klebte das Blatt mit Tesafilm auf die weiße Rauhfasertapete über meinem Bett:

Juniorfliegengewicht	*bis 47,049 kg*
Fliegengewicht	*bis 50,802 kg*
Bantamgewicht	*bis 53,524 kg*
Juniorfedergewicht	*bis 55,338 kg*
Federgewicht	*bis 57,152 kg*
Juniorleichtgewicht	*bis 59,020 kg*
Leichtgewicht	*bis 61,235 kg*
Juniorweltergewicht	*bis 63,560 kg*
Weltergewicht	*bis 66,678 kg*

Juniormittelgewicht	*bis 69,816 kg*
Mittelgewicht	*bis 72,574 kg*
Halbschwergewicht	*bis 79,387 kg*
Leichtschwergewicht	*bis 86,128 kg*
Schwergewicht	*über 86,128 kg*

Dann gab es noch Gewichtsklassen, die nur für Amateure galten, wie Halbfliegengewicht und Halbweltergewicht. Beim Judo war alles unter sechzig Kilo Superleichtgewicht. Das Halbfliegengewicht beim Ringen, alles unter 48 Kilo, hieß Papiergewicht.

Ich wurde ruhiger, denn ich wußte jetzt, ich würde Jahr für Jahr schwerer werden. Jede neue Gewichtsklasse brachte mich näher zum Ziel. War ich oben angelangt, dann würde ich ganz bestimmt berühmt werden. Schon wenn ich daran dachte, glaubte ich zuzunehmen. Trainieren, Essen und Kämpfen, das war alles, was ich tun mußte. Und eines Tages würde der Zeiger auf der Waage über 86 Kilo schnellen. Dann konnte mich niemand mehr wegstoßen.

Man muß nur wollen. Aber würde ich mich jahrelang morgens um sieben in Trab setzen und allein fünf Kilometer durch den Wald laufen, dann wieder schlafen und wieder erwachen und weiter trainieren? Würde ich immer wieder auf Sandsack und Maisbirne einschlagen können? Würde ich beim Training und im Ring die Müdigkeit unterdrücken können? Und wie würde ich damit fertig, getroffen und verletzt zu werden?

In dieser Nacht beschloß ich, mit allen fertig zu werden; mit allen und mit allem. Es gab viele Menschen, denen es noch schlechter ging. In Vietnam mußten sich amerikanische Soldaten durch einen Dschungel schlagen, den sie nicht kannten. Sie wurden aus dem Hinterhalt erschossen und hatten nicht einmal Zeit, vorher zu beten. Und über den Köpfen der Eingeborenen entlaubten sie die Wälder und warfen ihnen Bomben auf die Hütten. Im Fernsehen sah man Kinder, die nichts als ein dreckiges Hemd anhatten. Sie liefen mit gefalteten Händen in die Kamera. Jeden Tag sah man solche Bilder; im Fernsehen, im *»Stern«*, in der Zeitung und auf Plakaten. Aber auch bei uns hatten die Leute früher nichts zu essen und nichts anzuziehen gehabt. Oft hatten sieben in einem Zimmer gehaust. Oliver Twist war ein Junge wie ich gewesen, und er hatte in einem Sarg schlafen müssen.

Die Bilder drehten sich in meinem Kopf. Ich wurde schwer, und dann ganz leicht. Den Mann in der Ritterrüstung sah ich nicht wieder. Ich mußte auch nicht noch einmal mit meiner Mutter ins Kaufhaus.

Aber dann träumte ich von dem Interview. Wie oft habe ich später daran gedacht! Bei manchen Träumen wünscht man sich, man hätte sie nie geträumt.

Ich stehe im Ring und sehe ein bleiches Gesicht vor mir. Es ist hart wie bei einer Statue und von schwarzem Haar eingerahmt. Die Augen des Gegners flakkern, aber ich kann ihre Farbe nicht erkennen. Da löst sich seine rechte Faust unter dem Kinn und kommt mir entgegen. Die Arme des Boxers sind aus Marmor, und der schwarze Handschuh fliegt auf mich zu wie eine Kanonenkugel. Ich sehe alles in Zeitlupe. Das Geschoß nähert sich meinem Kinn. Ich drehe den Kopf zur Seite. Der Gegner schlägt über meine Schulter ins Leere. Ich wende mich ihm wieder zu und sehe, daß er vor Staunen die Augenbrauen hochzieht. Einen Moment lang sieht er aus wie ein Chinese. Zwar deckt seine Linke noch die Backe, aber das Kinn ist frei. Meine Linke hebt sich von selbst zu einem Haken. Er kann es nur geschehen lassen. Er sieht mich mit seinen blauen Augen an. Als ich ihn treffe, zittert sein Kopf, Tausende kleine Schweißtropfen sprühen. Er stürzt mit großem Krach auf die Bretter.

Die Zuschauer im Saal jubeln. Man schiebt meinen Gegner auf einer Bahre zwischen den Seilen durch.

Dann stürmen Journalisten den Ring. Einige tragen helle Trenchcoats, andere schwarze Ledermäntel. Sie umstellen mich mit Mikrophonen, Kameras und Scheinwerfern. Ein Gewitter von Blitzlichtern blendet mich. Sie stellen eine Lampe auf, die mir direkt ins Gesicht scheint, so daß ich nur noch ihre Umrisse sehen kann.

»Fang an!« ruft einer. »Erzähl uns, was wir hören wollen!«

Ich weiß nicht, was sie hören wollen. Das grelle Licht stört mich.

»Na wird's bald!« brüllt ein anderer. »Und überleg dir gut, was du sagst.«

Ich rücke auf meinem Stuhl herum und bemerke plötzlich, daß sie mir die Hände auf dem Rücken gefesselt haben. Ich kann mich kaum bewegen. Meine Beine haben sie an den Stuhl gebunden.

»Also, spuck's endlich aus«, schreit ein dritter. »Und laß dir nicht zuviel Zeit. Wir können auch anders.«

Ich mache den Mund auf, um etwas zu sagen, egal, was. Aber der Mundschutz sperrt mir die Zähne, und ich bringe keinen Laut hervor. Ich will schreien, aber der Schrei bleibt mir in der Kehle stecken.

Das Licht ist so grell, daß es weh tut. Jetzt kommt einer auf mich zu. Ich denke, er will mir sein Mikrophon hinhalten, aber das Mikrophon ist ein Revolver, und er schlägt ihn mir ins Gesicht. Ich schmecke Blut auf der Zunge. Ich kann nur ein paar Zentimeter auf dem Stuhl herumrutschen, da kommt der nächste und haut mir seinen Photoapparat auf die Nase. Und so geht es weiter, bis ich das Bewußtsein verliere.

Als ich am Montagmorgen aufwachte, hatte ich ein gemeines Gefühl in der Nase. Jeder, der boxt, kennt die Wut, die einem in den Körper fährt, wenn jemand die Nase trifft. Ein Gegner, den man auf die Nase schlägt, wird gefährlich. Er will zurückschlagen, um den Schmerz zu überwinden. Er hat Kräfte, von denen er vorher nichts ahnte. Oft vernachlässigt er dann die Deckung. Aber er kann sich wehren. Meine Hände jedoch waren gefesselt.

Während ich zu mir kam und ins Bad taumelte, faßte ich einen Entschluß. Ich versprach es mir. Es konnte immer sein, daß sie stärker waren. Es konnte immer sein, daß sie zu mehreren waren. Aber ich würde niemals feige sein. Ich würde ihnen nie alles, was mir gehörte, einfach überlassen. Eltern, Lehrer, Mitschüler, Gegner im Ring und Journalisten: Sie sollten von mir nichts geschenkt kriegen. Von mir nicht.

7

Wir waren schon im Advent. Ich erinnerte mich genau an den Tag, denn in der Nacht darauf schickte Muhammad Ali den Argentinier Oscar Bonavena in der 15. Runde dreimal auf die Bretter. Es war Alis zweiter Kampf nach der langen Pause. Der Tag fing ganz normal an. Als ich zum Frühstück herunterkam, telephonierte meine Mutter. Als sie auflegte, schmierte ich mir das vierte Brötchen.

Sie warf einen Blick in den Brotkorb: »Der frißt sich hier fett, während die Kinder in den armen Ländern verhungern.«

Ich fragte mich, ob die Mütter von Thomas und Christian zu ihren Kindern *Guten Morgen* sagten.

»Wenn ich groß bin, gehe ich sowieso nach Amerika.«

»Das mit Amerika soll mal wieder sowas heißen! Ständig willst du im Mittelpunkt stehen. Du gehst doch im Leben nicht nach Amerika. Leute wie dich können sie da gar nicht brauchen.«

»Du sagst doch immer, ich soll groß und stark werden.«

»Ja, aber du sollst nicht die Füße hochlegen, sondern die Ärmel hochkrempeln!«

Das Gespräch war wieder in vollem Gange, aber wie immer wußte ich nicht recht, worauf meine Mutter hinauswollte. Sie hatte eine Reihe von Redensarten, die sie ständig wiederholte. Am meisten fürchtete ich *Das soll mal wieder sowas heißen.* Damit konnte sie alles entwerten. Jede gute Note, die ich nach Hause brachte, jede Idee, die ich hatte, erklärte sie mit diesem Satz für null und nichtig.

Eine Redewendung aus dem Fernsehen hatte sich mir eingeprägt. Wenn die Polizisten in einem amerikanischen Film einen Verbrecher verhafteten, dann sagten sie: »Alles, was Sie sagen, kann gegen Sie verwendet werden.«

Zum Glück konnte meine Mutter sich nicht länger als fünf Minuten auf ein Thema konzentrieren. Wenn sie sich später bei meinem Vater darüber beschwerte, was ich gesagt hatte, konnte sie sich nicht mehr genau daran erinnern.

»Der will nach England auswandern, weil ihm seine Eltern nicht passen.«

Ich aß mein Brötchen.

»Geh ruhig nach Amerika«, fing sie wieder an. »Dein Vater war auch da. Aber komm mir nicht mit 'ner Schwarzen nach Hause. Nicht, daß ich etwas gegen die hätte. Aber überleg dir mal, wie die Umwelt darauf reagiert.«

In Amerika konnte man in seinem Grab liegen bleiben, solange man wollte. Es gab viel Platz, und sie gruben einen nicht nach dreißig Jahren aus.

»In Amerika wirst du Hilfsarbeiter beim Bau wie dein Idol Foreman.«

Ich hörte zum ersten Mal, daß mein Idol George Foreman sein sollte.

»Und, ist er immer noch Hilfsarbeiter beim Bau?« fragte ich.

»Du kriegst im Leben nichts geschenkt«, sagte sie. »Damit du was erreichst, mußt du was aus dir machen. Dazugehören ist das wichtigste. Meine Familie war immer sehr gebildet. Mein Großvater war General und hat viel gelesen; Goethe, Schiller, Ceram ... Er las auch französische Bücher; war das Feinste vom Feinen.«

Als ich meinen Ranzen umgeschnallt hatte, kam ich noch einmal ins Frühstückszimmer, um »Auf Wiedersehen« zu sagen.

Sie maß mich von oben bis unten.

»So wie du könnte ich nicht leben.«

Auf dem Schulweg sah ich Christian und Thomas von hinten und blieb ein paar Schritte zurück. Als ich in den Klassenraum kam, saßen die anderen schon da.

Es hatte noch nicht geklingelt, aber Frau Nickel begrüßte mich mit einer Verbeugung. »Ach, der Herr Professorensohn! Ist er auch schon erschienen? Dann können wir ja anfangen.«

Von Frau Nickel hieß es, sie käme frisch vom Seminar. Mir erschien sie alt. Sie fummelte an der Brille und plärrte: »Das Kapital kann ausschlafen. Das muß nicht auf Maloche gehen. Das verdient im Schlaf.«

Niemand verstand ein Wort, aber es was klar, wen sie meinte. Wahrscheinlich hatte es mit der Erbsünde zu tun.

Ich hatte mich von Anfang an mit der Lehrerin nicht vertragen. Am ersten Schultag fielen mir ihre merkwürdigen Redensarten auf. Ich fragte: »Frau Nickel, sind Sie aus Berlin?«

»Unverschämtheit!« war alles, was sie darauf antwortete.

Wann hatte sie mich zum ersten Mal vor die Tür geschickt? Am ersten Schultag war es gewesen, in der ersten oder zweiten Stunde. Ich hatte mich mit dem Mädchen unterhalten, das neben mir saß. Frau Nikkel befahl, ich sollte mich vor die Tür auf den Gang stellen. Das Mädchen durfte bleiben. Es war Kirsten.

Ich stand draußen vor der Tür und wartete darauf, wieder hereingerufen zu werden. Doch nichts geschah, ich hörte nur die Lehrerin leiern. Irgendwann trat kurze Stille ein, plötzlich ging die Tür auf, und Frau Nickel stand mit rotem Gesicht vor mir. Sie fuhr mich an, warum ich nicht wieder hereinkäme. Ich konnte gar nichts sagen.

»Erst den Unterricht stören und dann hier vor der Tür dicken Kopf ausbrüten!«

Sie zog mich am Ohr in die Klasse. Jemand, der vor die Tür flog, hatte nach einiger Zeit zu klopfen, auf das »Herein!« zu warten. Aber woher sollte ich das wissen? Ich war der erste gewesen, dem diese Sonderbehandlung zuteil wurde.

Als meine Mutter mich mittags fragte, wie es in der Schule gewesen war, meinte ich: »Die Lehrerin ist nicht besonders logisch.«

Da kuckte sie mich an, als sei ich nicht ihr Kind.

»*Logisch?* Hauptsache, die sind streng in der Schule. Es wird Zeit, daß du einen Dämpfer kriegst! Ich werde mit dir ja nicht fertig.«

Den Sommer hatte ich noch bei der Großmutter auf dem Dorf verbracht. Dann hatten meine Eltern mich abgeholt, mein Bruder war geboren worden, und dann fing die Schule an. Immerhin hatte ich schon am ersten Schultag etwas gelernt: Die Redensart *einen dicken Kopf ausbrüten.*

Mit der Zeit bekam ich heraus, daß Frau Nickel die Evangelischen und die Mädchen bevorzugte. Mit dem falschen Geschlecht oder im falschen Bekenntnis zur Welt gekommen zu sein, kann Folgen haben wie die falsche Hautfarbe. Aber warum hatte die Lehrerin auch etwas gegen Christian und Thomas? Die beiden waren doch evangelisch.

In der ersten Woche trat ich in der Pause an sie heran und sagte: »Frau Nickel, Sie riechen etwas streng.« Ich wollte die Frau nicht beleidigen. Aber damals wie heute verlangten die Erwachsenen von den Kindern, daß sie die Wahrheit sagten. Für sie selbst galt das natürlich nicht.

Die Lehrerin zischte mir das Wort zu, das sie mich schon am ersten Schultag gelehrt hatte: »Unverschämtheit!«

Zwei Jahre später, an dem Tag, als Ali den Argentinier schlug, schrieben wir in der dritten Stunde eine Rechenarbeit. Nach zwanzig Minuten gab ich ab und kuckte aus dem Fenster. Draußen hing alles grau in grau. Ich rechnete mir aus, wie viele Stunden meines Lebens ich noch in solchen Klassenzimmern zubringen mußte. Wir hatten in der Woche 26 Stunden; Rechnen, Schreiben, Heimatkunde, Religion, Singen und ein Fach, das sich Gesamtunterricht nannte, in dem Frau Nickel uns Photos vom Bundeskanzler Brandt zeigte, Kästchen ausmalen ließ, oder etwas über die Industriegewerkschaft Metall erzählte, bei der ihr Vater Mitglied war. Gerade hatten wir gelernt, daß das Jahr aus 52 Wochen bestand. Sechs Wochen Sommerferien konnte man abziehen, je drei Wochen Oster- und Weihnachtsferien, eine Woche Herbstferien und noch eine gute Woche von Feiertagen. Blieben 38 Wochen im Jahr, die ich in der Schule verplempern mußte, das waren 988 Schulstunden. Die Schularbeiten hatte ich noch gar nicht mitgerechnet; mit denen waren es weit über tausend.

Ich kuckte aus dem Fenster und schrieb hin und wieder eine Zahl auf ein Blatt. Plötzlich fuhr mir der Schreck in die Knie. Mir wurde klar, daß ich bis zum Abitur noch zehn Jahre vor mir hatte. Auf der Oberschule würden es leicht über dreißig Schulstunden pro Woche werden. Eine Schulstunde dauerte 45 Minuten, das machte also mindestens 22 Zeitstunden pro Woche, 836 im Jahr, wahrscheinlich eher tausend. Es waren also bis zum Abitur noch zehntausend Stunden, die ich auf diesen Bänken absitzen mußte. Wenn ich statt dessen pro Stunde nur einen Dollar verdiente und das Geld nicht im Loch vergrub, könnte ich in derselben Zeit ein reicher Mann werden. Ich nahm mir vor, mit sechzehn von der Schule abzugehen. So müßte ich nur noch siebentausend Stunden mit Nichtstun verbringen.

Ich kritzelte weiter und unterstrich die Zehn. Die zehnte Klasse sollte meine letzte sein. Frau Nickel fragte: »Was machst du da?«

»Rechnen. Das ist doch die Rechenstunde.«

Die anderen schrieben noch an ihrer Arbeit. Denen lief die Zeit weg, und für mich wollte sie nicht vergehen. Ich bekam Lust auf Unsinn. Ich griente, grunzte und schnatterte wie die Schimpansin Judy aus der Fernsehserie »*Daktari*«. Jede Woche unterhielt sie sich mit ihrem Freund, dem schielenden Löwen Clarence. Dabei stieß sie jene Laute aus, die ein Schimpanse nun einmal ausstößt.

Frau Nickel drohte mit dem Finger. »Oliver, ich sag es dir im guten!«

Ich gab ein paar Minuten Ruhe, dann grunzte ich leise, ganz leise, wie die Schweine bei Kampehoffs.

»Jetzt habe ich aber genug!« schrie Frau Nickel und stampfte mit dem Fuß auf. »Hast du gar kein Herz für deine Mitschüler, die noch rechnen? Vor anderer Leute Arbeit könnest du gefälligst Respekt zeigen! Aber nein: Ist dir alles egal. Das einzige, was dich interessiert, sind deine Mätzchen. Mach, daß du vor die Tür kommst, damit die anderen ungestört zu Ende rechnen können. Und das eine sag ich dir: Dein Verhalten wird sich auch in der Note von der Rechenarbeit niederschlagen!«

Ich hatte das Gefühl, in den ersten drei Schuljahren mehr Zeit auf dem Korridor verbracht zu haben als in der Klasse. Diesmal klopfte ich vor der Pause nicht mehr an, sondern machte genau das, was Frau Nickel *einen dicken Kopf ausbrüten* nannte, und ließ die anderen in Ruhe ihren Kram ausrechnen. Außerdem übte ich, was bei den Erwachsenen *sich die Beine vertreten* hieß.

In der vierten Stunde war Lesen und Schreiben an der Reihe. Man mußte aus dem Lesebuch laut vorlesen. Plötzlich richteten sich alle Blicke auf mich. Frau Nickel hatte mich etwas gefragt, aber ich dachte an Muhammad Ali und den Kampf gegen Bonavena, der heute nacht stattfinden sollte. Normalerweise sagte Frau Nickel, wenn einer schlief: »Guten Morgen«. Zu mir sagte sie: »Wenn du schon so kleine Ohren hast, Oliver, solltest du damit umso genauer zuhören!«

Ich zerbrach mir den Kopf, warum weder meine Mutter noch die Lehrerin *Guten Morgen* zu mir sagen konnten.

»Ich hab gerade gefragt«, bellte sie, »welche Bücher ihr kennt. Jeder soll den Titel von dem Buch sagen, das er gerade liest.«

»*Oliver Twist.*«

»Ach nee! Wir wissen alle, was du für ein Schlauberger bist. Aber wenn einer mit neun Jahren von Oliver Twist redet, ist das pure Angabe!«

»Angabe? Sind wir hier beim Tennis? Außerdem werde ich im Februar zehn.«

»Immer mußt du das letzte Wort haben.«

Das mit dem Tennis war gar nicht so falsch, denn wieder einmal drehten alle die Köpfe von Frau Nickel zu mir. Sie spielte mir den Ball zu, und ich schlug ihn zurück. Es machte mehr Spaß als mit meiner Mutter. Zu Hause waren wir zwei Spieler ohne Publikum. Hier dagegen war es wie Wimbledon.

»Ich hab es mir überlegt«, sagte Frau Nickel zu mir, als es zur Pause klingelte. »Du verhältst dich deinen Mitschülern gegenüber extrem unsolidarisch.« Da ich schon vor der Tür gestanden hatte, dachte ich, das Thema sei vom Tisch. Aber der Lehrerin fiel immer noch etwas ein. Sie blätterte im Lesebuch.

»Damit du Solidarität lernst, schreibst du bis morgen die Geschichte von Till Eulenspiegel, Seite 45 und 46 im Lesebuch, dreimal ab.«

Sie fletschte die Zähne.

»Da werden wir sehen, ob du nicht zahm wirst!«

Als ich nach der Schule meinen Ranzen nach Hause trug, hatte ich es nicht eilig. Abschreiben war so ziemlich das schlimmste, was man aufgebrummt bekommen konnten. Die Zeit schleppte sich dahin, man konnte nicht einmal an etwas anderes denken.

Die Erwachsenen legten es darauf an, einen am Denken zu hindern. Und wann immer ich eine Idee hatte, hieß es: »Das klappt doch nie! Andere haben das nicht geschafft, also schaffst du das erst recht nicht.«

Egal ob Eltern oder Lehrer: Es war ihnen am liebsten, wenn man alles nur nachmachte, was sie taten, wenn man alles nur abschrieb, was ein anderer schon abgeschrieben hatte. Abschreiben, das war's, was sie einem beibrachten. Und wenn man sich selbst etwas ausdachte, hieß es: »Das hat er irgendwo abgeschrieben.« Sie konnten sich gar nicht vorstellen, daß einer etwas tat, was auf seinem eigenen Mist gewachsen war.

Aber das, was Muhammad Ali machte, was er für sich und für andere tat, das hatte ihm keiner vorgemacht, und keiner würde es ihm nachmachen. Er hatte es ganz allein geschafft. Man mußte nur Mut haben. Denn es gab etwas, das sie einem nicht nehmen konnten: Das, woran man wirklich arbeitete, das, was man für sich allein tat, das, worin man der Beste war. Das Ziel, das man sich steckte, um es Schritt für Schritt zu erreichen. Nur so fühlt man, daß man lebt, daß man es hinkriegt, daß sie einen zwar stören, aber am Ende nicht daran hindern können. Irgendwann kommt man dort an, wo man hinwill. Nachdem ich drei Mal die Geschichte von Till Eulenspiegel abgeschrieben hatte, konnte mich niemand daran hindern, mein blaues Heft aus der Schublade zu ziehen und an der *»Squaw des Apachen«* weiterzuarbeiten.

Als ich bei meinen Eltern klingelte, machte meine

Mutter die Tür auf. Sie trug einen Hosenanzug mit Schlangenmuster und sagte: »Grüß dich, Oliver!«

Stand meine Mutter in einem Kostüm oder in Rock und Bluse vor mir, wußte ich, daß der Hausherr schon hinter der Eßzimmertür saß. Dann begrüßte sie mich wie ein Showmaster im Fernsehen irgendeinen Tropf aus dem Publikum, der sich als Kandidat auf die Bühne gewagt hat: *Grüß dich Oliver!* Sie sprach zu ihm, nicht zu mir. Waren wir zu zweit, gab es keine Show.

Als ich den Ranzen auf einen Stuhl neben dem Spiegel warf, flüsterte sie mir zu: »Dein Vater ist da!« Doch sie hätte sich ihr Habemus papam schenken können. Der Porsche stand vor der Tür.

Mein Vater konnte schnell einmal zum Mittagessen vorbeikommen. Die Klinik war eine dreiviertel Stunde entfernt; er schaffte es in einer halben. Auch als er noch den Ford fuhr, brauchte er nicht länger.

»Ich fahre wie eine gesengte Sau!« lobte er sich.

Die Strecke zwischen Köppelsbleek und der Klinik war wie eine ausgekippte Spielkiste. Graue Häuser wechselten sich mit modernen Klötzen ab. Auf Stahlkonstruktionen, die vor sich hin rosteten, folgten Einkaufszentren mit großen Parkplätzen. Man sah Lagerhallen, Hochhäuser und Gebäude, die keine richtigen Hochhäuser waren, eins wie das andere, vier bis sieben Stockwerke. Und darin wohnten Menschen. Es gab auf der Fahrt keinen Moment, den man nur zwischen Wiesen und Bäumen verbrachte. Dies Gebiet war weder Stadt noch Land. Es war wie eine riesige Siedlung, die sich über die ganze Gegend legte. Dahinter kamen die Städte, eine häßlicher als die andere.

Die Universitäts-Herzklinik lag neben einer alten Fabrik. Das Krankenhaus war weiß und sah aus wie eine Folge von Schuhkartons in verschiedenen Größen. Das Gebäude war erst vor kurzem innerhalb von ein paar Monaten gebaut worden. Doch mein Vater klagte oft über das Dach, in das es hineinregnete, die Klimaanlage, die die Bakterien durchs ganze Haus blies, und die Aufteilung der Räume, die sich nur jemand ausgedacht haben konnte, der noch nie in seinem Leben ein Krankenhaus von innen gesehen hatte.

Meine Mutter nahm Claus-Wilhelm und mich öfter mit, um meinen Vater zu besuchen. Ich kannte sein Büro in der Klinik, und ich hatte auch schon eine Vorlesung in dem runden Hörsaal miterlebt. Da hatte sich eine junge Frau vor allen nackt ausgezogen. Auf den Gängen kamen einem Ärzte in wehenden Kitteln entgegen.

»Alle haben hier ein Schild mit Namen und Titel auf der Brust«, erklärte mein Vater. »Man kann die Leute aber auch so unterscheiden. Ich ziehe hier einfach mein Jackett aus und nehme den weißen Kittel. Als Chef mußt du den Kittel oft ausziehen und wieder ins Jackett schlüpfen. Mal bist du Arzt, mal Kaufmann, mal Professor. Die Oberärzte tragen nur den Kittel. Die brauchen sich nur um den medizinischen Bereich zu kümmern. Die Stationsärzte kommen ohne Krawatte. Man erkennt sie an ihren weißen Hosen. Dann kommen die anderen Ärzte und die Assistenten. Die tragen weiße Schuhe; Turnschuhe oder Gesundheitslatschen. Zum Schluß sind da noch die Pfleger. Die bekommen natürlich auch ihr Schildchen. Darunter haben sie meistens Jeans an. Die Besucher kriegen diese feinen Unterschiede gar nicht mit, auch die meisten Patienten nicht.«

Mein Vater saß im weißen Hemd am Eßtisch. Es gab Hähnchen mit Pommes Frittes. Wenn mein Vater zum Mittagessen auftauchte, gelang es meiner Mutter immer noch, in letzter Minute eine Spezialität aufzutischen. Dann fanden sich plötzlich Peperoni für die Pizza, oder sie garnierte Fischstäbchen mit Broccoli aus dem Schnellkochtopf. Mein Leibgericht waren Spaghetti. Meine Mutter zerbrach sie, bevor sie sie ins Wasser warf, damit ich sie nicht einsaugen konnte. Ich genoß es, wenn mir die Dinger ums Gesicht glitschten. Ich aß auch gern Cornflakes oder Milchreis mit Zucker und Zimt. Gerade nach der Schule hatte ich Lust auf *Kellog's Cornflakes*, aber meine Mutter meinte: »Die sind nur zum Frühstück.« Milchreis aber war ihrer Meinung nach schlecht für die Zähne. Ich bekam ihn nur in den Ferien an der Ostsee. Während meine Eltern am Strand lagen und in der Mittagssonne dösten, durfte ich in die Milchbar an der Strandpromenade gehen und mir Milchreis mit Zucker und Zimt bestellen.

»Sag deinem Vater Guten Tag!«

Ich aß gern Pommes Frittes, aber Hähnchen mochte ich nicht. Das Abnagen und Hantieren mit den Knochen machte mir Schwierigkeiten, besonders wenn der Vater dabei zusah.

»Wie oft habe ich dir gesagt, daß du die Ellenbogen vom Tisch nehmen sollst!«

Wenn mein Vater dabei war, achtete meine Mutter darauf, daß ich mich benahm. Mein Vater malmte und starrte dabei auf meinen Teller. Die schmale Krawatte teilte das Hemd mit den breiten Schultern in zwei Hälften. Ich versuchte, mich auf mein Hähnchen zu konzentrieren. Mein Vater hatte keine Probleme, die Ellenbogen hinter der Tischkante zu lassen, aber er stützte sich gelegentlich mit den Unterarmen ab. Ich sah seine wasserdichte Armbanduhr mit Datumsanzeige. Es war der 7. Dezember. Mein Vater hatte große Hände.

Ich sah seine Schläfen beim Kauen arbeiten. Seine Augen waren in meinen Teller gesenkt. Warum kuckte er beim Essen immer in meinen Teller?

Seine Schläfen pulsierten. Ich sah, daß er beim Kauen nachdachte. Meine Mutter stellte Mayonnaise auf den Tisch. Mein Vater nahm ein Hühnerbein in die Hand, nagte am Knochen und trank sein Bier dazu. Der Adventskranz mit zwei schwarzen und zwei weißen Dochten stand mitten auf dem Tisch. Normalerweise gab meine Mutter etwas Wichtiges zum besten, wenn mein Vater zum Mittagessen kam. Jeden zweiten Happen von ihrem Teller steckte sie Claus-Wilhelm in den Mund und sprach mit hoher Stimme. Was für mich wichtig war, besprach sie dann mit meinem Vater allein nach dem Essen beim Kaffee. »Geh Schularbeiten machen!« Mein Bruder saß dabei und spielte mit seinem Auto.

Wenn mein Vater zum Mittagessen nach Hause kam, gab es Nachtisch, meistens Eis. Das Eis war das Gute, wenn er mittags da war.

Ich erinnerte mich an diesen Tag im Dezember nicht nur, weil Ali in der Nacht auf Bonavena traf, sondern auch, weil es der Tag war, an dem Herr Blömeke starb und das Bild in meinem Kopf erstmals auftauchte.

Ich lag auf meinem Bett, sah eine Figur mit starkem Nacken, die sich über Blömekes Gartenzaun schwang. Herr Blömeke war nicht da. War er schon tot, oder war er nur verreist? Plötzlich ging das Licht in Blömekes Schlafzimmer an, und man sah zwei Schatten miteinander ringen; einen starken Mann und eine Frau mit großem Busen. Dann wurde alles dunkel.

»Gab's heute was Besonderes?« fragte meine Mutter.

»Der Blömeke ist gestorben.« Mein Vater tauchte mit einer Gabel Pommes Frittes in die Mayonnaise. Er erzählte die Geschichte, wie der Nachbar im Morgenmantel in sein Büro gekommen war, wie er mit ihm noch einen Plausch gehalten und ihm wieder das Rauchen verboten hatte, wie Herr Blömeke sich verabschiedet hatte und wie dann die Schwester angelaufen kam, weiß wie ihr Kittel.

Meine Eltern kuckten mich an.

»Ich habe dem armen Teufel noch was gegeben, aber es war nichts mehr zu machen.«

Mir war zumute, als hätte Frazier mich in den Magen geboxt. Lauter Mosaiksteinchen wirbelten in meinem Kopf. Einen Moment lang hatte ich das Gefühl, ich hätte Herrn Blömeke umgebracht. Ich dachte, daß Frau Blömeke bestimmt zu meinem Fenster hinaufschaute, das Gesicht kalt vor Haß.

»Und was gibt's sonst Neues?« fragte meine Mutter ihren Mann.

»Heute morgen gab's noch einen Zwischenfall im OP. Dabei haben wir einen Anästhesisten verloren. Gut, daß du mich daran erinnerst. Ich muß einen neuen einstellen.«

Meine Mutter wollte es genau wissen. Ich legte die Gabel hin.

»Es war eine ganz harmlose Operation, fünfundfünfzigjähriger Mann mit einem Loch im Herzen. Das wollten wir stopfen. Aber der Mann war noch nicht ganz aufgeschnitten, da stirbt er uns weg! Und weißt du, warum? Weil der Herr Anästhesist seine Schularbeiten nicht gemacht hat. Junger Facharzt, hatte sich nicht richtig über den Patienten informiert. Und empfindlich war der auch noch. Ich hab ihn vor versammelter Mannschaft zur Sau gemacht, wie es sich gehört. Und der Mann – kriegt einen Herzschlag. Nicht besonders kollegial mitten in der Operation. Von einem Moment auf den anderen hatte ich zwei Tote daliegen.«

Meine Mutter wußte nichts zu sagen. Sie machte ein Gesicht wie am Weihnachtsabend bei der Bescherung. Erstaunlich, was es alles gab! Mein Vater schüttelte den Kopf und lachte. Wie verrückt doch die Welt war! Ich sah ihn schon vor mir, wie er beim nächsten Mal die Geschichte im OP erzählen würde, mitten in der Operation. Hoffentlich hatte der neue Anästhesist bessere Nerven, wenn er über dem grünen Mundschutz die blauen Augen des Chefs lachen sah.

8

Beim Aufwachen hörte ich die Stimme meines Großvaters. Es war die Stimme eines Seemanns. Sie knarrte wie eine Tür in den Angeln. Es mußte ein großes Tor sein, wie von einer Kirche. Ganze Meere strömten hinein, Schiff um Schiff sah ich im Dunkeln verschwinden. Segel tanzten auf den Schaumkronen und tauchten plötzlich unter. Wasserfälle gossen sich ins Kirchenschiff, die Flut hallte. Der Spiegel stieg. Weihwasser dampfte. Mein Großvater lachte. Ich schlug die Augen auf und sah meine ungeschminkte Mutter über mir.

»Wo hast du deine Schuhe?«

Das zweite, was ich an diesem Tag sah, war die Gewichtstabelle. Sie hing über meinem Bett. Mochten Christian und Thomas in diesen Minuten von ihren Müttern mit *Guten Morgen* geweckt werden; der Plan an der Wand war der Gruß, den ich mir selbst zuwarf, der Ruf, mit dem ich mich dazu brachte, aufzustehen, und der mich daran erinnerte, warum ich auf der Welt war.

Schwergewicht – über 86,128 kg

Das Leben ist leicht, wenn man ein Ziel hat. Man sieht alle Dinge anders. Man teilt sie in wichtige und unwichtige ein. Man weiß, was man zu tun hat.

Auf dem Frühstückstisch brannte meine Taufkerze. Daneben lagen zwei Nachthemden, in Plastik verpackt, und ein Kuvert.

»Herzlichen Glückwunsch!« sagte meine Mutter. »Ich hoffe, daß du dich im neuen Lebensjahr besserst.«

»Schon wieder Nachthemden!« Ich stöhnte.

»Nachthemden kann man immer brauchen. Es gibt Kinder, die haben nicht einmal ein Hemd auf dem Leibe, geschweige denn ein Nachthemd.«

Mit dem Messer öffnete ich das Kuvert. Meine Eltern hatten mir einen Gutschein ausgestellt, der mich berechtigte, den Boxkampf zwischen Muhammad Ali und Joe Frazier zu sehen, falls er im Fernsehen kam. »Aber nur zu zivilen Zeiten«, wie es in dem Schreiben hieß.

Wenn in New York Abend war, graute bei uns der Morgen.

Ich blies die Taufkerze aus und schulterte den Ranzen. Eine Taufkerze stellt man am Namenstag auf, nicht am Geburtstag. Aber woher sollte eine Evangelische das wissen?

Als ich aus dem Haus ging, stieg Alfred gerade in den blauen Käfer. Sein Vater war drei Monate tot. Es fiel Frau Blömeke nicht ein, den Wagen ihres Mannes zu fahren. Von dem Ford Taunus, der blaugrünen Badewanne, war nichts mehr zu sehen. Stand er in der

Garage, oder hatte sie ihn verkauft? Während sie losfuhr, lächelte sie mir durch die Seitenscheibe zu, ihr österreichisches Lächeln. Wußte sie, daß ich Geburtstag hatte? Schräg auf dem dunklen Haar trug sie eine Baskenmütze. Ich ging am Supermarkt vorbei und dachte an das, was ich letzte Nacht geträumt hatte. Die Stimme meines Großvaters lag mir noch im Ohr. In der Schule, wenn Frau Nickel plärrte, würde sie gleich weg sein.

Auf einmal sah ich es nicht mehr ein. Es war mein Geburtstag. Und ich war ein freier Mensch, das ganze Jahr über. Niemand bezahlte mich dafür, daß ich zur Schule ging. Und niemandem tat ich damit einen Gefallen, am wenigsten mir selbst. Ich stieß die Tür des kleinen Schreibwarengeschäfts neben dem Supermarkt auf und kaufte eine Zeitung und zwei Schokoriegel. Mit der Zeitung unterm Arm ging ich an den Läden vorbei und blieb hin und wieder stehen. Ich stieg den Hügel hinauf und ließ die Schule links liegen.

»Wenn ich dich noch einmal vormittags im Supermarkt erwische, stecken wir dich ins Internat!«

»Na also, macht doch. Dann seid ihr mich los.«

»Ich weiß nicht, was ich noch mit dir anfangen soll. Was hast du denn den ganzen Morgen gemacht, zum Teufel?«

»Ich hab mir die Zeitung gekauft und bin in den Wald gegangen.«

»So, in den Wald ist er gegangen! Du machst wohl immer nur, wozu du Lust hast.«

»Du tust doch auch nur, was dir paßt.«

»So? Glaubst du, es macht keine Arbeit, einen wie dich zu erziehen? Schlaflose Nächte macht mir das. Und neuerdings muß man dich schon in der Früh irgendwo aus der Gosse holen. Du bist ein Nagel zu meinem Sarg.«

»Wenigstens heute wollte ich mir das Recht nehmen …«

»Heute ist ein Tag wie jeder andere. Das eine sag ich dir: Wenn ich dich noch mal dabei erwische, wie du die Schule schwänzt, gibt es einen Riesenkrach. Du gerätst auf die schiefe Bahn. Die Leute, die im Gefängnis landen, die Mörder und Verbrecher, die haben alle klein angefangen. Erst schwänzt man die Schule, am Ende schießt man seinem Mitmenschen eine Kugel durch den Kopf.«

»Was wollt ihr eigentlich von mir?«

»In Berlin werden sie dir schon Manieren beibringen. Da kannst du deine Schulkameraden nicht terrorisieren wie hier. Die schlagen dich auf dem Schulhof windelweich.«

»Mit zwölf gehe ich in den Boxverein.«

»Dein Vater findet, das lernst du nie. Und der muß es schließlich wissen. Du bist viel zu ungelenkig. Steif wie'n Brett bist du! Die ganze Boxerei ist bei dir doch bloßes Getue.«

»Ihr werdet ja sehen!«

»Die Kinder in Berlin sind ziemlich aufgeweckt. Das sind nicht solche Bauerntrampel wie hier. Denen kannst du nicht mit deinem Blödsinn kommen. Da wirst du schon lernen, sozialer zu denken, ob du willst oder nicht.«

»In Berlin schwänze ich wieder die Schule. Da müßt ihr mich hintragen!«

»Solange du schulpflichtig bist, gehst du in den Unterricht. Sonst kommt die Polizei und bringt dich hin.«

»Sollen sie kommen. Denen habe ich einiges zu erzählen ...«

»Was soll denn das nun wieder heißen?«

»Warum kommt der Papa abends immer so spät nach Hause?«

»Wir stecken dich in die Sonderschule, wie den Alfred Blömeke. Da sind sie auf solche renitenten Burschen spezialisiert.«

»Internat, Sonderschule – wo soll ich denn noch überall hin?«

»Wir werden schon eine Lösung finden.«

»Alles, was ich mache, ist schlecht; alles, was Claus-Wilhelm macht, ist gut ...«

»Claus-Wilhelm ist als Persönlichkeit ja auch unauffällig.«

»Der ist *so*, und ich bin *so*. Ist doch beides okay. Andere Eltern wären froh ...«

»Du gehst ganz nach deinem Vater. Der muß auch immer das letzte Wort haben. Hat schon als Kind immer den dicken Max markiert. Der nahm sich alles heraus und glaubte, er wär das Wunder vom Dorf. Das hat mir deine Großmutter erzählt. Und seinen kleinen Bruder hat der auch untergebuttert, wie du den Claus-Wilhelm. Wenn ich eins nicht leiden kann, dann sind das Egoisten. Und du kennst überhaupt keine Rücksicht.«

»Ich spiel doch immer mit Claus-Wilhelm.«

»Du nimmst ihm bloß seine Spielsachen weg. Du kannst dich nur an Schwächeren vergreifen. Dabei ist dein Bruder vom Charakter her ein ganz Feiner. Der geht mehr nach unserer Familie. Das waren alles vornehme Leute. Da kannst du drauf wetten, daß aus dem mal was wird.«

»Und aus mir nicht ...«

»Du warst ja auch eine schwierige Schwangerschaft und eine schwere Geburt. Und voller Aggressionen. Schon im Bauch hast du getreten. Und als du dann auf die Welt gekommen bist! Stundenlang haben die rumgemacht. Achteinhalb Pfund ...«

»Was darf man denn wiegen?«

»Immer hast du mit allen Leuten Streit: Frau Nickel, Christian, Thomas ... Nicht mehr lange, und du bist eine verkrachte Existenz.«

»Was?«

»Du kannst einem leid tun. Glaubst du, ich merke nicht, wie du der armen Witwe nachstellst? Steht am Fenster und schaut der alten Blömeke hinterher! Das hat mir gerade noch gefehlt. Du bist doch die ganze

Zeit schon um die herumgeschlichen wie ein Kater, auch als der Mann noch lebte. Sag mal, schämst du dich eigentlich nicht? Ich will kernige Menschen erziehen, die später mal ein aufgeklärtes, hygienisches Leben führen. Aber mein zehnjähriger Sohn hampelt einer Frau hinterher, die seine Mutter sein könnte.«

»Ich bin nicht der einzige, der ihr nachläuft ...«

Sie ließ mich nicht einmal meinen Satz zu Ende bringen, und wie gewöhnlich war sie nicht mehr zu bremsen: »Du ahnst gar nicht, wie gut du's hast. Du lebst im Paradies. Kein Vergleich zu den schweren Zeiten, die wir durchmachen mußten. Als ich in deinem Alter war, war gerade der Krieg zu Ende. Mit unseren eigenen Händen haben wir Berlin wieder aufgebaut. Da wär der gnädige Herr sich zu fein für gewesen! Der kann höchstens seiner Großmutter im Garten helfen oder auf dem Friedhof Blumen gießen. Du hast ja keine Ahnung, wie das damals war. Ich durfte nicht so einfach mir nichts, dir nichts mit einem Jungen weggehen. Meine Mutter hat alle Briefe aufgemacht. Da kannte man die fortschrittliche Erziehung noch nicht, die wir euch angedeihen lassen. Einmal stand ein Junge vor meinem Fenster und wollte mich zum Eis einladen. Das war ein sehr netter Junge, der Sohn vom Pedell. Als meine Mutter den gesehen hat, hat sie gesagt: Nein, mit dem gehst du nicht weg, der paßt nicht zu dir. Hat sie mir glatt verboten, obwohl ich schon siebzehn war. Wir lassen dir jetzt schon freie Hand, wenn du mit der Kirsten was unternehmen willst. Meine Mutter, die hat mich auf mein Zimmer gesperrt. Dann habe ich eine Leine am Fensterkreuz festgebunden und mich mit einem Schwups heruntergelassen. Wir haben im Tiergarten gewohnt, in der Beletage. Wie ich unten angekommen bin, haben meine Hände geblutet. Mit dem Eisessen war Sense, und außerdem habe ich von meiner Mutter noch die Hucke vollgekriegt. So war das damals. Und du führst heute ein Herrenleben!«

»Und was war mit deinen Händen?«

»Die Striemen hat man noch nach drei Wochen gesehen. Heute würde ich das natürlich anders machen. – Als meine Schwester, die Tante Viktoria, dann soweit war, die durfte natürlich! Alles, was sie mir verboten hatten; für Vicky kein Problem. Und wenn wir zusammen irgendwo hinkamen, haben alle gesagt: Ach, was für eine Süße! – Oh, wie niedlich, die Kleine! und so'n Käse. Gemeint war natürlich immer die Vicky. Und ich stand daneben. Deshalb werde ich nicht zulassen, daß es meinem Kind genauso geht und du dich hier andauernd auf Kosten von Claus-Wilhelm profilierst! Das hat man ja bei deinem Vater gesehen; wie da der Onkel Klaus immer in der zweiten Reihe stehen mußte. Dabei war er genauso fleißig, genauso begabt, vielleicht sogar noch begabter als dein Vater.«

»Hast du den Claus-Wilhelm lieber als mich?«

»Ihr seid beide meine Söhne, einer wie der andere. Dein Vater und ich werden dafür sorgen, daß jeder von euch das bekommt, was für ihn das beste ist.«

»Der Papa geht abends nicht in die Kneipe. Der geht ganz woanders hin ...«

»Was willst du damit sagen?«

»Zur Nachbarin!«

»Das gehört zu seinen Pflichten als Arzt, daß er sich um die Hinterbliebenen kümmert.«

»In seinem Krankenhaus lebt man auch gefährlich: Herr Blömeke, der Patient im OP, der Anästhesist ...«

»Ist dir überhaupt klar, was du damit sagst? Das ist ja das Allerletzte! Du liest zuviel von deinen Groschenromanen. Aber das werde ich deinem Vater berichten. Da kannst du dich schon freuen ...«

»... in der Klinik geht es zu wie bei Dr. Preuß.«

»Jetzt hör sich das einer an! Dein Vater ist einer von den angesehensten Kardiologen. Der kann machen, was er will. Aber sein Herr Sohn ... Weißt du was? Einen Laffen haben wir da großgezogen. Darum kann dich auch dein Vater nicht leiden ...«

»Hat er das gesagt?«

»Du glaubst wohl, weil du heute zehn wirst, kannst du den wilden Mann spielen.«

9

Nach dem Mittagessen rannte ich die Treppe hoch und schlug die Tür hinter mir zu. Ich holte das alte Wörterbuch heraus, das ich aus der Bibliothek meiner Eltern hatte mitgehen lassen.

»Laffe (ugs., abw.): Lümmel, Lackel, liederlicher, oberflächlicher Liederjahn, Lump, Schnösel, Halbstarker, Schlurf, Spunt, Dachs, Fant, Lulatsch, Blader, Halbwüchsiger, Milchbart, Strolch.«

Die Wörter zur Erläuterung erschienen mir wie Kosenamen. Keines war so arg wie *Laffe*. Es klang wie »Affe«, nur schlimmer.

Ich starrte aus dem Fenster. Der alte blaue VW stand auf der anderen Straßenseite. War Alfred schon wieder zu Hause? Oder war sie allein? Alfred hatte heute sicher mehr Spaß als ich, obwohl es doch mein Geburtstag war. Sollte ich ihn einladen? Man wird nur einmal im Leben zehn Jahre alt. Von nun an mußte ich mich zusammenreißen: Hart trainieren und gut schreiben.

Ich sah den Briefträger die Straße entlang kommen. Er kam jeden Tag ein bißchen später. Als ich bei meinen Eltern einzog, lag die Post jeden Tag auf dem Frühstückstisch. Inzwischen war man froh, wenn man seine Briefe nach dem Mittagessen bekam. Der Briefträger hatte ein Päckchen in der Hand. Er klingelte.

Kurz darauf kam meine Mutter ins Zimmer und warf mir das Päckchen aufs Bett. Es war von meiner Großmutter. Ich riß das Papier ab, und zwei Bücher fielen heraus. Wieder hatte sie sich auf den Weg gemacht, um mir meine Wünsche zu erfüllen. Es war kein Vergnügen, mit dem Bus vom Dorf in die Stadt zu fahren. Eine Schwarte und ein Taschenbuch lagen vor mir, »*The Oxford Advanced Learner's Dictionary*«, damit ich von nun an alles verstehen konnte, was ich las. Das Taschenbuch war »*Somebody Up There Likes Me*« von Rocky Graziano. Er war einer der härtesten Boxer gewesen, die es je gegeben hatte.

Es fiel noch etwas aus dem Päckchen: Eine Karte von meiner Großmutter und ein länglicher Brief. Ich bekam Herzklopfen, als ich die Schrift sah. Es war die Handschrift meines Großvaters. Auf dem Umschlag standen nur zwei Zeilen.

An meinen Enkel
Zu übergeben an seinem 10. Geburtstag

Ich nahm den Brieföffner und schnitt das Kuvert auf. Meine Hände wollten zittern, aber ich hatte sie im Griff.

7. Dezember 1960

Mein lieber Enkel!

Früher war es üblich, sich von seinem Großvater den Segen abzuholen, wenn der die Fliege machte. Heute ist alles anders. Der Großvater macht vor der Zeit die Fliege, weil ihn eine Wespe gestochen hat. Und weil die alte Hausapotheke nicht mehr gut genug ist, mußte er sich in die Fänge der modernen Medizin begeben.

Sei mir nicht böse, Junge, wenn Du Deinen heutigen Geburtstag ohne mich feiern mußt. Aber eine unglückliche Verkettung der Umstände – Du wirst das in Deinem Leben auch noch kennenlernen – hält mich leider davon ab, an dem Fest teilzunehmen.

Ich denke nicht daran (schon gar nicht in meiner gegenwärtigen Lage), Dir an dieser Stelle kluge Ratschläge zu erteilen. Ich weiß, daß man sie in Deinem Alter in den Wind schlägt. Und das ist auch das Beste, was man damit machen kann. Glaub mir, ich war auch mal zehn. Es kommt mir heute sogar so vor, als ob das gar nicht so lange her ist. Aber der eine gute Rat, den ich Dir geben will, ist folgender:

Gehe nie zu diesem Quacksalber Dr. Preuß in Behandlung, falls sich dieser Tropf immer noch im Dorf halten sollte. Er hat mir gerade wegen nichts den rechten Arm abgenommen, und ich weiß, daß es mit diesem Kunstfehler nicht sein Bewenden haben wird. Solche Leute geben sich nicht mit Kinkerlitzchen zufrieden. Man hat so seine Vorahnungen. Zum Glück bin ich Linkshänder (Glück im Unglück, nicht wahr?), so kann mich niemand daran hindern, meinem Enkel noch eine Flaschenpost abzuwerfen, wie das bei uns Seeleuten von alters her üblich ist.

Wenn Du diesen Brief erhältst, bin ich auf weiter Fahrt. Schon über den Horizont, so daß Du mich nicht mehr sehen kannst. Aber das heißt nicht, daß ich nicht zu Dir stehe. Auf Deinen Großvater kannst Du Dich verlassen. Das siehst Du schon daran, daß ich der Post ein Schnippchen geschlagen habe und mich unter Umgehung der üblichen Amtswege mit Dir in Verbindung setze.

Schließlich kennen wir uns gut. Du hast sicher das eine oder andere Histörchen von Deinem Altvorderen gehört, und auch für mich bist Du jetzt sozusagen greifbar, seit meine hochgeschätzte Schwiegertochter mit dickem Bauch herumstolziert. Es tut mir leid, daß ich es wohl nicht mehr bis zu Deiner Geburt schaffe. Aber so sind die Verhältnisse. Wenn die Uhr abgelaufen ist, ist sie abgelaufen.

Ich habe ein gutes Leben gehabt, und ich bin sicher, daß Du auch eins haben wirst. Unkraut vergeht nicht. Mach Dir nichts draus, wenn es einmal nicht so läuft, wie es sollte. Ich habe in meinem Leben öfter bis zum Hals in der Scheiße gesteckt. Leider gibt es Grund genug zu der Annahme, daß die Zeiten, in denen Du leben wirst, noch beschissener werden. Aber ich kenne mein eigenes Blut. Wir sind immer ziemlich widerstandsfähig gewesen. An uns hat sich schon mancher die Zähne ausgebissen.

Die Medizin ist noch nicht so weit (trotz der hervorragenden Ärzte, die wir haben!), daß sie sagen kann, ob ein Kind ein Junge oder ein Mädchen wird. Und natürlich können sie auch noch keine Wespenstiche heilen. Aber man hat, wie gesagt, seine Vorahnungen. Und genauso, wie ich ahne, daß meine Zeit abgelaufen ist, genauso habe ich das Gefühl, daß mein Enkel ein Junge ist. Und daß seine Zeit kommen wird, so sicher wie das Amen in der Kirche.

Ich weiß, Junge, Du wirst kein Schwachpuper oder Pantoffelheld, kein Schreibtischhengst, Oberlehrer, Pfaffe und keine Beamtenseele. Da brauchen wir weiter kein Wort drüber zu verlieren. Laß Dir nur nicht zu sehr von anderen Leuten imponieren und der Autorität, die sie sich gerne anmaßen. Zu jeder Meinung gibt es eine Gegenmeinung. Also brauchst Du Dich auch nicht davor zu fürchten, eine Meinung zu vertreten, die kein anderer vertritt. Steh ruhig zu dem, was Du glaubst. Jede heute gültige Sicht der Dinge ist einmal neu und ungewöhnlich gewesen. Also kann es Dir egal sein, was irgendwelche hergelaufenen Leute dazu sagen. Viele Menschen haben Angst vor neuen Ideen – ich hab mein Leben lang Angst vor den alten gehabt.

Und gleichgültig, was Du tust, Du mußt einfach nur der Beste sein. So simpel ist das. Einerlei, ob Du Schuster oder Kapitän wirst, oder ob Du wie Dein alter Großvater eine Fabrik aus dem Boden stampfst und fünfhundert Leute durchfütterst. Aber ich habe da keine Sorge. Was immer Du machst: Ich weiß, Du wirst der Champion sein.

Das Boot im Schuppen gehört Dir, und zu Deinem 21. Geburtstag gibt's noch eine Kleinligkeit, von der Du rechtzeitig erfahren wirst.

Meine letzten Gedanken gelten meiner lieben Frau und meiner Heimatstadt Hamburg, die ich nie wiedersehen werde. Sei nett zu Deiner Großmutter, und halt die Ohren steif!

Ein kräftiges Ahoi!
von Deinem Großvater Alphons

Ich setzte mich aufs Bett. Ich spürte, wie eine neue Kraft in mir erwachte. Mein Großvater hatte doch noch Kontakt zu mir aufgenommen. Er hatte mich nicht Oliver genannt, denn er wußte ja nicht, wie sie mich taufen würden. Aber er hatte mich vor sich gesehen, als er den Brief schrieb. Mir war, als hätte er mir die Hand geschüttelt. Jetzt konnte mir nichts mehr passieren.

Ich ballte die Rechte. Jetzt kam es nur darauf an, jeden Moment zu nutzen. Ich hatte schon zehn Jahre vertan. Plötzlich glaubte ich, daß ich alles schaffen könnte, was ich mir vorgenommen hatte. Man mußte die Sachen nur anpacken. Wenn ich richtig boxen lernen wollte, mußte ich richtig trainieren, und wenn ich Frau Blömeke haben wollte, mußte ich ihr den richtigen Brief schreiben.

Ich schlug noch einmal meine Kinderbibel auf. Stand hier geschrieben, ob ich Frau Blömeke schreiben sollte und wenn ja, was? Auf einem Bild kniete Moses mit den beiden Gesetzestafeln zwischen spitzen Felsen. Auf der Seite daneben blieb ich an einem Satz hängen:

Ich bin Jahwe, dein Gott, der dich aus Ägypten geführt hat, aus dem Sklavenhaus.

Gott sprach zu Moses. Mein Großvater sprach zu mir. Nichts war unmöglich.

Ich ging die Treppe hinunter. Das ganze Haus sah neu aus. Ich fühlte mich wie am Tag meiner ersten heiligen Kommunion. Ich ging an den alten Bauernschrank im Wohnzimmer. Jeder hatte einen alten Bauernschrank. Der einzige, der keinen hatte, war der Bauer Kampehoff. Das Exemplar meiner Eltern stammte aus dem 16. Jahrhundert. Dafür schloß die Tür nicht. Ich nahm den *Dimple* heraus, die Flasche mit den drei Grübchen. Ich schraubte sie auf, goß mir zwei Finger hoch in eines der schweren Gläser und stellte mich vor den großen Spiegel. Der Rahmen war aus der Barockzeit. Meine Eltern hatten das holländische Bild entfernen und Spiegelglas einziehen lassen. Ich sah mich darin mit dem Glas in der Hand. Jetzt würde doch noch alles gut werden. Ich würde alles erreichen, was ich mir vornahm, und eines Tages würde ich wieder im Dorf leben. Ich stieß mit meinem Spiegelbild an. »Alles Gute zum Geburtstag!« Dann hob ich das Glas und prostete meinem Großvater zu.

Mitten im Wohnzimmer stand meine Mutter.

»Ich werd wohl wahnsinnig! Der Genuß von Alkohol ist dir in diesem Hause verboten!«

Ich trank das Glas in einem Zug aus.

»Woher weißt du, daß es ein Genuß ist? Schon probiert?«

Der Whisky tat gut. »Alkohol reinigt die Poren«, sagte mein Vater immer. »Auch in der Klinik braucht man Alkohol.«

»Der Papa ist ja auch oft betrunken.«

»Dein Vater ist nicht betrunken, er hat höchstens mal einen Schwips.«

Wenn das ganze Haus nachts von einem Piepton erfüllt war, fand man ihn vor dem Testbild, die Flasche neben dem Sessel. Schaltete man den Fernseher ab, wachte er auf.

Ich ging an meiner Mutter vorbei. Ihr Mund stand immer noch offen. Mit den aufgerissenen Augen und dem aufgesperrten Mund hätte sie bei *»Madame Tussaud's«* die böse Stiefmutter von Hänsel und Gretel darstellen können.

Der Whisky wirkte. Es kam mir vor, als sei alles im Leben ganz einfach.

Ich hatte keinen Schwips; im Gegenteil – ich sah alles ganz klar. Im Fernsehen gab es immer wieder Filme, in denen der Held ohne es zu wissen seinem größten Feind vertraute. Damit machten sie es spannend. Es tut weh, hinzukucken. Aber einmal kommt der Moment, wo auch der Held es merkt, wem er vertraut hat. So fühlte ich mich jetzt, an meinem zehnten Geburtstag.

Meine Mutter drehte sich nach mir um. Ich rannte ins Eßzimmer, sie hinter mir her. Wir standen uns gegenüber, der Tisch zwischen uns. Wenn sie nach rechts ansetzte, sprang ich nach links. Sie sauste los, und ich krabbelte unter dem Tisch hindurch.

Schließlich warf sie sich im Wohnzimmer in einen Sessel und weinte.

»Vollkommen verdorben ist der«, rief sie mir nach, als ich die Treppe hinaufschlich.

Ich machte die Tür hinter mir zu und verkroch mich in meinem Zimmer. Dann nahm ich mir noch etwas vor: Nie mehr einem Lebenden zu vertrauen, egal, wer es war. »Paß nur auf, man sieht's den Leuten nicht an«. Da hatte meine Großmutter recht.

Ich schlug Löcher in die Luft. Mit jeder Geraden rief ich: »Ich schaff es! Ich schaff es! Ich schaff es!«

Immer würde es Leute geben, die einen fertigmachen wollten. Sogar wenn man so berühmt war wie Muhammad Ali – dann erst recht. Hatte man einen geschlagen, kamen sieben nach. Viele warteten nur darauf, daß Ali gegen Joe Frazier antrat und daß der ihm eine Tracht Prügel verpaßte. Ali hatte nichts Böses getan. Aber es gab Leute, die wollten ihn geschlagen sehen; weil er eine große Klappe hatte, weil er keine Uniform anzog, den Kopf für keinen Orden hinhielt, weil er seinen Glauben glaubte und vor allem, weil er ein Schwarzer war.

Ich warf mich aufs Bett. Die Decke über mir drehte sich. An der Wand tanzten die Gewichtsklassen.

Solange ich trainierte, war alles gut. Solange meine Großmutter mein Geld verwahrte, war alles gut. Ab heute wollte ich mit dem Sparen anfangen. Wozu sollte ich Geld hinauswerfen? Ich würde auch später nichts ausgeben. Ich würde nicht rauchen, nicht mehr trinken, nicht in der Stadt herumhängen. Ich würde mir eine nette Frau suchen, die das Geld zusammenhalten konnte, und mit ihr hin und wieder ein Eis essen gehen. Sie würde so gut kochen, daß wir nie ins Restaurant gehen müßten. Ich würde ihr eine elektrische Nähmaschine kaufen, damit sie sich schöne Kleider nähen konnte.

Muhammad Ali hatte das Mädchen aus der Bäckerei nebenan geheiratet. Sie war nicht reich, aber sie hielt zu ihrem Mann, als er verfolgt wurde, als sie ihm seinen Titel stahlen. Ali hatte es gut bei ihr, auch als er in der Patsche saß. Er hatte seine Belinda. Und wen hatte ich?

Ich sah Marika Blömekes Lächeln. Es blieben mir nur noch ein paar Wochen. Mitte März sollte der Umzug nach Berlin sein. Und was dann? Von Herrn Blömekes Tod hatte ich am selben Tag vor Weihnachten erfahren, an dem die Berichte vom Kampf zwischen Ali und Bonavena in der Zeitung standen. Der Kampf und der Tod vermischten sich in meiner Erinnerung. Ich hatte den Sportteil der *»Frankfurter Allgemeinen«* gelesen und dabei ständig an Herrn Blömeke gedacht und daran, daß er jetzt tot war. In der Zeitung hatte ich zum ersten Mal ein Bild vom Madison Square Garden gesehen. Von außen sah das Gebäude wie eine moderne Kirche aus. Ich dachte an Frau Blömeke und daran, daß sie jetzt allein war.

Mir war, als gäbe es geheime Drähte zwischen dem Haus meiner Eltern und dem auf der anderen Straßenseite. Meine Mutter warf mir vor, daß ich Claus-Wilhelm alles wegnehmen würde. Aber vielleicht war ich derjenige, dem alles weggenommen wurde. Ich hatte Marika für mich entdeckt, aber es hatte keinen Sinn, irgend etwas zu versuchen. Was immer ich haben wollte, mein Vater hatte es schon.

Von der Schule hatte ich seit einiger Zeit nichts mehr mitgekriegt. Während Frau Nickel ihre Geschichten herunterbetete, dachte ich mir meine eigenen Geschichten aus. Auf dem Weg nach Hause nahm ich Umwege. Ich ging hinter den Hochhäusern vorbei, ich stiefelte die Feldwege entlang. Der Tod war mir ganz nah gekommen, doch er hatte den Nachbarn getroffen. »Eine Kugel kam geflogen«, sangen sie im Dorf auf jeder Beerdigung. »Gilt sie mir, oder gilt sie dir?« Der Mann war tot, und mein Leben war schöner als zuvor. Ihn hatte die Kugel getroffen. Konnte ich im Leben alles erreichen, wenn ich nur die Gedanken ganz fest im Kopf zusammenpreßte?

Irgendein Trick mußte dabeisein. Der Tod hatte mir geholfen. Beim nächsten Mal konnte er mich holen, schon weil ich ihm jetzt etwas schuldete. Da hieß es, auf der Hut zu sein. Solange ich aber am Leben war, wollte ich Frau Blömeke folgen. Aber was hatte Herrn Blömeke getötet? War es wirklich mein Wunsch gewesen? Und was hatte das Bild in meinem Kopf damit zu tun?

Mein Vater sprach nicht mehr über den Tod von Herrn Blömeke. Meine Mutter erzählte am Telephon ihren Freundinnen vom Tod des Nachbarn; in einem Tonfall, als hätte Herr Blömeke sich ein neues Auto gekauft. Jeden Tag sah ich Frau Blömeke. Ihr Mund war verschlossen. Sie zog ihren Sohn hinter sich her. Wußte Alfred, was los war? Frau Blömeke trat über den Kies zu ihrem Auto. Ihre Schritte hatten keinen Schwung mehr. Sie tat mir leid.

In der Woche darauf ging meine Mutter hinüber und sprach mit ihr. Als sie wiederkam, erzählte sie, wie dunkel dort drüben alles war und daß Alfred am Anfang gar nicht gewußt hätte, wo sein Vater war.

Frau Blömeke sagte ihm zuerst nur: »Dein Vater ist verreist.« Nach Weihnachten ging sie dann mit ihm doch auf den Friedhof, zeigte auf einen Stein und sagte: »Alfred, der Name auf dem Stein da, das ist der Name deines Vaters.« So erzählte es meine Mutter meinem Vater, als ob es mich nichts anginge. Dabei malte ich mir aus, wie ich nach dem Tod von Herrn Blömeke nun zur Hauptperson im Leben von Frau Blömeke werden würde. Herr Blömeke war ein tüchtiger Mann gewesen, bevor er krank wurde. Er hatte seiner Familie einiges geboten.

»Die haben im Urlaub schon die ganze Welt abgeklappert«, wußte meine Mutter zu berichten. Also hatte selbst Alfred mehr von der Welt gesehen als ich, auch wenn er nichts davon begriff. Während es dunkel wurde, strich ich mit Zeige- und Mittelfinger über den Globus auf meinem Schreibtisch. In dem großen blauen Auge schwammen alle Erdteile. Von hier aus gesehen, waren Frau Blömeke und ich uns sehr nah. Auf dieser Kugel suchte ich mir die Plätze zusammen, an denen ich mir Marika vorstellen konnte. Island klang gut, auch Formosa. Beides waren große Inseln vor einem riesigen Festland. Ich sah mich als König von Grönland, als Kaiser von China, der seine Geliebte immer in der Nähe hat; in einem Lustschloß in Sichtweite. Ich schaltete das Licht im Globus an. Das ganze Zimmer tauchte ins Blau. Auf der erleuchteten Kugel waren mit hellerem und dunklerem Blau die verschiedenen Meerestiefen abgesetzt. Die Länder der Erde waren nur Flicken, die auf dem Wasser schwammen.

»Alles Leben kommt aus dem Meer«, hatte ich im *»Stern«* gelesen. Aber wie sollte man sich das vorstellen? Das Meer warf Walfische an den Strand, die von ihrem eigenen Gewicht erdrückt wurden, aus ihrem Rachen aber lief das Plankton und düngte die Erde. Krokodile schleppten sich ächzend ans Ufer, ihnen wuchsen lange Beine, sie wurden zu Hunden und schlugen Wild in Afrika. Seesterne gingen auf und zogen einen Schweif von Glühwürmchen hinter sich her.

Es gab alles. Es gab auch fliegende Fische. Die schöne Frau Blömeke stieg mit nackten Schultern aus den Wellen; sie ging auf mich zu. Der ganze große Globus war nur dazu da, daß ich Marika fand, und ich versuchte, sie von oben zu erkennen. Über Europa kniff ich die Augen zusammen. Wenn es sein mußte, würde ich die ganze Welt nach ihr absuchen und ihr überallhin folgen, zu Wasser, zu Land und in der Luft. Nur kapitulieren würde ich nicht. Es gab so vieles auf der Welt, so vieles, was man nicht glauben wollte. Warum sollte Frau Blömeke nicht eines Tages erkennen, wer ich in Wirklichkeit war?

Meine Mutter steckte den Kopf zur Tür herein. Sie trug ein schwarzes Abendkleid.

»Du gehst jetzt ins Bett und verhältst dich mucksmäuschenstill. Du weißt, daß gleich die Bundesbrüder deines Vaters zum Abendessen kommen. Alles vornehme, gebildete Leute. Über das Schuleschwänzen und deine Trinkerei reden wir morgen. Dein Vater weiß noch nichts. Aber dem erzähl ich's später. Da kannst du dich schon freuen!«

Es kam selten vor, daß meine Eltern Besuch hatten. Am Anfang waren noch ein paar Leute gekommen, dann immer weniger. Sie hatten wohl keine Lust, sich ständig die neuesten Super-8-Filme von Claus-Wilhelms Eroberung der Welt anzusehen. Die Chefärzte kamen einmal im Jahr. Sie mußten. Und einmal im Jahr, normalerweise im Juni, reisten die Bundesbrüder meines Vaters an; alles Herren, mit denen er schon im Studium zusammen getrunken hatte.

Ich hörte sie unten jauchzen. Das Fest hatte nichts mit meinem Geburtstag zu tun. Mein Vater feierte seinen Abschied nach Berlin. Nach dem Essen fingen die vornehmen, gebildeten Leute an zu singen:

Bier her, Bier her, oder ich fall um, juche!
Bier her, Bier her, oder ich fall um!

»Ich werde dich suchen und finden, Marika«, flüsterte ich ins Kissen. »Und ich werde es schaffen. Ob es denen paßt oder nicht.« Unter der Bettdecke ballte ich die Fäuste.

10

Am Sonntag nach meinem Geburtstag warf ich »*Die Squaw des Apachen*« in den Mülleimer.

Als ich nachmittags durchs Dorf ins Tal ging, wurde mir klar, daß mein Roman schlecht war.

Ich schlich mich aus dem Wohnzimmer und schlenderte durch das Dorf. Meine Eltern saßen mit meiner Großmutter im Zigarrendampf und sprachen über den Umzug. Über mein Portefeuille war nicht gesprochen worden. Ich merkte aber, daß mein Vater die Zähne zusammenbiß, wenn er daran dachte.

Es war niemand auf der Straße. Ich hätte gern irgend jemandem die Hand gedrückt, egal wem, aber sie hielten wohl alle Mittagsschlaf. Oder saßen sie auch am Kamin und wälzten Probleme?

Ich fühlte mich hier ganz anders als bei meinen Eltern in Köppelsbleek. Es war, als ob ich hier einen anderen Körper hatte, andere Arme und Beine, als könnte ich hier höher springen, wie die Astronauten auf dem Mond. Aber erst wenn ich unten im Tal den Bach überquerte und zwischen den Kühen hindurch zum Bauernhof stieg, erst wenn ich das Dorf verließ, fühlte ich mich im Dorf angekommen.

Heute hatte ich einen Geruch von Blut und Schweiß

in der Nase. Merkwürdig, daß man oft etwas roch, ohne es zu sehen. War das dieser Ernst des Lebens, von dem meine Eltern sprachen? Ich war jetzt zehn Jahre alt. Die zehn Jahre waren einer der Gründe, warum ich am selben Abend das blaue Schulheft wegwarf.

Der Sonntag hatte wie immer mit der Prozedur um die guten Sachen begonnen. Meine Mutter hängte mir das blaue Samtjackett und die gebügelten Hosen über den Stuhl und stellte spiegelnde Schuhe davor. So war schon am Anfang des Tages klar, wie er zu Ende gehen würde.

Ich wußte, ich würde am Abend meine Strafe kriegen. Aber seitdem ich mir abgewöhnt hatte zu heulen, war alles halb so schlimm. Fernsehverbot, wenn sowieso nichts Besonderes im Fernsehen kam, und Stubenarrest, wenn ich ohnehin Klavier spielen und boxen wollte; das machte mir nichts mehr aus. Ich profitierte davon, daß meine Mutter nie so recht wußte, was sie tat. Auch sollte die Strafe gar nicht bessern. Es war nur Rache.

»Du sollst deinen Vater und deine Mutter ehren …«

Was hatte sich Gott beim vierten Gebot gedacht? Galt es nicht auch umgekehrt?

»Du sollst deine Kinder ehren …«

Am Sonntagmorgen klingelte der Wecker am Bett meiner Eltern und rief uns alle zur Großmutter. Ich mußte baden und mich gut anziehen. Aber noch bevor es dunkel war, würde ich in der Wiese oder auf dem Misthaufen stehen. Abends mußte ich zur Strafe vor dem Abendessen ins Bett, begrub mich unter dem Kissen und dachte nach. Bis zum nächsten Morgen, wenn der Wecker wieder klingelte und ich zur Schule gehen mußte, war die Sache ausgestanden. Nur die Kleider beschäftigten meine Mutter noch ein paar Tage, wenn sie den Dreck nicht gleich herausbekam.

»Beim nächsten Mal geb ich das in die Reinigung und zieh's dir vom Taschengeld ab.«

Am nächsten Sonntag lagen die Sachen wieder da.

»Den Dreck habe ich rausbekommen. Wenn du stinken willst wie ein Ochse, ist das deine Sache.«

Doch meine Kleider schienen sauberer als je zuvor.

»Führ dich heute zur Abwechslung einmal gut auf«, riet sie mir jeden Sonntag. »Und geh nicht wieder zu dem Bauernhof. Reiß dich zusammen!«

Ich nickte, während sie mir das gestärkte Hemd zuknöpfte, und schaute durch das Fenster in den Sonntag hinein. Tatsächlich gelobte ich mir, diesmal mit besonders spitzen Füßen zu gehen, wenn ich mit Rupert, Max und Magdalene spielte, die Kühe begrüßte und nach den Schweinen sah. Ohne den Sprung über den Bach im Tal, den Aufstieg zum Hof in den guten Hosen, ohne Kampehoffs drei Kinder und den Duft der Tiere wäre der Sonntag aber nicht zu ertragen gewesen. Hätte ich den ganzen Nachmittag bei meinen Eltern in Großmutters Wohnzimmer sitzen und die Gespräche über Berlin und das neue Haus anhören können? Hätte ich auf den Dachboden oder zur Abwechslung in den Keller gehen sollen?

»In deinem Alter habe ich mich nie gelangweilt. Ich habe alles gelesen, was mir zwischen die Finger kam. Nicht solche Indianerbücher.«

Im Ort meiner Eltern hatte ich keine Freunde. Die Kinder dort kuckten sich Hefte mit Sprechblasen an und hörten Musik, die mir nicht gefiel. Ein paar von meinen Mitschülern, auch Christian und Thomas, durften soviel fernsehen, wie sie wollten, und ahmten immer irgendwelche Polizisten und sprechenden Tiere nach. Man konnte nicht mit ihnen reden.

Rupert, Max und Magdalene, die inmitten von echten Tieren lebten, hatten so etwas nicht nötig. Sie verstanden, was die Kühe sagen wollten, sie verstanden Harras und die anderen Hunde. Kam eine Ziege auf den Hof und sah mich mit ausgestrecktem Kopf an, grinste Magdalene: »Die sagt dir Guten Tag!«

Früher hatte mir meine Mutter sonntags beim Anziehen geholfen. Ich reichte nur einen Arm oder ein Bein hin und sah dabei den Tag heraufziehen. Meine Mutter war längst vor mir aufgestanden. Sie hatte ein Kostüm an. In ihrem Schrank hingen viele schöne Kleider. Sie war immer gut angezogen, wenn sie außer Haus ging, auch an Werktagen. Nur wenn sie zu Hause blieb und staubsaugte oder Fernsehen kuckte, trug sie immer die nach unten ausgestellte, oben enge Jeans und ließ den Pullover darüber schlabbern. Oft steckte ihr Kopf in einer Lockenwicklerhaube.

»Man muß sich den Anlässen entsprechend kleiden«, sagte sie. Wenn sie ein Kostüm anhatte, sprach sie mit Radiostimme. Hing der weite Pullover über den Trompetenhosen, rief sie meist irgend etwas hinter mir her, vorausgesetzt, sie sah nicht gerade fern oder saugte Staub. Dabei kümmerte sie sich nicht darum, ob ich es auch hören konnte.

»Im Haus kann man ruhig lässig sein«, erklärte sie. Kam mein Vater zum Mittagessen nach Hause, konnte sie sich in einer Viertelstunde verwandeln. Sie war rasch umgezogen und holte sich im Spiegel ein Lächeln.

Sie zeigte meinem Vater ihr schönstes Gesicht und nannte ihn *Liebling*. Wenn er nach dem Mittagessen in die Klinik zurückfuhr, stand sie am Fenster. Aber sie sah ihm nicht nach. Sie beobachtete ihn. Meine Eltern kämpften ohne Worte zu gebrauchen. Ein Besucher hätte meinen können, sie seien ein Herz und eine Seele. Aber ich wußte es besser. Ich wußte, wie zwei sich ankucken, die gegeneinander kämpfen.

In der Nacht, bevor ich meinen Roman wegwarf, war ich aufgewacht. Ich hörte Stimmen aus dem Schlafzimmer meiner Eltern. Meine Mutter schrie: »Dann geh doch zu der Schlampe!« Aber hatte ich das alles wirklich gehört, oder hatte ich es nur geträumt?

Als es hell wurde, war mir, als hätte ich gerade eim Ring gestanden. Aber es war nur ein Traum gewesen, der Traum von dem großen Mann mit den zwei Herzen. Ich schrieb ihn später auf. Nach diesem Traum konnte ich nicht mehr schlafen. Ich stand auf und zog mich an; nicht die Sachen für den Besuch bei meiner Großmutter, sondern Cordhosen, Pullover und eine warme Jacke. Ich schlich aus dem Haus und ging auf die Straße. Bei Blömekes brannte schon Licht. Jemand war im Badezimmer. Ich stieg über den Zaun und stellte mich vor das Fenster. Vor dem Baum in Blömekes Vorgarten stand Alfreds Klettergerüst. Ich schwang mich hinauf. Hoffentlich kuckte niemand. Ich nahm an, daß Alfred noch schlief und Frau Blömeke schon auf den Beinen war. Als ich auf dem Gerüst stand, bekam ich über mir einen Ast zu fassen. Ich hielt mich fest, schlang ein Bein um den Baum und stemmte mich hoch. Ich zog mich am Stamm entlang bis zum nächsten Ast, kletterte noch ein Stück – und da sah ich sie.

Sie stand nackt im Bad. Das Fenster gab den Blick bis zu ihrem Bauchnabel frei. Sie hatte das Haar hochgesteckt. Sie putzte sich die Zähne. Ihre Brüste wippten vor dem Spiegel. Ich hatte im »*Stern*« nackte Frauen gesehen, auch wie meine Mutter ohne Kleider aussah, wußte ich. Doch niemand, weder meine Mutter noch irgendeine Frau im »*Stern*«, hatte so große Brüste wie Frau Blömeke. Und obwohl sie so groß waren, hingen sie nicht herab. Sie standen, als würden sie von einer unsichtbaren Hand gehalten. Sie zitterten bei jeder Bewegung. Ich spürte einen Stromschlag zwischen meinen Beinen, der bis in die Fußsohlen und hinauf in die Schädeldecke fuhr. Ich bekam Angst, das Gleichgewicht zu verlieren und vom

Baum zu fallen. Und was, wenn Frau Blömeke plötzlich den Kopf zum Fenster drehte und mich auf dem Baum entdeckte? Es tat mir leid, daß ich auf den Baum gestiegen, daß ich überhaupt in Blömekes Grundstück eingedrungen war. Zugleich aber wußte ich, daß ich gerade etwas Einzigartiges erlebte, und daß ich Frau Blömeke, so wie ich sie jetzt sah, nie wieder vergessen würde. Diese Frau war gewiß das Schönste, was ich je gesehen hatte, und ich würde alles tun, um ihr nah zu sein und alles bei ihr zu erreichen, was man bei einer Frau erreichen konnte. Plötzlich drehte sie sich zur Tür. Das Licht im Bad wurde gelöscht. Ich blieb noch einen Moment im Baum sitzen und kletterte dann hinunter. Ich stieg über den Zaun und wußte, daß nun nichts mehr so sein würde wie vorher. Ich wußte, was ich gesehen hatte, und ich wußte, was zu tun war.

Seitdem feststand, daß Ali gegen Joe Frazier kämpfen würde, war jedem klar, was gemeint war, wenn einer *Der Kampf* sagte. Sogar Frau Nickel hatte es mitgekriegt. Als wir fünfzehn Sätze unter dem Titel »Mein schönstes Erlebnis« aufhatten und ich meinen Aufsatz vom Tauchkurs auf Teneriffa vorlas, schnarrte die Lehrerin:

»Du bist ein Hochstapler! Weißt du was? Du liest doch so viel. Lies mal die Abenteuer von dem Baron Münchhausen.«

»Der mit der Kanonenkugel?«

»Aha, er kennt ihn ja! Ist wohl dein Vorbild.«

»Mein Vorbild heißt Muhammad Ali.«

»Auch so ein Egoist und Aufschneider«, sagte Frau Nickel

»Der Clay ist vor allem ein Reklameprofi«, behauptete mein Vater. »Der weiß, wie man sich verkauft.«

»So ist das in Amerika«, wußte meine Mutter. »Egoismus über alles!«

Man hatte den Eindruck, daß sich niemand für Joe Frazier interessierte. Das einzige, was die Leute an ihm bemerkenswert fanden, war, daß er gegen Ali boxte. Dabei entsprach er viel eher den Vorstellungen, die die Leute sich von einem amerikanische Boxer machen. Er kam aus dem Ghetto und hatte in einer Fabrik Fleisch abgepackt, um seine fünf Kinder zu ernähren. Und er war ein Evangelischer. Er war sogar Baptist, das sind die besonders Evangelischen, und er las jeden Tag in der Bibel. Seine Haut war noch schwärzer als die von Ali, aber in den Staaten nannten sie ihn den *Nigger der Weißen*. Er legte sich nicht mit Nixon an.

»Wenn zwei Afroamerikaner boxen, fehlt einfach der Anreiz«, meinte mein Vater beim Frühstück. »Hat man ja beim Kampf von Frazier gegen Foster gesehen.«

Aber diesmal war der Anreiz da. Die Leute redeten über nichts anderes; selbst die, die Boxen zum Kotzen fanden. Joe Frazier blieb jedoch ein Schatten von Ali. Wer Ali liebte, der haßte Frazier, und wer auf Frazier setzte, war gegen Ali.

Meine Eltern waren für Frazier.

Mein Vater streckte den Zeigefinger aus: »Viele Leute auf der Welt wollen sehen, wie dem Clay endlich das Maul gestopft wird.«

»Der Clay ist verwöhnt«, ergänzte meine Mutter. »Ein erstgeborener Sohn. Den hat seine Mama verhätschelt.«

Ich wunderte mich, daß meine Mutter sich plötzlich beim Boxen auskannte.

»... schwingt der sich zum Wortführer der Schwarzen auf.« Sie warf das Messer vor sich auf den Teller. »Ob ihm seine Leute da folgen, ist eine andere Geschichte.«

Der häufigste Begriff in allen Gesprächen vor dem Kampf war das Wort *wenn*.

»Wenn der Clay seine alte Schnelligkeit noch hat ...« Mein Vater überlegte. »Dann könnte der's vielleicht noch einmal schaffen. Aber er war zu lange draußen. Und jetzt ist er 29. In den dreieinhalb Jahren hat er keinen richtigen Gegner gehabt. Ich sehe nicht, wie er ein Comeback feiern will. Alles, was er hatte, waren seine Beine. Ein Puncher war der nie. Und jetzt ist er eine lahme Ente geworden.«

»Er ist schlauer als Frazier«, gab ich zu bedenken. Von Joe Frazier wußte ich, daß er die kurzen Beine von Gerd Müller hatte und daß er wie ein Hund bellte, wenn er seinen linken Haken schlug. »Muhammad Ali ist durch die Straßen gezogen, um für Gerechtigkeit einzutreten. Er hat den Leuten die

Wahrheit gesagt. Schon mit 13 konnte er seiner Mutter stundenlang predigen.«

»So wie du ...«

»Er hat noch nie einen Kampf verloren!«

Mein Vater runzelte die Stirn. »Das ist nur eine Frage der Zeit.«

»In alles muß der seine schwarze Nase stecken«, fiel meiner Mutter ein. »Und will obendrein den Weißen Saures geben.«

»Er meint es doch gut«, sagte ich. »Er ist ein richtiger Priester.«

»Von einer Sekte. Von denen haben die ja in Amerika jede Menge. Ist alles Aberglauben, noch schlimmer als bei euch Katholen.«

»Natürlich ist es etwas anderes, gegen Clay anzutreten, als einen Bob Foster k.o. zu schlagen«, meinte mein Vater. »Aber ich glaube, Frazier hat gute Chancen. Das ist wie bei einem großen Geschäft. Irgendwann kommt der Tag ...«

»Ali ist unschlagbar!« Ich legte beide Hände auf den Tisch.

»So, wie die Titanic unsinkbar!« Er winkte ab. »Es gab immer Boxer, die als unschlagbar galten. Und alle haben sie irgendwann ihren Mayday erlebt. Das gilt auch für deinen Clay. Selbst wenn der Frazier es nicht schafft: Eines Tages wird einer kommen, der dem Clay das freche Maul stopft. Genauso wie der damals den Alten geschlagen hat, Sonny Liston, das dicke Vieh.«

»Auf der Erde gibt es keinen echten Gegner für ihn.« Ich hatte gerade ein Interview gelesen. »Er hat gesagt, er will sich auf den Mond schießen lassen, um dort einen würdigen Gegner zu finden.«

»Soll der doch gegen den Mann im Mond kämpfen!« Die Augen meiner Mutter blitzten. »Im *Stern* steht, der hat einen IQ von 78.«

»Er ist ein Prophet und hat vorausgesagt, daß er gewinnen wird.«

»Laß den nur reden! Nach dem Kampf ist der ganz klein mit Hut.«

»Niemand würde über Frazier reden«, behauptete ich, »wenn Ali ihn nicht herausgefordert hätte.«

Aber meine Mutter war sicher: »Der Frazier bleibt Weltmeister. Und er wird in diesen Kampf gehen wie in einen Gottesdienst.«

Am Sonntag, es muß Ende Februar gewesen sein, ging ich in gebügelten Hosen durchs Dorf und wunderte mich immer noch, daß meine Mutter über Nacht Expertin in Sachen Boxen geworden war. Sie wußte, Kleider straff zu ziehen und ein Haus blitzblank zu halten, aber Boxen hatte sie bisher nur in den Jugenderinnerungen ihres Gatten interessiert.

Doch dieser Kampf ließ niemanden kalt. Und noch bevor er angefangen hatte, löste er viele kleine Kämpfe aus.

An dem Tag, an dem ich meinen Roman wegwerfen sollte, merkte ich, daß ich im Gehen gut denken konnte. Seit ich zehn war, fühlte ich mich erwachsen.

Ich mußte mir jetzt gut überlegen, was ich tat. Ich hatte einiges vor und wollte keine Zeit mehr verschwenden.

Ein Gedanke quälte mich. Es war der Gedanke an »*Die Squaw des Apachen*«. Mit jedem Schritt wuchs mein Verdacht, daß der Roman schlecht war.

Die Geschichte war zu Ende. In der Mitte des blauen Schulheftes stieß sie mit den Briefen an Frau Blömeke zusammen. Sollte ich in einem anderen Heft weiterschreiben? Es fiel mir nichts mehr ein. Ich las das Ende noch einmal.

Weil er schlau und stark war, hat der Sohn des Häuptlings die Frau von seinem Vater geheiratet, die der hinterließ. Sie war ja nicht seine Mutter, sondern nur von einem fremden Stamm geraubt. Hoffentlich würde der Stamm hier nicht aufkreuzen. Als die Indianer sahen, daß der Häuptling doch das machte, was ihm paßte, als sie sahen, was für ein Kerl er war, folgten sie ihm wieder und gaben ihre Waschmaschinen auf. Die Bleichgesichter verjagten sie. Sie hatten auch allen Grund, dem neuen Häuptling zu gehorchen. Eines Nachts donnerte es im Dorf, und der alte Häuptling stand mit vielen Blitzen aus seinem Grab auf. Er schimpfte seine Leute aus. »Wenn ihr nicht das macht, was mein Sohn hier will, werden die bösen Geister kommen und das Dorf in Schutt und Asche legen!« rief er und haute mit der Faust auf den Tisch. Indianer sind sehr abergläubisch, also machten sie, was ihr früherer Chef wollte. Niemand traute sich mehr, über den jungen Häuptling und seine Frau zu lästern. Sie regierten glücklich und zufrieden, und der alte Häuptling konnte in Ruhe in seinem Grab liegenbleiben und mit Pfeil und Bogen durch die ewigen Jagdgründe ziehen.

War das ein guter Schluß, oder sollte ich mir noch weitere Episoden ausdenken? Man mußte wissen, wann eine Geschichte zu Ende ist, so wie Haydn immer wußte, wann er mit seinen Sonaten beim letzten Ton angekommen war.

Außer Claus-Wilhelm und Kirsten hatte ich noch niemandem aus der *»Squaw des Apachen«* vorgelesen. Meine Mutter hob die Hand, wenn ich das Heft herauszog: »Hab ich nichts mit zu tun!«

Doch am Telephon gab sie vor ihren Freundinnen damit an, daß ihr Sohn einen Roman schrieb.

Einmal tat sie stolz, daß ihr Sohn alles las, dann wieder klagte sie: »Und was macht er mit dem Taschengeld? Kauft sich Bücher! Als ob wir nicht genug davon im Regal stehen hätten!«

Einer ihrer Freundinnen erzählte sie: »Der Junge ist genau, wie ich in dem Alter war. Ich habe auch ein Buch nach dem anderen verschlungen.« Fünf Minuten später sagte sie zu derselben Frau: »Der Oliver gibt sein Taschengeld für Bücher aus!«

Oft hatte sie schon vor dem Frühstück den Hörer am Ohr.

»Wer war denn das?« staunte mein Vater, als sie einmal weniger als zehn Minuten telephoniert hatte.

»Falsch verbunden!«

Die Stunden an der Strippe brachten ihr regelmäßig neue Erkenntnisse ein. Dann stürmte sie, kaum hatte sie den Hörer auf die Gabel geknallt, in mein Zimmer und rief: »Wir bringen dich zum Kinderpsychologen. Ich bin total überfordert.«

»Du willst überall der Beste sein. Aber du willst nichts dafür tun.«

»Ich bin intelligenter als du. Die Margret findet das auch.«

Und bevor ich etwas dazu sagen konnte, war sie schon aus dem Zimmer und wählte unten im Flur eine neue Nummer.

Ich ging um die Kirche herum und schaute auf die Felder. Das Leben schien kompliziert zu werden. Warum konnte ich nicht hier im Dorf bleiben? Mußte ich unbedingt nach Amerika auswandern, Boxweltmeister werden und viel Geld verdienen? Warum konnte ich nicht einfach von der Schule abgehen, ins Haus meiner Großmutter zurückkehren, für den Rest meines Lebens hierbleiben, eine Indianergeschichte nach der anderen schreiben und, wenn die Zeit gekommen war, Frau Blömeke zu mir holen?

Aber mit dem Schreiben war es so eine Sache. Geschichten zu erzählen, machte Spaß, aber was dann? Als *»Die Squaw des Apachen«* zur Hälfte fertig war, hatte ich meinen Eltern das blaue Heft gezeigt.

»Konzentrier dich lieber auf die Schule«, ergänzte mein Vater. »Wir wollen keinen Schriftsteller heranziehen.«

Danach konnte ich wochenlang nicht weiterschreiben. Mir fiel nichts mehr ein. Warum hatte mein Vater etwas gegen Schriftsteller, er las doch selbst Romane? Er wußte genau, was ihm gefiel. Einmal hatte ich ihm zum Geburtstag eins von den rororo-Taschenbüchern geschenkt, die er so gern las.

Meine Mutter las das Buch zuerst.

»Ziemlich langweilig!« sagte sie zu meinem Vater.

Er nickte. »Ja, ich kenn's. Schlecht geschrieben!«

Meine Eltern kannten sich aus. Leute, die nichts lasen, waren dagegen so langweilig. Und sie bildeten sich auch noch etwas darauf ein. Diese Analphabeten wollten als Normalfall betrachtet werden. Ich hatte sie alle kennengelernt: Lehrer, Ärzte und Professoren, alles Bücherverächter. Mit Titeln und Ehrenzeichen, die sie sich anstecken wie unsereins eine Mickymaus-Nadel und die ihre Fremdwörter nur dazu benutzen, um damit anzugeben. Wenn der Bauer Kampehoff kein Buch las, war das etwas anderes. Er brauchte das nicht.

»Wir Deutschen waren immer das Volk der Dichter und Denker«, proklamierte meine Mutter. »Du hättest mal deine Großmutter in Berlin sehen sollen. Die hatte das absolute Gehör!«

Auch diese Verwandte war vor meiner Geburt gestorben. Hoffentlich kam sie nicht auf die Idee, mir einen Besuch abzustatten.

Ich ging noch einmal an der Kirche vorbei, auf die andere Seite des Dorfes. Sollte ich mich ab heute einfach weigern, das Dorf zu verlassen? Aber wie sollte ich es anstellen? Ich konnte mich doch nicht an einen Pfahl anbinden oder an den Brunnen auf dem Marktplatz. Ich wollte nicht hinaus. Draußen schien vieles nicht in Ordnung zu sein. Wenn es nur um meine eigene Kraft gegangen wäre, ich hätte mir alles zugetraut. Aber die Welt stand kopf. Weltmeister durften sich nicht Weltmeister nennen, die Toten waren nicht tot und die Erwachsenen nicht erwachsen.

Immer konnte man eine Faust ins Gesicht bekommen, auch wenn man auf beste Deckung achtete. Denn was sollte man gegen einen Gegner machen, der einen dritten Arm schwang oder eine Tarnkappe trug? Die Welt bewegte sich in ihrem eigenen Rhythmus. Sie würde so weiterlaufen, wie sie immer gelaufen war. Es schien völlig überflüssig, daß ich noch meinen Senf dazugab.

»Wozu sich anstrengen?« dachte ich oft. In den fünf Jahren, in denen ich bei meinen Eltern wohnte, hatten sie immer wieder versucht, mir klarzumachen, daß es jemanden wie mich eigentlich gar nicht geben dürfte.

Ohne nachzudenken, schlug ich zwei Aufwärtshaken in die Luft. Wieder kletterte Wut in mir hoch. Warum mußte ich das aushalten? Jonathan Swift hatte im »*Gulliver*« eine Reise vergessen: Die Fahrt in das Land, in dem die Kinder das Sagen hatten und die Erwachsenen gehorchen mußten.

Vielleicht war in Österreich alles besser. Dort saßen die Leute in den Bergen, hatten eine schöne Aussicht und eine schöne Aussprache, und sie lächelten sich gegenseitig an, wie Frau Blömeke mich an meinem Geburtstag angelächelt hatte. Und sie waren nett zu ihren Kindern. Auf jeden Fall war Österreich besser als Berlin, wo sie einen auf dem Schulhof zusammenschlugen, wenn man nicht ihrer Meinung war.

Berlin war wie ein großes Köppelsbleek, noch dazu von Mauer und Stacheldraht umgeben. Berlin kam auf mich zu, und es gab keinen Weg daran vorbei. Aber Ali hatte sogar im eigenen Land im Exil gelebt, und jetzt kämpfte er um eine Weltmeisterschaft, die ihm schon gehörte.

Sollte ich zum Bauernhof gehen oder nicht? Solange ich den Bach nicht übertreten hatte, blieb ich im Gebiet des Dorfes und konnte mich noch entscheiden. Aber während ich zwischen den Bäumen hin und her ging, um so lange wie möglich im Wäldchen zu bleiben, schien es ausgemacht, daß ich auch diesen Sonntag wieder durchs Tal steigen, über den Bach springen und auf den Bauernhof gehen und alle Folgen in Kauf nehmen würde. Ich setzte mich auf einen quer liegenden Stamm und genoß, daß noch nichts geschehen war. Ein bißchen Sonne schien zwischen den Blättern hindurch. Einzelne Strahlen gingen ins Wäldchen nieder. Auf der anderen Seite des Tals lag der Bauernhof als Farbfleck.

Ich saß gut auf dem Baumstamm. Das Dorf im Rükken, das Tal zu meinen Füßen, hinter mir das Mittagessen, das wie immer gewesen war, und vor mir einen Nachmittag, an dem irgend etwas anders war. Alles schien im Gleichgewicht. Nichts war entschieden. Das Wäldchen war ein guter Ort. Warum blieb ich nicht einfach sitzen und überließ den Nachmittag meinen Gedanken? Eines Tages würde ich vielleicht wirklich nicht mehr zum Bauernhof hinaufgehen, sondern hierbleiben und mir alles nur noch vorstellen. Meine Eltern wären zufrieden, weil ich im Dorf geblieben war. In Wirklichkeit hätte ich aber große Abenteuer überstanden, von denen sich noch nicht einmal mein Vater eine Vorstellung machen konnte.

Und gleichgültig, was Du tust, Du mußt einfach nur der Beste sein. Was immer Du machst: Ich weiß, Du wirst der Champion sein.

Ohne es zu wollen, hatte ich plötzlich die Fäuste vor das Gesicht genommen und das linke Bein ein Stück nach vorn gestellt. So hüpfte ich ein wenig über den Waldboden. Blätter wirbelten auf, ich schlug ein paar Haken in die Waldluft. Immer wieder ging ich zurück in die Grundstellung, wie mein Vater sie mir beigebracht hatte.

»Die Squaw des Apachen« war erledigt. Daran gab es keinen Zweifel. Aber es würde etwas Neues kommen. Mein Vater hatte Gedichte geschrieben, also schrieb ich in der Schule unter dem Tisch auch ein Gedicht. Es hieß *»Der Tiger«*, und es reimte sich. Ich konnte auf neue Ideen kommen. Ich konnte mir einen besseren Roman ausdenken. Eine Geschichte, die je-

der hören wollte, eine Geschichte, von der niemand sagen konnte: »Hab ich nichts mit zu tun.«

Ich beschloß, etwas über einen Boxer zu schreiben. Jeder hatte in seinem Leben irgend etwas, gegen das er sich verteidigen, und etwas anderes, um das er kämpfen mußte. Und jeder wollte nach oben. Ich wußte, daß das die richtige Geschichte war, und daß sie mir gelingen würde. Ich sah das Buch schon vor mir, im Regal neben *»Oliver Twist«*. Wer nicht nach oben wollte, wer nicht kämpfen wollte, der brauchte meinen Roman gar nicht erst zu lesen.

Und daß seine Zeit kommen wird, so sicher wie das Amen in der Kirche.

Ich stand am Bach. Es wurde dunkel. Ein Geruch von Blut lag in der Luft. Seit Urzeiten haben die Jäger eine Nase gehabt. Und ein Jäger steckte in mir, auch wenn meine Mutter fand, daß ich nichts hörte, nichts sah und platte Füße hatte. Ich roch meinen Feind. Ich sah ihn nicht, aber ich wußte, daß er da war. Er streunte über den Berg. Ich wußte, daß der unbekannte Junge irgendwo lauerte.

Ich blieb an diesem Sonntagabend vor dem Bach stehen. Das hatte nichts mit Feigheit zu tun. Ich wollte den Kampf sehen und kein Fernsehverbot riskieren. Am nächsten Sonntag, dem letzten Sonntag im Dorf, würde ich kommen und mit dem Unbekannten abrechnen.

Aber den Boxkampf ließ ich mir von diesem Streuner nicht vermasseln. Meine Eltern sollten keinen

Vorwand bekommen. Denn eine Nacht wie die, die der Gong am 8. März einläuten würde, hatte es noch nie gegeben. Und wenn die Nacht vorbei war, würde Muhammad Ali wieder seinen Platz als Champion der Welt einnehmen.

Am Abend warf ich das blaue Schulheft mit meinem Roman in die Tonne hinter der Garage meiner Eltern. Ich drückte es tief unter die Mülltüten, denn es enthielt auch die Briefe an Frau Blömeke. Die Briefe hatten keinen Sinn, und der Roman hatte keinen Wert. Frau Blömeke konnte man damit nicht kommen. Seitdem ich ihre nackten Brüste gesehen hatte, wußte ich, daß sich jede Anstrengung lohnte, die mich ihr näherbrachte. Eines Tages würde sie mir erlauben, diese Brüste zu berühren, die schönsten, die ich je gesehen hatte. Ich würde Marika an mich drücken, und sie würde meine Frau sein.

Wer eine solche Frau wollte, durfte keine Indianergeschichten schreiben. Aber es gab noch einen anderen Grund, warum mir die Abenteuer des Häuptlingssohns plötzlich als Kindergeschichten erschienen. Es war der Traum, den ich heute nacht gehabt hatte, der Traum von dem Mann mit den zwei Herzen.

In der Abenddämmerung ziehe ich durch ein fernes Land. In Amerika bin ich ein berühmter Boxer, aber hier gelte ich nichts. Auf einer Anhöhe steht plötzlich ein großer Mann vor mir. Ich erkenne ihn sofort; er ist der beste Kämpfer, den dieses Land hat. Hinter ihm geht die Sonne unter. Wir kämpfen miteinander, bis sie wieder aufgeht. Endlich, als wir beide von Blut überströmt sind, gelingt es mir, ihn zu töten und ihm die Brust aufzureißen. Da sehe ich, daß er zwei Herzen hat. Auf dem zweiten Herzen sitzt eine Schlange, und sie sagt zu mir: Du hast Glück gehabt, daß ich während eures Kampfes nicht ein einziges Mal aufgewacht bin! Da weiß ich, daß ich einen Kämpfer besiegt habe, der stärker war als ich.

Ich war froh, als ich meinen Roman und die Briefe los war. Die Müllabfuhr würde kommen und alles abtransportieren, und ich würde neue Briefe und ein neues Buch schreiben. Der Anfang des Romans juckte mir in den Fingern. Und einen Titel hatte ich auch. »*Die Nacht der Wahrheit*« – das klang schon besser als »*Die Squaw des Apachen*«.

11

Anfang März stand in der Zeitung, daß der Kampf live im Deutschen Fernsehen übertragen werden sollte. Er begann abends um halb elf im New Yorker Madison Square Garden. Das entsprach 4.30 Uhr MEZ.

»Zu nachtschlafender Zeit.« Meine Mutter blies die Backen auf. »Das kommt gar nicht in Frage.«

»Boxkämpfe sind immer nachts. Das wußtet ihr doch!«

»Du bleibst im Bett, basta!«

»Ich habe den Gutschein!«

»Wenn ich mich recht entsinne, ist da von *zivilen Zeiten* die Rede ...«

»What ever that means ...«

»So? Redet er jetzt nur noch englisch?«

»Ihr habt es versprochen!«

»Dein Vater steht auch nicht zu diesem Frühsport auf. Der muß operieren ...«

Vier Tage vor dem Kampf wurde bekanntgegeben, daß die Übertragung am Dienstag nach der Tagesschau in voller Länge wiederholt werden sollte.

»Da hast du ja Glück gehabt«, meinte mein Vater.

»Die fünfzigtausend Dollar, die das Deutsche Fernsehen zahlt, sind ja auch kein Pappenstiel«, stellte er fest. »Früher mußtest du die Leute ins Stadion locken. Heute macht's das Fernsehen. So viel wurde beim Boxen noch nie verdient. Theoretisch könnten die beiden im stillen Kämmerlein ihren Kampf austragen. Es müßten außer dem Boxring nur ein paar Kameras drinstehen. Das Fernsehen entscheidet alles. Und wir haben es diesmal sogar besser als die Amis. Die müssen ins Kino gehen und sich auch noch für Karten anstellen, wenn sie die beiden sehen wollen. Wir kriegen das Ganze umsonst im Fernsehen.«

Nicht Fernsehen zu kucken, war wie in einem anderen Land zu leben. Jeden Tag unterhielten wir uns in der Schule über die Sendungen vom Abend zuvor. Alle kuckten dasselbe. Es gab drei Kanäle. Meine Lieblingssendung war *»Bonanza«* mit der Familie Cartwright und ihrer Ranch. Da hatte jeder seinen Platz. Auch der dicke Hoss gehörte dazu. Sie hielten zusammen; sie waren ein Clan. Sie versorgten ihre Ranch, und sie halfen ihrem Dorf, wo immer sie konnten.

Wenn mein Vater samstags nicht da war, also niemand die Sportschau im ersten Programm sehen wollte, kuckte ich im zweiten *»Daktari«*. Die Serie zeigte das Leben im Tierhospital Wammeru in Afrika. Dr. March Tracy war der Chef, ein amerikanischer Albert Schweitzer. Er behandelte die Tiere wie seine eigenen Kinder. Seine blonde Tochter Paula stand ihm zur Seite, genauso wie die Assistenten Jack und Mike.

Die beiden kamen prächtig miteinander aus, obwohl Jack Amerikaner und Mike ein Schwarzer aus dem Dschungel war.

Und jeden Abend erschien in den Nachrichten derselbe Mann mit Mikrophon, irgendwo in Vietnam, und berichtete, daß die Leute starben. Aber keiner erklärte einem, wozu und weshalb.

Ali wollte nicht nach Vietnam. Dafür hatten sie ihn einen Feigling genannt. Sie photographierten ihn für die Verbrecherkartei und nahmen seine Fingerabdrücke. Sie stellten ihn vor Gericht und brummten ihm fünf Jahre Gefängnis und zehntausend Dollar Strafe auf. Ihn gleich einzusperren, trauten sie sich nicht. Kein Weißer wäre in Amerika seines Lebens sicher gewesen. Doch sie nahmen ihm den Paß ab. Er steckte das alles ein wie nichts.

»Den sollen die ruhig einlochen«, hatte meine Mutter gerufen.

Sie hatten ihn vor Gericht gestellt, weil er sich als Priester der Black Muslim weigerte, Menschen totzuschießen. Gott hatte es ihm verboten. Gott hatte zu Abraham gesagt: »Bring deinen Sohn um!« Und Abraham zückte das Messer. Warum also sollte Muhammad Ali nicht dem folgen, was *er* glaubte? Abraham galt als frommer Mann, weil er bereit war, für Gott seinen Sohn zu töten. Daß Muhammad Ali aus demselben Grund niemanden töten wollte – warum sollte das auf einmal schlimm sein?

In einem Fernsehinterview hatte er die ganze Geschichte erzählt. Inzwischen konnte er darüber lachen, obwohl ihm immer noch Gefängnis drohte.

»Mein Gott, ist der exaltiert!« kreischte meine Mutter und warf ein zerknülltes Papiertaschentuch in Richtung Bildschirm. »Warum kann der nicht *einmal* seine Klappe halten?«

Erst beleidigen sie die Neger, indem sie sagen: Neger ist etwas Schlechtes, schon das Wort. Nennen wir sie lieber die *Schwarzen.* Aber dann wird der Schwarze Mann ihnen unheimlich. Sie wollen es lieber etwas bunter. Das Fernsehen soll ja auch nicht schwarzweiß bleiben, sondern bunt werden. Taufen wir unsere lieben Freunde doch die *Farbigen*! Stellt sich nur die Frage: Welche Farbe? Blau, Grün, Rot? Aber Farben sind ja auch nicht beliebt. Erst hatten sie die Roten massakriert, jetzt rotteten sie die Gelben aus. Ein Glück, daß es auf der Erde keine grünen und blauen Menschen gab. Aber die Astronauten von Apollo 15 würden sicher im All lila Menschen finden, gegen die sie dann in den Krieg ziehen konnten. Ein *Farbiger* ist also etwas Schlechtes.

Ich holte das Blatt mit dem Tiger-Gedicht hervor. Ehe er in die Klinik ging, wollte ich meinem Vater noch zeigen, daß ich Gedichte schrieb, genau wie er.

Er sagte nur: »Tu's weg!«

Als Dichter wollte er mich nicht anerkennen. Ich war meinem Vater nicht einmal ein richtiger Sparringspartner. Aber die Dinge ändern sich. Eines Tages würde ich auch ihn besiegen. Alles hatte seine Zeit.

»Das soll schon wieder sowas heißen«, kommentierte meine Mutter. »Der Christian von nebenan, das ist ein netter Junge. Und weißt du, warum? Der riskiert nicht ständig so ’ne dicke Lippe. Der hat das nicht nötig.«

Sie riß mir das Blatt aus der Hand. »*Der Tiger*! Du hast nur dummes Zeug im Kopf! Du solltest dich lieber auf die Schule konzentrieren.«

»Die alte Leier«, dachte ich und versuchte, meine Ohren von innen zuzumachen.

»Die Lehrerin hat mich für morgen in die Schule bestellt. Was hast du denn diesmal ausgefressen? Hast du die Frau wieder beleidigt?«

»Nicht, daß ich wüßte.«

»Nicht, daß er wüßte! Und ich darf wieder alles ausbaden. Ich reiße mir ein Bein für euch aus ...«

»Für Claus-Wilhelm ja.«

Plötzlich war es still im Frühstückszimmer. Meine Mutter starrte mich an. Mein Vater drückte seine Zigarette im Eierbecher aus. Er sagte kein Wort.

Mein Bruder und ich waren unterschiedliche Menschen; von Geburt an. Wenn wir beide dasselbe taten, war es noch lange nicht dasselbe. Wir waren Brüder, aber es galten unterschiedliche Gesetze für uns. Und niemand schien zu wissen, warum. Es war eben so.

Meine Mutter rückte ihren Stuhl zurecht. »Oder hast du wieder deine Schulkameraden drangsaliert? – Wenn du so gut einstecken könntest, wie du austeilen kannst!«

»Ich werde mich über euch beschweren!«

»Ach, ja?« Meine Mutter gluckste. »Wo willst du dich denn beschweren? Willst du zur Polizei gehen? Oder zu deiner Österreicherin rüberlaufen und ihr am Rockzipfel hängen?«

Meine Vater grinste. »Ich habe mit Verwunderung vernommen, daß unser Sohn sich neuerdings für reifere Damen interessiert. – Was willst du denn mit so einer Alten? Nimm lieber gleich 'ne Junge; hast du mehr Spaß dran!«

Meine Mutter fuchtelte mit ihrem Messer. »Dein Schwarm mag ja aussehen wie Romy Schneider. Aber 'ne Geborene ist die nicht.«

»Ach, wenn sie nicht geboren ist, dann ist sie wohl vom Himmel gefallen ...«

»Wie ihr bekloppter Sohn«, sagte meine Mutter, und mein Vater ergänzte: »Die dummen Kinder von Akademikern heißen Legastheniker.«

Als ich die Haustür hinter mir zuzog, hörte ich meine Eltern noch lachen.

In der ersten Stunde hatten wir Malen. Frau Nickel, die sich auch darin auskannte, nahm die Farben durch. Neben Rot, Blau, Grün und Gelb wußte sie auch von der Farbe Schwarz.

»Schwarz ist keine Farbe!« warf ich ein.

»Natürlich ist es eine! Es gibt ja auch Hellschwarz und Dunkelschwarz.«

Da ich mich nicht geschlagen gab, griff die Lehrerin zu ihrem alten Trick. Sie ließ abstimmen. 23 waren der Meinung, Schwarz sei eine Farbe – »Was denn sonst?« – außer mir hielt nur Kirsten dagegen. Sie hob die Hand ein Stück über den Kopf, daß man es erst auf den zweiten Blick sah.

»Und wenn laut Abstimmung eins und eins drei ist?« fragte ich.

»Jetzt seht ihr's mal, was der Oliver für eine Einstellung hat! Was die Mehrheit der Klasse denkt, interessiert den überhaupt nicht. Ihr seid für den nur Witzfiguren.«

Sie stützte sich mit beiden Armen auf ihren Tisch und sah mich an. »Du bist doch immer nur aus Prinzip dagegen. Aber das eine sag ich dir: Deine Extrawürste werde ich dir schon noch austreiben! Und wenn ich es nicht mehr schaffe; in Westberlin haben die nicht soviel Geduld wie wir hier.«

Immer, wenn ich auf dem Klo saß, mußte ich jetzt daran denken: *Extrawürste austreiben.*

»Eins kann ich dir versichern, Oliver.« Frau Nickel war nicht mehr zu bremsen. »Wenn du endlich in Westberlin bist, fällt uns hier allen ein Stein vom Herzen. Drei Jahre lang haben wir dich ertragen. Aber wir leben im Zeitalter der Mitbestimmung. Nie hast du dich an das gehalten, was wir in der Klasse diskutiert haben. Wenn ich deine Schularbeiten gelesen habe, dachte ich: Na, und wo sind die Beispiele, die wir im Unterricht durchgenommen haben? Kommt der da mit seinem eigenen Quark! Die moderne Pädagogik ist bei dir zu spät gekommen. Aber inzwischen wurden neue Methoden entwickelt. Nicht nur hier, sondern gerade in Westberlin. Und ich fürchte, daß du dir selber deinen Weg mit Steinen pflasterst. Dein Großvater mag ja ein großer Dorftyrann gewesen sein. Inzwischen aber hat sich der Wind gedreht. Wir kriechen vor solchen Leuten wie euch nicht mehr zu Kreuze.«

Mir war nicht klar, was sie meinte, auch meine Mitschüler schienen es nicht ganz zu verstehen. Aber auf dem Schulhof gingen sie mir aus dem Weg, auch wenn niemand wußte, warum. Das hatte Frau Nickel erreicht.

Nur Kirsten schien mich noch mehr als vorher zu mögen. In der Pause hängte sie sich bei mir ein.

»Wann zieht ihr denn nun um?«

Christian und Thomas grinsten.

»Love Story...«, neckte Christian.

Und Thomas fragte: »Und wann macht ihr das gute alte Rein-und-Raus-Spiel?«

»Komm her!« Ich ging einen Schritt auf ihn zu. »Oder traust du dich nicht?«

»Arsch!« sagte Christian. Das war alles, was der Sohn des Anwalts erwidern konnte.

»Übrigens« – er drehte sich noch einmal um – »ich fahre nächste Woche mit meinem Vater nach New York zum Kampf! Das kriege ich zum Geburtstag. Kostet alles in allem fünftausend Mark pro Nase. Was haben sie dir denn zum Geburtstag geschenkt?«

»Wer's glaubt, wird selig!«

»Glaub, was du willst! Aber wenn du vor der Glotze hockst, bin ich im Madison Square Garden!«

»Probier's mal mit Gemütlichkeit!« schlug ich ihm vor.

»Hä?«

Ich ließ ihn einfach stehen und ging mit Kirsten weiter. Mit einem, der nicht einmal das Dschungelbuch kannte, brauchte ich mich nicht über New York zu unterhalten.

Doch ein Gedanke stieß mir auf. So wie es aussah, würde ich den Kampf noch nicht einmal im Fernsehen sehen.

Ich umrundete mit Kirsten den Schulhof. Während wir redeten, schlugen sich in der Mitte des Hofes wieder einmal zwei. Wir traten näher. Diesmal lagen sich Christian und Thomas in den Haaren. Daß Christian nach New York fuhr und er nicht, war für Thomas zuviel gewesen. Die beiden wälzten sich auf dem Boden. Die anderen hatten einen Kreis um sie gebildet und schrien, die Mädchen am lautesten.

Da kam Frau Nickel, sprengte den Kreis und zerrte die beiden an den Ohren auseinander.

»Daß man das mit ansehen muß! Auf unserem Schulhof wird nicht gekämpft! Kämpfen ist unmenschlich. Wir haben hier die Chance zum Miteinander. Helft euch lieber und seid solidarisch; in der Familie, im Betrieb, in der Gewerkschaft ...«

Während der Standpauke beobachtete ich die Gesichter meiner Mitschüler. Alle genossen es, daß Christian und Thomas zur Schnecke gemacht wurden. Daran hatten sie noch mehr Spaß als an der Prügelei.

Es klingelte. Alle liefen zum Schulhaus wie nach einem Sportfest. Besonders die aus unserer Klasse waren guter Dinge. Zwei aus dem Prinzengarten hatten sich geprügelt und waren vor der ganzen Schule zurechtgewiesen worden.

Jeder wußte, wer aus dem Prinzengarten kam und wer nicht. Die aus den Hochhäusern trauten sich dort nicht hin. Tief in ihrem Innern glaubten sie, daß es die feinen Leute aus dem deutschen Fernsehkrimi in Wirklichkeit gar nicht gab. Bei Christian und Thomas war es anders: Sie wohnten in unserer Straße und konnten alles auf Heller und Pfennig taxieren. Sie wußten, wieviel der 911 Carrera von meinem Vater kostete, und ihre Mütter flüsterten sich die Grundstückspreise zu. Für sie war es eine Zumutung, daß die Villen, in denen sie mit ihren Eltern wohnten, eine Nummer kleiner waren als das Haus, in dem sie mich nach der Schule verschwinden sahen.

Da waren mir Kirsten und ihre Familie lieber. Ihr Vater war Stahlarbeiter, ein Mann mit festem Händedruck. Wenn Kirsten kein Instrument spielte, war das okay.

»Hast du schon die Platte gehört?« fragte Kirsten. Sie hatte mir eine Single zum Geburtstag geschenkt. Roy Black sang zusammen mit der elfjährigen Anita aus Norwegen:

Schön ist es, auf der Welt zu sein,
Sagt die Biene zu dem Stachelschwein.
Du und ich, wir stimmen ein:
Schön ist es, auf der Welt zu sein!

»Ja, Kirsten. Die Platte ist dufte!«

Kirsten schaute mich an. »Man weiß nie, ob du es auch so meinst, wie du's sagst.«

»Komm doch mal vorbei, dann spiel ich dir die Melodie auf dem Cello vor.«

»Und wenn ich dann da bin, mußt du wieder üben und hast keine Zeit.«

Was sollte ich darauf sagen? Es wäre mir lieber gewesen, ich hätte von Frau Blömeke ein Geburtstagsgeschenk bekommen.

»Willst du heute nachmittag bei mir vorbeischauen?«

Frau Blömeke führte mich in ein Zimmer, das mit vielen Kerzen erleuchtet war. Auf dem runden Tisch in der Mitte stand eine riesige Torte mit zehn Kerzen. Jede war so groß wie meine Taufkerze. Der Tisch war voller Geschenke. Marika sagte: »Herzlichen Glückwunsch, mein lieber Schatz!« und nahm mich in den Arm. Ihre Augen leuchteten. Sie hatte Spaghetti für mich gekocht. Ich wickelte die langen Nudeln um die Gabel und saugte sie ein, daß es glitschte. Marika saß mir gegenüber und stieß mit einem Glas Coca-Cola auf meinen Geburtstag an. Sie trug ein Kleid aus schwarzem Samt und hatte ihre Haare zu einer Muschel aufgesteckt. »Egal, was passiert, du wirst für mich immer der Größte sein«, sagte sie. Und nach dem Essen tanzten wir Wiener Walzer.

In der letzten Stunde hatten wir Schreiben.

»Bis morgen schreibt ihr mir zwölf Sätze über Karin und ihre Puppen«, gab Frau Nickel auf. »Haltet euch dabei genau an die Geschichte im Lesebuch.«

»Ich schreibe nicht über Karin und ihre Puppen«, sagte ich. »Ich schreibe über Konrad Adenauer.«

Sie sprang auf. »Du Aufschneider!«

»Sie werden lachen, Frau Nickel, mein Großvater hat ihn persönlich gekannt.«

Die Beerdigung von Konrad Adenauer war das erste, was ich im Fernsehen gesehen hatte. Es war ziemlich genau vor vier Jahren gewesen. Der Mann, dessen Stimme ich oft im Radio gehört hatte, wurde mit noch größerem Pomp beigesetzt als die Leute im Dorf. Ich saß mit meiner Großmutter und meinen Eltern vor dem Fernseher.

»Da, schaut mal«, meine Mutter hielt den Finger in den Bildschirm. »Die Lübke hat 'ne Sonnenbrille auf!«

Immer, wenn ich den dritten Satz aus Chopins b-moll-Sonate spielte, und ich spielte ihn oft, dachte ich an diesen Tag im April, an dem ich zum ersten Mal Fernsehen gekuckt hatte. Und ob ich es wollte oder nicht: Jedesmal, wenn ich auf dem Klavier meinen Marsch trommelte, kam mir die Sonnenbrille der Frau des Bundespräsidenten Lübke in den Sinn.

Am Nachmittag überlegte ich es mir anders. Wenn Frau Nickel etwas über Karin und ihre Puppen lesen wollte, sollte sie etwas über Karin und ihre Puppen zu lesen bekommen. Es konnte nicht jeder einen Sinn für Konrad Adenauer haben. Ich überlegte mir – während ich mich nach Hause *schleppte* –, wie ich meiner Lehrerin die Geschichte von Karin und ihren Puppen schmackhaft machen könnte; so schmackhaft, daß es ihr zu den Ohren herauskam.

Früher hatte mir meine Mutter oft bei den Schularbeiten geholfen. Ich mußte mich an den Schreibtisch in ihrem Zimmer setzen. Sie stellte sich hinter mich und kommandierte. Dabei dauerte mit ihr im Rücken alles länger, weil sie jeden Satz vorher hören und jedes Ergebnis nachrechnen wollte. Beim Rechnen machte ich leicht Fehler, wenn sie mir über die Schulter kuckte. Beim Schreiben hätte sie mir am liebsten die Hand geführt. Denn unter den Wörtern hatte ich meine Lieblinge, die mir im Kopf kreisten und die ich unbedingt unterbringen wollte. Ich dachte mir Sätze aus, in die sie hineinpassen könnten. Doch meine Mutter säuberte die Sätze gerade von den Wörtern, für die ich sie geschrieben hatte.

»Du bist wohl verrückt! Das kann man doch nicht schreiben«, rief sie mir ins Ohr.

Ich behielt meine Handvoll Wörter übrig. Am Abend kritzelte ich sie auf einzelne Blätter. Ich sammelte die Blätter als Vorarbeiten für meinen nächsten Roman. Hier waren sie besser aufgehoben, als wenn ich sie in die Schularbeiten verschwendet hätte. Eines Tages würde ich doch nach Amerika gehen. Dort gab es nicht nur die besten Boxer. Ich hatte auch gehört, daß man in Amerika schreiben konnte, was man wollte.

»Das Schönste im Leben ist die Freiheit!« – Das quäkte Klein-Anita auf der Platte von Kirsten. Schlager sind nicht immer so dumm, wie man denkt.

Ich saß in meinem Zimmer und starrte hin und wieder aus dem Fenster zu Blömekes Haus hinüber. Mit der linken Hand drehte ich am Globus. Ich roch an der blauen Tinte, die aus dem Füller kam und lutschte zwischendurch am Tintenkiller, wenn ich mir einen neuen Satz überlegte, den meine Mutter nicht beaufsichtigte, und bei dem die Lehrerin bestimmt speien würde. Ich kam mir vor wie ein irischer Terrorist, der eine Bombe im Koffer versteckt und den Koffer mit einem Lächeln bei der Gepäckaufbewahrung deponiert. Frau Nickel würde am Schreibtisch sitzen, so wie ich jetzt, und ihre Utensilien, Lineal, Geodreieck, Radiergummis und alle Schulhefte würden ihr um die Ohren fliegen.

Als zehnjähriger Junge und angehender Boxer hielt ich es für unter meiner Würde, über Karin und ihre Puppen zu schreiben. Bei diesem Thema waren die Mädchen im Vorteil, wie immer. Ich spielte nicht mit Puppen. Aber es kostete nichts, sich die Dinger aus Plastik, Porzellan oder Stoff genauer vorzustellen:

»Karins Puppen waren stoffelig im Kopf. Sie hatten Stroh im Hirn.«

Ich schrieb nur, was die Lehrerin verlangte. Ich

schrieb es genau, ich ging ganz nah heran. Ich stellte mir die Puppen vor. Ich sagte, wie sie sind.

»Da wurde es Karin zu bunt. Sie legte die Puppen eine nach der anderen übers Knie und haute sie windelweich.«

Ich war zufrieden mit meinen Sätzen. Es waren genau die, die meine Mutter immer strich.

»Das kann man sagen, aber nicht schreiben.«

Ich fand, daß man alles, was man sagen kann, auch schreiben konnte. Schließlich gab es 26 Buchstaben zur allgemeinen und freien Verfügung, die jeder, wie es ihm paßte, aneinanderreihen durfte. Vor ein paar Wochen hatte ich das Wort Kannibale im Fernsehen gehört und brachte es nun bei jeder Gelegenheit an. Wenn es in meinem Aufsatz über Karin und ihr Puppen das letzte Wort sein würde, dachte ich, könnte es bei Frau Nickel seine Wirkung nicht verfehlen.

Noch während ich schrieb, sah ich die Lehrerin vor mir, wie sie mein Heft auf den Tisch bettet. Sie schlägt das Heft auf und riecht daran. Sie begreift mit einem Schlag, daß das Ding vergiftet ist und schlägt das Heft wieder zu. Sie muß gar nicht lesen. Es genügt, daß sie an der Tinte riecht.

Es machte Spaß zu schreiben. Die Linke lag auf dem Globus. Mit dem Daumen strich ich über das Meer. Ich ballte die Hand zur Faust und stieß mit der Faust gegen die Kontinente, während die Rechte schrieb. Ich zählte die Sätze. Karin hat ihre Puppen alle erwürgt. Köpfe und Glieder aus schweinchenfarbenem

Plastik verteilen sich über das Kinderzimmer. Die Sätze sind mit Lieblingswörtern gespickt. Der letzte lautet:

»Karin war ein Kannibale.«

Ich ließ kurz trocknen, legte das rosa Löschblatt ein und schlug das Heft zu.

Wenn sie die Seiten meines Hefts umblätterte, sollte die Lehrerin sich in den Finger schneiden. Die böse Fee sollte sich an einem meiner Wörter stechen wie an einer Spindel und in Schlaf fallen. Aber würde sie dann nicht nach hundert Jahren aufwachen und die Schüler triezen, die dann lebten? Ich widerrief meinen Spruch, so wie die zwölfte Fee den ihren widerrufen hatte: »Frau Nickel soll sich an einem meiner Wörter wie an einer Spindel stechen und tot umfallen!«

Solche Wünsche wirkten; und ich wußte, welche Schuld ich auf mich nahm, wenn ich diesen Spruch murmelte. Ich hatte selbst schwer zu tragen an dem Fluch meiner Eltern, den sie mir auf die Schultern luden wie ein Gewicht, das mich niederpressen wollte. Nur der Segen meines Großvaters und die Hand des Schutzengels, wenn es einen gab, halfen mir, diese Last zu tragen. Manchen Erwachsenen hätte sie zu Boden gedrückt.

Kirsten klingelte. Sie hatte eine Tafel Schokolade in der Hand.

»Das hier ist ein Cello«, erklärte ich. »Das ist aus Holz. Die Saiten sind Gedärme von Tieren. Wenn man da mit dem Bogen drüberstreicht, geraten sie in

Schwingungen. Das hier auf dem Bogen sind Pferdehaare.«

Glaubte sie mir nicht?

»Wenn ich spiele, schwingt der ganze Holzbauch mit.«

Ich strich den Refrain von *»Schön ist es, auf der Welt zu sein«*. Kirsten lächelte und nickte mit dem Kopf. Sie bewegte sich auf ihrem Stuhl hin und her. Die Zahnspange blitzte im Rhythmus.

Ich spielte den langsamen Satz aus der ersten Cellosuite von Bach, ließ allerdings die Hälfte der Noten weg. Wie immer, wenn ich musizierte, sah ich ein Bild vor mir. Beim Trauermarsch aus der Chopin-Sonate dachte ich an Frau Lübke und ihre Sonnenbrille, und bei der ersten Cellosuite fiel mir der Großvater ein; nicht *mein* Großvater, sondern der meiner Mutter. Er stand in einer Ritterrüstung vor mir, und jedes Glied seiner Rüstung klirrte von meinen Tönen. Er sah aus wie ein zitternder Kronleuchter. Selbst sein kleiner Bart bibberte. Warum hatte ich eine Botschaft von meinem Großvater bekommen, während der General sich bei meiner Mutter einfach nicht meldete? Ich spielte weiter und sah meinen Urgroßvater vor einem Schlachtfeld stehen, auf dem Millionen von Puppen verstreut lagen, alle mit abgerissenen Gliedern und Rümpfen, aus denen Stroh herauskuckte.

Ich sah zu Kirsten hinüber, die jetzt dasaß, als hätte ich sie an den Stuhl gefesselt. Ob sie ihre Hausaufgaben schon gemacht hatte; zwölf Sätze über Karin und ihre Puppen, genau wie im Lesebuch? Wahrscheinlich, ging mir plötzlich durch den Kopf, wollte der General im Himmel einfach seine Ruhe haben.

Ich nudelte den Satz herunter und dachte dabei, daß Kirsten eigentlich ganz in Ordnung war. Es gab schlimmere Mädchen. Einige aus der Klasse kauten Kaugummi mit offenem Mund und sahen aus wie die Kühe auf Kampehoffs Wiese. Es gab allerdings auch Mädchen, die hübscher waren als Kirsten – Magdalene Kampehoff zum Beispiel. Wenn die mit ihren blonden Zöpfen über den Hof sprang, wurde mir ganz heiß. Es war nicht einmal ihr Gesicht, das mir gefiel, nicht einmal die Zöpfe. Sie hatte etwas in der Stimme. Wenn sie lachte, ging es mir gut.

In Kirsten sah ich nur die kleine Schwester. Das war nicht schlecht, denn eine kleine Schwester hatte ich mir in all den Jahren als Einzelkind immer gewünscht. So wie mein Großvater einen Enkel vorausgesagt hatte, so hoffte ich auf ein Schwesterchen. An dem Abend, als mein Vater mit mir in die Universitäts-Frauenklinik fuhr, rannte ich die Stufen hinauf und rief der ersten Nonne, die mir entgegenkam, zu: »Ich will zu meinem Schwesterchen!«

»Bist du der Oliver? – Du hast ein Brüderchen gekriegt!«

Mein Vater erzählte später, daß er mich weinend im Foyer gefunden hatte. »Komm mal, Oliver! Sei froh, daß du einen Bruder hast!«

Während ich den Bogen strich, klopften unten auf der Straße die Absätze von Frau Blömekes Schuhen. Kam sie etwa zu uns herüber? Schon damals erkannte ich Frauenschritte von weitem. Auf Marika aber war ich geeicht. Ich hörte sie aus Dutzenden heraus, wie den Porsche Carrera. Gern hätte ich mein Cellospiel abgebrochen und wäre zum Fenster gelaufen. Aber Kirsten saß da und starrte mich an. Ich schrubbte den Bach so schnell es ging zu Ende, stellte das Cello ab und rannte zum Fenster.

»Keine Zeit mehr?« fragte Kirsten. »Mußt du jetzt üben?«

Meine Mutter öffnete Frau Blömeke die Tür, als hätte sie sie erwartet.

»Schon gut, Kirsten. Natürlich habe ich Zeit.«

Es war nicht ihre Schuld, daß sie immer im falschen Moment kam.

»Hast du deine Schularbeiten schon gemacht?« Vielleicht war das die Rettung.

»Klar!«

Kirsten lobte mein Cellospiel. Aber ich trat an die Tür und versuchte, einzelne Wörter von Frau Blömeke oder meiner Mutter aufzuschnappen. Hatte sie mir absichtlich verschwiegen, daß die Nachbarin zu Besuch kam? Sie war heute so komisch gewesen. Noch komischer als sonst.

Kirsten sprach von Udo Jürgens, Anita und Roy Black, und unten wurden die Frauenstimmen leiser. Redeten sie etwa über mich?

»Entschuldige, Kirsten, ich muß mal!«

Ich legte *»Schön ist es, auf der Welt zu sein«* auf, dann war sie beschäftigt. Ich zog auf dem Flur die Mokassins aus und trat auf die kalte Treppe. Drei Stufen reichten nicht, um etwas zu verstehen. Sie hatten die Wohnzimmertür geschlossen. Auch als ich auf halber Höhe stand, traten aus dem Wortbrei noch keine einzelnen Wörter hervor. Sie mußten ein ernstes Thema behandeln. Ich ging hinunter in die Halle und stellte mich auf den Teppich vor dem Eßzimmer. Jetzt verstand ich einzelne Wörter. Ich hörte das Wort *Graz*. Es war auch von »meinem verstorbenen Mann«, »Krieg«, »ungarischen Soldaten« und einer Geburtsurkunde die Rede.

Dann wurde es still. Ich hatte Angst, daß meine Mutter die Tür aufmachen könnte, und hopste schnell wieder nach oben. Vertraute Frau Blömeke meiner Mutter etwa ein Geheimnis an; ihr, die sie kaum kannte und die nichts für sich behielt?

Die Platte war zu Ende, aber jetzt konnte ich erst recht nichts mehr verstehen. Ich ging ein paar Stufen die Treppe hinunter. Da stand Kirsten in der Tür von meinem Zimmer.

»Hast du was?« fragte sie.

Nie würde ich erfahren, was Frau Blömeke mit meiner Mutter zu besprechen gehabt hatte.

»Komm mal mit, ich zeig dir was!« Ich ging mit Kirsten ins Zimmer, wickelte die Bandagen um und schlüpfte in die Ballhandschuhe. Vor ihren Augen haute ich auf den Sandsack ein. Er hing inzwischen an der Decke und zuckte unter jedem Treffer.

Während ich den Sack prügelte, hatte ich die Stimme meiner Mutter im Ohr. Ich konnte mir schon vorstellen, was sie ihrer Nachbarin zu erzählen hatte.

»Ich geh jetzt zum Friseur Krause und laß mir so eine Beatlefrisur machen …«

»Bei Bosch gibt es jetzt einen neuen Mixer mit Zubehör. Die Gurkenzerkleinerungsmaschine und den Fritiertopf hab ich schon …«

»Leider können wir nicht nach dem 624-Mark-Gesetz anlegen, mein Mann verdient zuviel. Ich hab mich so geärgert …«

»Wissen Sie eigentlich, daß der Oliver verliebt in Sie ist? Der tut nichts anderes, als Sie von seinem Zimmer aus zu beobachten. Sie dürfen den auf keinen Fall ernst nehmen. In der Schule haben wir auch nur Ärger mir dem …«

Ich boxte mich wieder in Wut. Kirsten stand daneben und glaubte, ich kämpfte für sie.

Während ich den Sandsack mit Geraden, Haken und Kombinationen traktierte, purzelten mir ein paar von den englischen Wörtern durch den Kopf, die ich in meinem neuen Oxford-Dictionary nachgeschlagen hatte. Eines der Wörter, die ich sofort nachschlug, war *Negro*.

Muhammad Ali war zwanzig Jahre älter als ich. Und er hatte mir noch etwas voraus. Aus dem Nichts konnte er einen linken Haken schlagen.

Ich stellte mich vor den Sandsack und versuchte es nachzumachen. Ohne eine Miene zu verziehen, klatschte ich eine Linke aus der Hüfte gegen den Sack. Was sie Ali wirklich übelnahmen, war, daß er nicht weiß werden wollte. Er hätte nie eine weiße Frau geheiratet und ließ sich nicht einmal mit einer photographieren. Ali war schwarz, und er war der Mann der Schwarzen. Er war der Mann all derer, die aus dem Ghetto kamen und die sich aus ihren Familienverhältnissen herausboxen mußten.

Ich hatte auch in der »*Encyclopaedia Britannica*« nachgeschlagen, die bei meinem Vater im Arbeitszimmer stand. Neger gab es überall. Man sah es ihnen nicht immer an. Die Amerikaner machten von früher her einen Unterschied zwischen dem *house-negro* und dem *field-negro*. Wenn das Haus des Sklavenhalters in Flammen aufging, stürzte sich der *house-negro* hinein, um das Kind des Herrn zu retten. Der *field-negro* aber trug Baumwolle herbei, soviel er fassen konnte, um den Brand zu schüren.

Und immer war die Frage, ob einer strammstand vor den Leuten, die das Sagen hatten, oder ob er seinen eigenen Weg ging. Ob er vor einer Sportkommission auf dem Boden herumkroch, oder ob er ihnen die Faust zeigte. Diese Sportkommissionen führten ihren Namen zu Unrecht. Da saßen nur ein paar fette Politiker. Einen, der ihnen nicht paßte, konnten sie in allen fünfzig Bundesstaaten sperren.

Auch bei uns gab es verschiedene Arten von Negern.

Die einen, die immer das machten, was Mama und Papa und der Herr Lehrer wollten, und die auch später nur das dachten, was die Beamten und Journalisten ihnen vorschrieben, und die anderen, die eine eigene Kraft in sich hatten und die allen anderen mitteilten: »Ihr könnt mich mal!«

Kirsten stand immer noch da. Ich schlug weiter auf den Sandsack ein und war in Gedanken schon ein paar Tage weiter. Nächste Woche fiel die Entscheidung. Selbst Ali konnte den Ausgang des Kampfes nicht vorhersagen. Sollte er gewinnen, würden viele Leute weinen. Und wenn er verlieren sollte, würden auch viele Leute weinen.

Und was war mit mir? Ich brauchte mich gar nicht erst zu fragen, ob ich ein *house-negro* oder ein *field-negro* war. Die Antwort war klar.

Als mein Vater spätabends nach Hause kam, lagen alle schon im Bett. Er ging gleich ins Schlafzimmer zu seiner Frau. Ich machte meine Tür einen Spalt auf und hörte Schubladen schlagen und Schranktüren quietschen. Wenn ich wissen wollte, was mit Frau Blömeke war, mußte ich mich wieder heranpirschen.

Aber sie sprachen nicht über Frau Blömeke. Sie sprachen über mich.

»Dem fehlt die nötige Disziplin und Ordnung«, sagte meine Mutter. »Heute bringt der wieder diese Kirsten ins Haus. Solche Leute sind kein Gewinn.«

Ich konnte gar nicht glauben, was ich hörte. War sie

es nicht gewesen, die wollte, daß ich mit Kirsten spielte?

»Der verkehrt aus Prinzip nur mit Leuten aus den Hochhäusern und mit den Bauernkindern im Dorf. Mit dem Christian von nebenan will der nichts zu tun haben. Das wäre doch ein Umgang.«

Mein Vater sang: *»Der schönste Platz ist immer an der Theke!«*

»Hör doch mal zu! Es geht einfach nicht mehr. Von Anfang an hat dieses Kind mich abblitzen lassen. Nicht einmal die Brust hat der genommen. Weißt du, was das heißt für eine Mutter?«

»Jaja«, brummte mein Vater. »Große Klappe, nichts dahinter!«

Wen meinte er damit – sie oder mich?

Sie ließ nicht locker. »Es muß etwas geschehen.«

Nach einer Pause sagte sie: »Die Blömeke war heut nachmittag da.«

Wie gut, daß meine Mutter mit allem sofort herausplatzte, egal ob jemand zuhörte.

»Die steckt in ’ner Krise, seit ihr Mann tot ist. Sie weiß nicht, wie sie mit dem Jungen fertig werden soll. Und dann ist da noch die Geschichte mit ihrer Familie in Kratz.«

Mein Vater schnaufte.

»Hörst du mir überhaupt zu? Sie hat nicht nur ihren Mann verloren, sie hat auch mitgekriegt, daß ihr Vater gar nicht ihr Vater ist. Sie hat es gerade erst erfahren. Der Mann, der sie aufgezogen hat, war in Wirklichkeit ihr Stiefvater. Der ist seit ein paar Jahren tot. Ihren richtigen Vater hat sie nie kennengelernt.«

»Also alle tot?« Mein Vater war wirklich müde.

Wieder tat mir Frau Blömeke leid. Aber vielleicht war es gar nicht so arg, wenn man keinen Vater hatte.

»Mitten im Krieg soll so eine wilde Truppe durch Österreich gezogen sein. Alles Ungarn und Zigeuner. Und die Mutter von der Blömeke muß sich in den Anführer verkuckt haben.«

Ich fühlte mich wie Aladin in seinem Versteck, der die Räuber belauscht. Die Neugier stieg mit der Angst, entdeckt zu werden. Meine Mutter malte den ungarischen Reiter in allen Farben aus. Dann sagte sie einen Moment lang nichts. Die Neugier stach mir im Hals. Mein Vater schien sich gefangen zu haben. Mit der Stimme des Arztes sprach er jetzt von Herrn Blömeke und seinem kranken Herzen.

Meine Mutter ging nicht darauf ein. »Die ungarischen Reiter kamen natürlich nicht nach Kratz, um ins Museum zu gehen. Die haben geplündert und gemordet. Der fesche Führer von dem Haufen muß wohl seinerseits ein Auge auf die Mutter von unserm Sissikind geworfen haben.«

Mein Vater grunzte.

»Der echte Vater von Frau Blömeke ist ein Wilder aus der ungarischen Steppe. Jetzt weißt du, warum die so ein breites Gesicht hat. Und deswegen hat sie auch den Alten geheiratet.«

Mein Vater schnaubte.

»Verstehst du? Die Blömeke weiß gar nicht, wer ihr richtiger Vater war. Und ihre Mutter hat es ihr erst jetzt zu Weihnachten gestanden. Ein starkes Stück!«

Ich legte ein Ohr an die Schlafzimmertür und fragte mich, ob meine Mutter wieder eine Vision gehabt hatte. Meine Mutter log nie. Lügen heißt, bewußt die Unwahrheit zu sagen. Sie aber glaubte alle Geschichten, die sie gerade zum besten gab. Am nächsten Tag konnte sie sich dann an nichts mehr erinnern.

Dennoch waren ihre Geschichten Lügen. Fast alles, was sie sagte, stimmte nicht. Ich hatte mich daran gewöhnt, mir das Gerede anzuhören wie die Märchen von Schneewittchen, Dornröschen oder von Brüderlein und Schwesterlein, die meine Großmutter bei der Gartenarbeit erzählte. Ich sah in den Erzählungen meiner Mutter nur noch Geschichten.

Aber log ich nicht auch in meinen Indianergeschichten und in dem neuen Roman über die *»Nacht der Wahrheit«*? Es war noch kein einziges Wort geschrieben, aber schon mit der Idee hatte ich eine Lüge in die Welt gesetzt. Vielleicht würde ich ein paar tatsächliche Begebenheiten einbauen wie tragende Wände bei einem Haus. Aber wenn *Roman* draufstand, wußte jeder, daß das meiste erfunden war – mehr oder weniger gut erfunden, mehr oder weniger gut vorgetragen, mit mehr oder weniger tiefem Sinn. Jeder konnte darin sehen, was er wollte. Genauso war es mit dem, was meine Mutter erzählte.

»Jetzt hat die nicht nur ihren Mann verloren«, begann sie wieder, »sondern auch ihren Vater. Ihre Mutter hat ihr die Geburtsurkunde letztes Weihnachten unter den Christbaum geblättert. Die Stelle für den Vater ist freigelassen. Ein schönes Weihnachtsgeschenk!«

»Jaja – Pater semper incertus«, sagte mein Vater. Dann schnarchte er weiter.

Ich ging zurück in mein Zimmer. Wenn das ausnahmsweise eine wahre Geschichte war, dann wußte ich jetzt noch weniger, wer Frau Blömeke war. Sie war wie eine russische Holzpuppe. Man drehte sie auf, und immer wieder kam eine neue zum Vorschein.

Es ging nichts darüber, einen guten Vater zu haben. Am meisten beneidete ich Muhammad Ali nicht darum, daß er der größte Boxer oder daß er ein freier Mann war; am meisten beneidete ich ihn darum, daß er einen Vater hatte, der stolz auf ihn war und auf den er stolz sein konnte: Cassius Clay, Sr. Der Mann mit dem Schnurrbart war einen halben Kopf kleiner als sein großer Sohn. Bei Familientreffen auf dem Bildschirm lächelten sie sich an wie alte Freunde. Sie konnten stolz aufeinander sein, einer wie der andere: Seht her, das ist mein Vater! – Seht her, das ist mein Sohn!

Doch man konnte sich seinen Vater nicht aussuchen; genausowenig wie seine Mutter. Das ist einer der Nachteile, die man als Kind in Kauf nehmen muß. Man ist fremden Leuten ausgeliefert. Ein anderer Nachteil ist, daß man sich nicht wehren kann.

Es mochte ein Schock für Frau Blömeke gewesen sein, die Geschichte jetzt erst zu erfahren, kurz nachdem ihr Mann gestorben war. Es wird einem nicht jeden Tag mitgeteilt, daß man von einem ungarischen Räuberhauptmann abstammt. Nun hatte sie zwei Väter zur Auswahl.

Es war eine tolle Geschichte. Sie konnte einem einen Schrecken einjagen. Nicht nur derjenigen, der die Geschichte passierte, auch dem Leser würden die Haare zu Berge stehen. Es war Frau Blömekes Roman. Eines Tages würde ich ihn schreiben.

12

»Ich weiß, warum du zu dem Clay hältst.« Mein Vater zog die Brauen zusammen. »Weil das auch so ein Drückeberger ist.«

»Jetzt fangt ihr schon wieder an!«

Meine Mutter köpfte ihr Ei. »Sie wollten ihn beim Militär in die Stube setzen, fern von der Front, Briefmarken kleben, habe ich gelesen. Aber der Herr ist sich zu schade, seine schwarze Zunge hinzuhalten. Und dann hofft er, daß er damit durchkommt. Ich schäme mich, daß mein eigener Sohn auch so eine Type ist.«

Mein Vater zündete sich eine Zigarette an. »Ich will nicht, daß meine Kinder in dem Glauben aufwachsen, dieser Clay sei ein Held. Und ich werde alles tun, um das zu verhindern. Das ist kein Held, das ist ein Fanatiker!«

»Wie willst du das verhindern?«

»Indem wir dir Dienstag Fernsehverbot erteilen«, entschied meine Mutter.

»Ich habe es mir zum Geburtstag gewünscht!«

»Du hast die beiden Nachthemden.«

»Ihr habt es versprochen!«

»Ich habe in der *Brigitte* gelesen, daß beide Boxer

vom Sternzeichen her Steinböcke sind. Da geht es hart auf hart. Ich möchte nicht, daß du das siehst.«

»Ich habe den Gutschein!«

»Punkt, Schluß, aus.«

Mein Vater blies den Rauch durch die Nasenlöcher. »Warum willst *du* den Boxkampf sehen? Vom Boxen verstehst du doch gar nichts.«

Jeden Morgen, wenn ich vor dem Spiegel stand und mir die Zähne putzte, fühlte ich den Schrecken in den kalten Fußsohlen. Aber erst beim Frühstück fiel mir nach und nach ein, was es war. Meistens waren es Alpträume.

In dieser Nacht, drei Tage vor dem Kampf, hatte ich einen Traum gehabt, der mich noch lange erschrekken sollte.

Vor mir steht jemand, ganz von schwarzem Licht beschienen. Alle haben Angst vor ihm. Im Meer, dort wo man gerade noch stehen kann, tauche ich ihn immer wieder unter. Auf einem Steg stehen viele Zuschauer. Aber sooft ich meinen Feind auch untertauche, er kommt immer wieder hoch. Schließlich wende ich mich zum Steg: »Ich kann ihn nicht ertränken. Hat jemand eine Pistole dabei?« Einer gibt mir einen schwarzen Revolver. Ich setze zum Genickschuß an, aber die Waffe funktioniert nicht, weil das Pulver in den Patronen naß geworden ist. Ich ziehe den Abzug, aber es klickt nur. Der Feind taucht auf und watet davon. Doch in seinem Nacken sieht man die Schußwunde.

Und Frau Blömekes Vater saß mir in den Knochen. Aber welcher? Der Räuberhauptmann oder der, der ihr seinen Namen vermachte? Später hatte Herr Blömeke ihr seinen gegeben. Frau Blömeke hatte drei Väter gehabt. Der letzte war Gustav Blömeke gewesen.

»Wir haben genug von deinen Kapriolen«, sagte meine Mutter und hielt mir den Brotkorb hin.

»Was für Dinger?«

»Heute muß ich in die Schule und mir von deiner Lehrerin wieder deine neuesten Streiche berichten lassen. Ich hab die Faxen dicke!«

»Ist das Berlinerisch?

»Hast du wieder Romane gelesen? Da sieht man ja, auf was für dumme Gedanken dich das bringt.«

»Ihr lest ja auch Romane.«

»Welche für Erwachsene ... Du siehst ja, was dabei herauskommt ... Außerdem benimmst du dich ja auch unmöglich!«

»Seit Monaten hab ich mich auf den Kampf gefreut. Das wißt ihr genau. Und ihr habt gesagt, daß ich am Dienstag die Wiederholung sehen darf.«

»Das ist viel zu brutal. Nichts für ein Kind. Sei froh, daß du jung bist und so etwas nicht ansehen mußt. Was denkst du, was wir gesehen haben ... Es war Krieg, und wir hatten keine Spielsachen ...«

»Das halte ich nicht aus!«

»So? Du ahnst gar nicht, was man alles aushalten kann! Andere Kinder werden zur Adoption freigegeben oder in der Kirchenbank vergessen. Du bist doch katholisch: Dann denk mal an euren Moses. Der war ein Findelkind.«

»Moses wurde von der ägyptischen Prinzessin aufgezogen ...«

»Du lebst hier auch wie ein Prinz. Du ißt vom goldenen Teller. Wir bieten euch alles, was ein Kind sich nur wünschen kann. Vielleicht sogar ein bißchen mehr ...«

»Dann laßt mich den Kampf kucken!«

»Fang nicht wieder davon an«, sagte mein Vater. »Alea iacta est.«

»Ich würde lieber bei der Großmutter wohnen ...«

»Weil du da alles darfst.«

»... oder bei Blömekes, oder auf dem Bauernhof bei Rupert und Max ...«

»... und Magdalene, nicht zu vergessen!«

»Warum habt ich mich nicht da gelassen, wo ich war?«

»Man ist doch verraten und verkauft mit dem!«

Ich packte mich zur Schule. Meine Mutter stand in der Tür und rief mir nach: »Sei froh, daß du überhaupt auf der Welt bist. Es gibt so viele Kinder, die sind gar nicht geboren worden!«

Ich bastelte an einer Idee, wie ich den Kampf doch noch sehen konnte. Während Frau Nickel sprach und an der Tafel schrieb, dachte ich nur: Da ist alles nicht mehr für mich, das geht mich nichts an.

Plötzlich fiel mir auf, daß die drei Jahre hier in der Schule gar nicht so schlecht gewesen waren. Bei Frau

Nickel konnte man das eine oder andere lernen; besonders, wenn man ihren Unterricht boykottierte. In Kirsten hatte ich eine nette Freundin, um die man sich nicht weiter kümmern mußte – *pflegeleicht* hätte meine Mutter gesagt. Meine Klassenkameraden waren ein Publikum ohne große Ansprüche, vor denen ich mich als Redner üben konnte. Und Christian und Thomas hatten sich freiwillig als Sparringspartner angeboten, die auf dem Schulhof immer wieder angelaufen kamen, um sich ihre Abreibung zu holen. Was wollte man mehr?

In der dritten und vierten Stunde hatten wir Turnen bei Herrn Probst. Thomas rackerte sich am Barren ab. Er war mit etwas zuviel Babyspeck bepackt und fiel immer wieder herunter. Alle lachten. Zum Glück hatte Herr Probst eine Matte über die Stahlfüße des Gerätes gelegt.

Als wir in der Umkleide unsere blauen Shorts und weißen Trikots mit den Turnschuhen in die Stoffbeutel zwängten, stellte Thomas sich vor mir auf.

»Du hast gelacht.«

»Alle haben gelacht, Thomas.«

Er hielt mir die Faust unter die Nase.

»Riech mal an meinen Fäusten. Die linke riecht nach Krankenhaus, die rechte nach Friedhof.«

Er legte sich mit mir an, obwohl er wußte, was ihm blühte. Sollte ich ihn gegen die Brust stoßen oder gleich eine in den Magen geben? Ich hob die Fäuste, ließ sie aber gleich wieder sinken. Was war dieser

Thomas für ein Bursche? Offenbar gab es Menschen, die nur zufrieden waren, wenn sie ihre tägliche Tracht Prügel bekamen.

Aber ich war zehn Jahre alt, und für Fälle wie diesen fühlte ich mich nicht mehr zuständig. Es gab ernste Kämpfe in der Welt. Zum Beispiel den Kampf in drei Tagen. Ich wollte ihn sehen, koste es, was es wolle. Ich wußte auch schon, wie. Ich mußte mich auf meine Aufgabe konzentrieren, auf das Leben, das vor mir lag.

»Komm, Thomas, geh nach Hause.«

Ich zog mich weiter an. Er trat nach mir. Ich hielt sein Bein fest. Er fiel auf den Hintern.

»Du Sau!« brüllte er.

Ich nahm meinen Ranzen und ging in die Pause.

Die Kraft, die mein Großvater mir gegeben hatte, war eine Waffe, und ich dachte nicht daran, sie ohne Not einzusetzen. Ich brauchte mich nur an seinen Brief zu erinnern, schon fühlte ich eine Stärke von innen, wie sie nur in Jahrhunderten wächst. In der Flaschenpost von meinem Großvater war das Drachenblut, in dem ich gebadet hatte. Er hatte mir über den Graben der Generationen hinweg den Staffelstab übergeben. Nun konnten sie sich an mir die Zähne ausbeißen.

Als ich nach Hause kam und das Gesicht meiner Mutter sah, konnte ich mir leich ausmalen, was sie während meiner Turnstunde mit Frau Nickel besprochen hatte.

Als ich mein Omelette aß, legte sie los: »Du kannst dir sicher denken, daß das heute mit Frau Nickel alles andere als ein Zuckerschlecken war. Aber ich bin froh, daß ich mit der geredet habe. Wir sind uns über dich einig. Ihre politischen Ansichten gehen mir zwar gegen den Strich. Aber eines muß man doch anerkennen: Sie hat drei Jahre lang versucht, mit dir fertig zu werden. Es ist ihr genausowenig gelungen wie mir. Aber sie hat dich durchschaut und konnte mir einige sehr gute Beobachtungen mit auf den Weg geben. In Berlin werde ich gleich mit deinem neuen Klassenlehrer sprechen. Vielleicht kriegen sie dich dort unter Kontrolle.«

Ich fühlte mich geschmeichelt, daß sich wieder jemand an mir die Zähne ausgebissen hatte.

»Du bist fürs Gymnasium nur *bedingt geeignet*, hat Frau Nickel gesagt. Du hast in Berlin noch zwei Jahre, um dich zusammenzureißen. Wir meinen es alle gut mit dir, aber unsere Hilfestellungen haben ja nichts genützt. Mach bloß nicht so weiter, sonst endest du wie der Alfred Blömeke auf der Sonderschule!«

Sie klatschte mir noch ein Stück Omelette auf den Teller.

»Was genau wirft mir Frau Nickel denn vor?« Ich nahm eine Gabel voll und ließ es mir schmecken.

»Du machst im Unterricht nichts als Quatsch! Die Lacher hast du zwar auf deiner Seite. Nur diejenigen, die du ständig nachäffst, die finden das nicht so lustig. Und Frau Nickel muß ihren Stoff durchziehen.

Weißt du was? Laß dir von so einem Neger-Boxer die Nase breit schlagen, und geh zum Zirkus. Da bist du richtig.«

Ich legte die Handflächen an die Ohren, schielte und streckte die Zunge heraus. Claus-Wilhelm quietschte vor Vergnügen.

»Genau das meine ich! Du bist in der Schule genauso egoistisch und asozial wie zu Hause. Außerdem, sagt Frau Nickel, du nimmst alles schon vorweg, was sie als Ergebnis einer Unterrichtsstunde vorbereitet hat. Der ganze Lernprozeß wird da kaputt gemacht. Du benutzt Wörter, die deine Klassenkameraden noch nie gehört haben, einfach kein Schülerdeutsch. Aber die anderen haben auch ihre Rechte! Das sind alles liebe, begabte Jungs und Mädchen, sagt Frau Nickel. Und wenn sie dich bittet, zu erläutern, was du gerade gesagt hast, dann kommt nichts als Schweigen.«

Ich feilte an der Idee, wie ich zur richtigen Zeit in den Madison Square Garden kam.

»Wir wissen ja alle, daß du dich gerne in Rätseln ausdrückst, um dich interessant zu machen. Aber die Schule ist dazu da, um was zu lernen, und nicht, um sich gegenseitig Denksportaufgaben zu stellen. Und Freunde hast du keine. Nur die Kirsten, die rennt dir nach. Als ob das ein Umgang für dich wäre. Aber du läßt dich ja so gern beweihräuchern.«

»*Du* hast mir doch gesagt, daß ich mit Kirsten spielen soll!«

»Wir müssen dich völlig umkrempeln. Ein fauler Apfel vergiftet den ganzen Korb. Das haben wir ja auch hier in der Familie gesehen. Meinst du, dein Bruder leidet nicht unter dir? Immer willst du alles bestimmen, in der Schule wie zu Hause. Hast du dir mal überlegt ...«

Meine Mutter saß da und machte den Mund auf und zu. Es klang wie ein Platte, die einen Sprung hat.

Ich rannte aus dem Haus und knallte die Tür zu. Aus der Garage holte ich den Fußball und bolzte ihn immer wieder gegen das Garagentor. Ich wußte, drinnen zeterte sie weiter und nahm an, daß ich jedes Wort hörte.

Auf den Nachtisch verzichtete ich.

»Wer aufißt, kriegt Eis«, hieß es immer. Claus-Wilhelm bekam auch dann seinen Nachtisch, wenn er die Hälfte auf dem Teller ließ.

»Der bekommt ja immer sein Eis!«

»Siehst du?!« Meine Mutter beugte sich zum Kleinen. »Der Oliver will nicht, daß du Eis kriegst.« Und immer wieder flüsterte sie ihm ins Ohr: »Du weißt doch, wie der ist.«

Ich trat den Ball mit der Schuhspitze gegen die Garage, als wollte ich Beckenbauer zum Waisenknaben machen.

Zuerst merkte ich gar nicht, wie sich jemand hinter mir auf der anderen Straßenseite herumdrückte. Dann schlich er sich in mein Gesichtsfeld und blieb zwei Meter entfernt stehen. Das erste, was ich von ihm sah, war die Straßenköter-Haarfarbe.

»Grüß dich!« sagte Alfred.

Er sprach mit hoher Stimme, aber nicht wie ein Kind, sondern wie ein Zwerg. Ich hatte nicht mehr die Energie, ihn wegzujagen.

»Was hast'n da unterm Arm?« fragte ich ihn.

»Mickymaushefte.«

Hätte ich mir denken können. »Zeig mal her!«

Er zögerte, gab sie dann aber her.

»Die sind ja auf Englisch!«

Alfred machte eine Bewegung, als wollte er sagen: »Klar.«

»*Mickey's Down Under*, *Crazy Over Daisy*, *R'coom Dawg*, *Pueblo Pluto* –? Verstehst du denn das überhaupt?« Ich gab ihm die Hefte zurück.

»Eigentlich lese ich lieber Alan Milne«, meinte er. »*Winnie-the-Pooh*. Aber das hier machen wir gerade im Unterricht.«

»Auf eurer Sonderschule?«

»Ja. Wir haben seit drei Jahren Englisch, und nächstes Jahr kriegen wir Französisch.«

»Soso. Und was macht ihr in Rechnen?«

»Logarithmen.«

»Ach nee! Ist ja doll. Und in Physik nehmt ihr gerade Einstein durch …«

»Wir lernen die Sternkarte. Richtige Astrophysik ist das natürlich noch keine.«

»Wo hast du sie denn, deine Sternkarte?«

»Oben in meinem Zimmer. Willst du mal sehen?«

Die Aussicht, in Blömekes Haus zu gehen, verlockte

mich. Ich schaute hinüber. Hinter einem der Fenster im ersten Stock vermutete ich Alfreds Mutter. Unten waren die Vorhänge zugezogen. Alfreds toter Vater fiel mir ein.

»Ach nein, vielleicht ein andermal!«

»Komm doch ruhig hoch! Meine Mutter ist auch da.«

Was wollte er damit sagen? Mir wurde warm bei dem Gedanken, in den Räumen zu gehen, in denen Frau Blömeke ging, auf den Teppichen zu laufen, auf denen sie lief. Doch Alfreds Getue stieß mich vor den Kopf. Hielt mich der Narr zum Narren?

»Also gut, dann laß mal sehen!«

In Blömekes Haus roch es nach netten Leuten. Diele und Wohnzimmer waren mit alten Teppichen ausgelegt. Überall standen Pflanzen und Blumen. An den Wänden hingen Ölgemälde.

Und dann stand sie vor mir. Sie trug ein schwarzes Samtkleid, das fast bis zum Boden fiel. Ihr Gesicht schien noch weißer als sonst. Sie reichte mir die Hand, und ich wollte mich schon darüberbeugen wie Karlheinz Böhm.

»Grüß dich, Oliver! Schön, daß du mal vorbeischaust!«

Ich konnte nichts sagen. Ich fand, daß sie sehr gut roch, noch besser als ihr Haus. Sie lächelte mir nach, als ich Alfred die Treppe hinauffolgte. Dies Parfum – ich mußte es mir besorgen und dann schnüffeln, bis sie mir erschien wie die bezaubernde Jeannie aus der Flasche!

Alfreds Zimmer hing voll von Stadtplänen, Landkarten, Postern von Autos und Schiffen. Auch auf seinem Schreibtisch stand ein Globus. Es war aber eine graue Kugel mit Blasen, ein Globus vom Mond.

Alfred nahm ein gelbes Flugzeugmodell vom Schreibtisch und ließ es in der Hand durchs Zimmer fliegen. »Hier, halt mal. Ist 'ne Kitfox. Ganz niedlich, was?«

»Toll, so eine kaufe ich mir später mal.«

»Da würde ich gleich 'ne Cessna nehmen.«

Über dem Schreibtisch baumelte ein Jumbo Jet von der Decke.

»Das ist eine langweilige Lockheed Tristar«, erläuterte Alfred. »Aber schau dir mal die da hinten an. Sieht aus wie ein stinknormales Verkehrsflugzeug, nicht? Ist aber ein KC-135 Stratotanker. Jede von den vier Düsen könnte allein ein Flugzeug antreiben! Mit der machen die Amerikaner das Training für die Schwerelosigkeit.«

»Willst du auch zur NASA?«

»Mal schauen, wenn's soweit ist. Fragt sich, ob die Amerikaner dann immer noch die Nase vorn haben. Die Franzosen wollen auch eine Rakete bauen.«

»Und was ist nun mit der Sternkarte?«

Er blätterte die blaue Karte auf seinem Schreibtisch auf wie einen Stadtplan. Sie war mit weißen Punkten und Strichen übersät. Er deutete auf eine Art Mobile: »Das ist Kassiopeia. Und das hier ist der Große Bär – Großer Bär und Kleiner Bär. Wie bei den Indianern; oder an der Börse.«

»Wie bitte?«

»Na Aktien und so. Nur, daß die da nicht einen kleinen und einen großen Bären haben, sondern Bär und Stier. Wenn der Stier los ist, dann verdienst du Geld. Und wenn der Bär los ist, dann hat das nichts mit deinem Teddy zu tun. Dann gibt es lange Gesichter.«

»Woher weißt du das alles? Lernt ihr das in eurer Schule?«

»Das mit der Börse? Nein, das hat mir mein Vater beigebracht. Hatte mit seinem Beruf zu tun. Er interessierte sich dafür, wie man Geld vermehrt.«

»Scheiße, daß er tot ist. – Er war überhaupt kein fauler Knecht ...«

»Kann man nicht behaupten. Eher ein wandelndes Lexikon.«

»Und deine Schule?«

»Ist so eine Art Sonderschule, da hast du recht. Aber nicht für die Langsamen, sondern für die Schnellen.«

»Da müßt ihr nicht immer warten, bis die anderen mit Rechnen fertig sind?«

»Wenn einer früher fertig ist, bekommt er sofort neues Rechenfutter.«

»Wie kommt man da rein?«

»Ich war zuerst bei Frau Nickel. Der reinste Kindergarten; na, du kennst es ja. Sie ist zu meiner Mutter gegangen: Alfred paßt nicht in den Klassenverband, und so'n Mist. Meine Eltern haben Ärger beim Rektor gemacht, und dieser Herr Probst hat angeboten: Gut, lassen wir ihn eine Klasse überspringen. Aber meine Mutter hatte schon die andere Schule gefunden. Ist echt gut da. Wir haben eine große Schwimmhalle und ein Chemielabor.«

»Und in unserer Schule haben sie eine Champignonzucht«, lachte ich. »Wenn einer den Kopf herausstreckt, wird er abgeschnitten!«

»Ob einer ein Genie oder ein Idiot ist, interessiert den Lehrer nicht. Jede Abweichung kommt ins Klassenbuch.«

»Das ist kein Schülerdeutsch!«

Er lachte sein Zwergenlachen.

»Darfst du Montag nacht den Kampf kucken?«

»Wir fahren morgen für zwei Wochen nach Graz. Ich mache bei einem Science-Camp mit. Und ehrlich gesagt, Boxen ist nicht meine Sache. Wenn ich an die Synapsenabrisse denke ...«

»Was für'n Camp?«

»Ach, das ist zweimal im Jahr von dem Mensa-Club. Da können alle mit einem IQ ab 140 mitmachen.«

»Und den hast du?«

»Unter uns: Beim Test hab ich nur so getan. – In dem Camp bilden wir kleine Arbeitsgruppen. Wer keine wissenschaftlichen Probleme hat, der bekommt da welche. Aber es wird auch geschwommen, gewandert, Tennis gespielt, so das Übliche. Sind immer ganz nette Leute dabei, alle in unserem Alter.«

Irgendwo unter meinen Füßen ging seine Mutter.

»Wenn ihr wieder aus Graz kommt, bin ich schon in Berlin.«

»Ist ja schade«, sagte Alfred. »Dann müssen wir jetzt unbedingt noch eine Partie Schach spielen. Da kannst du zeigen, was du drauf hast.«

Er baute das Brett auf: »… Schwarz oder Weiß?«

13

Als der Wecker klingelte, sah ich Frau Blömeke in der Dunkelheit vor mir. Ich brauchte einige Zeit, um zu begreifen, was los war.

Der Wecker zeigte halb fünf. Draußen regnete es. Die Straßenlaterne beleuchtete Blömekes Haus.

Einen Moment lang glaubte ich, es könnten Kopfschmerzen sein. Aber es war das Bild in meinem Kopf. Ich beugte mich zum Fenster. Ein Mann ging über die Straße. Er kam von Blömekes und ging auf unser Haus zu. Ich preßte meine Nase an die Scheibe. Der Mann war weg. Ich lauschte an der Tür, ob unten jemand hereinkäme. Doch alles war still.

Dann besann ich mich auf den Kampf.

Ich schlüpfte in Bademantel und Hausschuhe und schlich hinunter ins Wohnzimmer. Ich machte die Tür hinter mir zu und öffnete den Bauernschrank. Hier hatte mein Vater seine Stereoanlage installiert. Mit spitzen Fingern zog ich den Kopfhörer heraus. Vor ein paar Tagen hatte ich schon ausprobiert, ob der Stöpsel in eine der Buchsen auf der Rückseite des Fernsehers paßte.

Ich stöpselte ein und drückte vorne auf den Knopf. Als sich nach und nach ein Bild fing, und ich noch einmal gehorcht hatte, daß ja kein Ton aus dem Lautsprecher drang, setzte ich den Kopfhörer auf.

Dann sah ich draußen die Lichter. Zum Garten führte ein Fenster, eine große Scheibe mit Schiebetür. Die Zimmer in den Hochhäusern funkelten.

Im Fernsehen zeigten sie jetzt ein Bild von den Hochhäusern in New York, dann den Madison Square Garden von außen, schließlich die riesige Halle mit dem leeren Quadrat in der Mitte.

In dieser Nacht starrten unzählige Menschen auf diese erleuchtete Leinwand. Bei der Mondlandung von Apollo 11 vor zwei Jahren hatte sich zum ersten Mal die ganze Welt vor dem Bildschirm versammelt. Und seit dem vergangenen Jahr, als Apollo 13 auf dem letzten Loch nach Hause gekrochen kam, hatten nicht mehr so viele Menschen gleichzeitig bei einem Spektakel zugekuckt wie in dieser Nacht. Es sollten dreihundert Millionen Zuschauer sein.

Und jeder der beiden Boxer bekam 2,5 Millionen Dollar in bar. So viel Geld wollte ich einmal vor mir sehen, alles frische grüne Dollars, die in sauberen Bündeln vor mir lagen und die ich streicheln konnte. Ich roch die Scheine, wenn ich nur daran dachte.

Die Sitzplätze um den Ring füllten sich mit schwarzen Anzügen, Nerzen und Brillanten. Man sah, daß es auch reiche Neger gab. Ein Platz vorne im Licht kostete hundertfünfzig Dollar. Auf dem schwarzen Markt mußte man siebenmal soviel bezahlen. Ich suchte Christian und seinen Vater. Natürlich war nichts von ihnen zu sehen. Dafür glaubte ich jemand anders zu erkennen. *Da, schaut mal, die Lübke hat 'ne Sonnenbrille auf!* Warum konnte ich sie nicht vergessen?

Es kamen Neger in langen Pelzmänteln. Eine Negerin trug Hot pants unter dem Fell. Eine andere konnte sich beim Oberteil nicht entscheiden. Sie ließ es ganz weg. Ich dachte an Frau Blömeke, ich dachte an ihre Brüste, und einen Moment lang war mir der Boxkampf gleichgültig. Sollte ich den Fernseher ausschalten und wieder ins Bett gehen? Da pickte die Kamera eine Frau aus dem Publikum. Ich kannte sie, und der Moderator sagte, es sei Rita Hayworth.

Warum fing der Kampf nicht endlich an? Der Ring war ausgeleuchtet, die Halle voll besetzt. Wann ertönte endlich der Gong?

Jetzt folgten die Kameras den beiden Gladiatoren aus der Garderobe zum Ring. Jemand vom Fernsehen hatte diese Idee gehabt, und von da ab sollten sie es immer so halten. Muhammad Ali schritt durch die Menge. Joe Frazier war einen halben Kopf kleiner. Ali tat, als hätte er den Sieg schon in der Tasche. Er lachte die Leuten an und riß Possen.

»Every time I fight it gets cold and rainy«, hatte er gesagt. »Then dingy and cool, no sun in sight nowhere.«

Auch heute hatte keine Sonne geschienen; in Amerika nicht, wie der Moderator berichtete, und nicht bei uns. Und jetzt war Nacht. Die Nacht, die ans Licht bringen würde, wer der Weltmeister war.

Erst als die beiden durch die Seile stiegen, merkte ich, was es hieß, Zeuge einer Live-Übertragung zu sein. Alles passierte wirklich, genau in dem Moment, wo man es sah. Und was immer geschehen würde, selbst wenn der Madison Square Garten einstürzte, ich konnte es sehen.

Die beiden Fighter stehen im Ring. Ali hat einfarbige Hosen mit weißem Bund und weißen Seitenstreifen an. Was Frazier trägt, sieht aus wie Unterhosen mit Punkten. In Berlin werden wir Buntfernsehen bekommen. Dann kann man auch die Farbe der Handschuhe erkennen. Eins aber sieht man in Schwarzweiß besser: Frazier ist dunkler als Ali.

Eine Frau steigt mit langen Beinen zwischen den Seilen durch. Sie trägt nichts als einen Badeanzug, eine Schärpe und Schuhe. Auf hohen Absätzen stolziert sie durch den ganzen Ring und hält ein Schild hoch, darauf steht eine Eins für die erste Runde.

Endlich schlägt der Gong. Von nun an wird jede Bewegung, auch die kleinste, für die Ewigkeit festgehalten. Kein Schlag, kein Zucken eines Muskels kann je vergessen werden. Die Kämpfer schreiben an einer Geschichte für viele Generationen. Es wird immer neue Zuschauer geben, immer neue Athleten, die jede Minute unter die Lupe nehmen, die aufs neue Punkte verteilen, wenn die Kämpfer und ihre Richter schon lange im Frieden der amerikanischen Erde ruhen.

Muhammad Ali begrüßt seinen Gegner mit ein paar schweren Punches. Will er Frazier gleich in der ersten Runde auf die Bretter strecken wie einen, der hier nichts zu suchen hat? Als sie aufeinander losgehen, sieht man sofort: Hier kämpft ein Boxer gegen einen Schläger. Frazier boxt wie ein Anfänger; immer wieder die Grundhaltung, immer wieder die Grundschritte. Soll er doch weiter Fleisch abpacken, denke ich. Seine größte Waffe ist seine Kraft. Er kann zuschlagen. Ali hat Stil. Seine Geraden kommen heraus wie Blitze. Kaum kann man sie sehen. Wieder und wieder zuckt Fraziers Kopf unter dem Donnerkeil.

»Frazier wird in der Sechsten fallen«, hat Ali vor dem Kampf prophezeit. Es sieht so aus, als will er die erste Runde zur sechsten machen, damit er nach Hause gehen und sich ins Bett legen kann.

Aber Frazier zeigt, daß er aus der Nähe einen guten linken Haken schlagen kann, daß er mehr Biß hat als Quarry oder Bonavena. Und er kuckt Ali immer in die Augen.

Joe Frazier ist nicht Sonny Liston. Seine Zeit ist noch nicht abgelaufen. Er ist zwei Jahre jünger als Ali. Außerdem hat er keine Zwangspause von dreieinhalb Jahren hinter sich. Zwar boxt er wie aus der Boxfibel. Aber es steckt ein Wilder in ihm.

Er ist ein Marschierer im Dauerangriff, wie jeder Boxer ihn fürchtet. Er läßt sich nicht zum Tanz bitten, er geht auf sein Ziel los wie ein Roboter. Er hat keine Zeit zum Spielen, er ist ein Malocher.

Soll solchen Kämpfern die Zukunft gehören?

Ali tanzt durch den Ring, damit die Leute sich über seinen Gegner totlachen. Er spielt den Clown, verhöhnt Frazier und tut so, als sei er der Regisseur des Spektakels.

Ali ist der Stierkämpfer, Frazier der Stier. Mit gesenktem Kopf geht er auf den Größeren los. Er marschiert geradeaus. Auf die Mätzchen des Publikumslieblings läßt er sich nicht ein.

Aber Ali bewegt sich in Zeitlupe. Hat er die alte Schnelligkeit doch nicht mehr?

Beim Gong zur Pause sitzen sich die beiden Kämpfer in ihren Ecken gegenüber. Man wirbelt ihnen mit dem Handtuch Luft zu, gießt ihnen Wasser über das Gesicht. Jemand fingert Frazier den Mundschutz heraus.

Eine Minute nur, dann stehen sie wieder. Ali studiert Frazier. Er hält ihn auf Distanz, er spielt Katz und Maus. Soll es bis in die 15. Runde so weitergehen? Wer die längeren Arme hat, sitzt beim Boxen am längeren Hebel.

»Du mußt auf das Gesicht des Gegners achten«, lehrte mein Vater, als er mir noch Stunden gab. »Immer dem Feind ins Gesicht sehen. Da spiegelt sich alles, was er im Schilde führt. Aber du selbst darfst das Gesicht nicht verziehen, wenn du zum Schlag ansetzt. Laß dir nicht in die Karten kucken.«

Im Ring stehen und kämpfen ist eine der ehrlichsten Sachen, die man machen kann. Aber auch hier darf man nicht gleich die Katze aus dem Sack lassen. Es könnte gegen einen verwendet werden.

Was hat Ali vor? Auf diesen Brettern hat noch keiner so getanzt wie er; vor allem nicht im Schwergewicht. Und er weiß das. Früher war er wie ein Geist, den man nicht berühren konnte. Warum steht er jetzt da wie festgenagelt? Warum läßt er sich in die Ecke stellen? Früher hätte er einfach den Kopf gedreht und wäre einen Schritt zur Seite getreten.

Muhammad Ali redet auf Frazier ein. Er ärgert ihn. Der Ringrichter macht Ali ein Zeichen, daß er die Klappe halten soll. Er bleibt eine Minute stumm, dann geht es von vorn los. Die beiden beschimpfen sich gegenseitig. Man sieht es, beinah kann man es hören:

»*Nigger!*«

Arthur Mercante, der neutrale Schatten, huscht ständig um die beiden herum. Er kriegt jedes Wort mit.

Wann zieht Ali endlich eine seiner Kombinationen aus dem Hut, vor denen alle Boxer zittern? Er kann Gerade landen, Haken schwingen, Stöße verteilen, alles hintereinander, kaum daß man es mitbekommt.

Er balanciert seinen Heiligenschein auf dem Kopf, spielt den tapferen Soldaten und hält das Publikum bei Laune. Wie immer hat er die Lacher auf seiner Seite, so wie ich in der Schule. Aber eine Frage läßt mich nicht los: Steckt er Fraziers Hiebe freiwillig ein, oder weil er nicht anders kann? Bei dem, was ich mit ansehen muß, hoffe ich, daß ein Trick dabei ist.

Ali duscht in Fraziers Schlägen. Frazier puncht und punktet ohne Ende. Das ist nicht der Ali, den ich kannte. Es ist, als ob er nicht mehr tanzen kann und mit Scherzen über die Runden kommen will. Noch hat Frazier ihm keine Verletzungen zufügen können. Aber er rast immerzu auf seinen Gegner los.

Er ist ein Schläger, sein Kampfstil ein Arbeiter-und-Bauern-Stil, wie er Frau Nickel gefallen würde. Drei Jahre lang hat sie mir auf diese Art zugesetzt.

Ali kämpft sauber. Wenn er mit Frazier im Clinch liegt und der Ringrichter »Break!« ruft, läßt er sofort los. Frazier ist da schwerhörig, so schwerhörig, wie es meine Mutter von mir behauptet. Der Richter muß ihn wegschieben wie einen Ochsen.

Frazier versucht, Ali seinen Stil aufzuzwingen. Er will bestimmen, wo es langgeht. Er nimmt sogar mit Absicht die Fäuste herunter und läßt Ali punchen, um ihm und der Welt zu zeigen, daß der große Muhammad nichts mehr landen kann. Er lacht ihm ins Gesicht.

Zu Beginn der neunten Runde jedoch ist es plötzlich nicht mehr Frazier, sondern Ali, der wie ein Dilettant aussieht. Der Blitzkrieger von einst ist Geschichte. Er wedelt nur noch mit den Fäusten.

Dann kommt er plötzlich mit einem Uppercut heraus, dann trommelt er auf seinem Gegner in Eins-Zwei-Eins-Kombinationen herum. Der alte Ali erwacht! Frazier gerät in Seenot. Der Gong rettet gerade noch seinen Kopf. Ali hat mit Gewalt den Knockout versucht, als wollte er die Notbremse ziehen. Aber er hat ihn nicht gebracht, den großen Punch. Die Runde dürfte dennoch an ihn gegangen sein.

Nach der Neunten fange ich an zu rechnen. In der

Punktwertung könnten beide noch gleichauf liegen. Das hier ist kein Krimi, auch keiner von diesen Boxerfilmen, wo am Ende doch der Sympathische siegt. Das hier ist echt. Wenn hier einer die Faust ins Gesicht bekommt, dann tut es ihm weh, in derselben Sekunde. Und niemand weiß, wie sich der Kampf noch entwickeln wird, auch der Kämpfer nicht. Er kann getroffen werden. Er kann geschlagen werden. Er kann auch getötet werden.

In der zehnten Runde hängt Ali wieder in den Seilen und steckt einen Treffer nach dem anderen ein. Sicher hat er sich etwas dabei gedacht. Spielt er *Toter Mann*, wie mein Vater an der Ostsee?

Die Punktrichter schreiben alle Treffer auf. Das ist ihr Job. Es ist ihnen egal, ob einer getroffen werden will oder nicht. Punkt ist Punkt. Ein Boxer, der seinem Gegner einen Treffer nach dem anderen schenkt, damit der sich müde schlägt, kann sich hier schnell verrechnen.

»Mach doch endlich, Junge«, rufe ich. »Pack den Tiger in den Tank!«

In der zehnten Runde, als Arthur Mercante die Kämpfer wieder einmal trennen muß, landet der kleine Finger des Ringrichters in Fraziers Auge. Der Bulle schnauzt ihn an, dreht sich um und brüllt etwas wie: »Verdammt noch mal, jetzt habe ich zwei, die auf mich einschlagen!« Doch bevor er in seine Ecke gehen kann, um das Auge zu pflegen und sich auszuruhen, nimmt der Unparteiische ihn bei der Schulter und führt ihn in den Kampf zurück. In der Pause geht Mercante dann zu Frazier und entschuldigt sich für den Finger. Dann besucht er Ali in seiner Ecke und kuckt nach, ob der noch in Ordnung ist.

Als die elfte Runde beginnt, stellt sich Ali in die neutrale Ecke und legt den rechten Arm auf das Ringseil, wie einer, der an der Reling steht und aufs Meer hinausschaut. Er tut, als ginge ihn der ganze Kampf nichts an, als könnte er Fraziers Haken, die der ohne müde zu werden abfeuert, mit links abwehren. Aber Frazier schlägt zu. Muhammad Ali steckt ein paar Schläge ein, die er nicht einstecken müßte; ein paar Haken zuviel. Es ist schwer hinzukucken. Hofft er, Kraft zu sparen? Will er Frazier nur müde machen? Immer wieder fällt er gegen die Seile wie gegen die Wand einer Gummizelle.

Frazier hat die Tür gefunden, wo er den Fuß hineinstellen kann – *»I haf zeen zomezing«*, wie Schmeling vor seinem ersten Kampf gegen Joe Louis sagte –: Zwar ruckt Ali den Kopf weg wie ein Vogel, wenn Frazier ihn treffen will, aber sein Körper bleibt ohne Deckung. Quarry und Bonavena hatten nach Alis Kopf gezielt, aber das waren Tantalusqualen, denn ihre Fäuste trafen fast immer ins Leere. Frazier ist ein anderes Kaliber. Als Ali in den Seilen hängt und den Kopf wegdreht, drischt Frazier ihm gegen Brust und Bauch. Das tut weh, und der Getroffene kommt nicht weg. Muhammad Alis Beine sind nicht mehr die von Cassius Clay. Ich denke daran, wie ich einen Kasten

Mineralwasser aus dem Supermarkt nach Hause schleppen sollte. Ich kriegte den Kasten kaum hoch. Ich kam nicht von der Stelle. Ich zerrte und zog, ich war an den Kasten gefesselt, und die Leute von Köppelsbleek sahen zu.

Jetzt dreht Frazier seinen Trommelwirbel wieder auf, und Ali geht um ein Haar k. o. Er ist angeschlagen und läßt den Kampf in den Leerlauf sacken. Frazier dagegen wird nie arbeitslos. Er drischt die ganze Zeit. Wie ein Rammbock Pfähle in die Erde hämmert, so feuert er seinen linken Haken ab, und noch einmal und noch einmal, immer wieder. Gnade kennt er keine.

Und Ali tut nichts. Er ist wie ein alter Grieche, denke ich. Da gab es Kämpfe, bei denen die Athleten auf Gegenwehr verzichten und abwechselnd Schläge einstecken mußten, bis einer umfiel. Muhammad Ali, der Black Muslim, ist ein Held der griechischen Tragödie.

Als es zur zwölften Runde läutet, scheint er endlich begriffen zu haben. Sein Trainer Angelo Dundee hat in der Pause ein ernstes Wort mit ihm geredet. Wenn er jetzt noch gewinnen will, muß er sich etwas einfallen lassen. Und er legt los. Elf Runden lang hat er angedeutet, daß er auch anders kann. Ist es jetzt zu spät?

Muhammad Ali strafft sich, geht in Stellung, konzentriert sich und landet einen Treffer nach dem anderen. Frazier kann bald kaum noch aus den Augen kucken, so zugeschwollen sind sie. Er wühlt nur noch drauflos. Und dann hängt er Ali in den Armen wie ein nasser Sack. Das erinnert mich an den Schwimmkurs an der Ostsee. Nach einer Woche konnte ich immer noch nicht schwimmen. Einmal wäre ich fast ertrunken, und mein Vater mußte mich herausholen. So wie ich an ihm hing, hängt Frazier jetzt an Ali.

Es gibt nur wenige Sekunden, in denen Ali der alte ist. Dann trifft er den Gegner auf den Punkt. In der 14. Runde erwischt er Fraziers Kinn. Jeder andere wäre zusammengebrochen wie ein Haus unter der Abrißbirne. Aber nicht Joe Frazier; er setzt Schritt vor Schritt und hält beide Fäuste in Bewegung. Er marschiert und trommelt. Die härtesten Brocken steckt er ein, ohne mit der Wimper zu zucken.

Ali will oben zu bleiben, er will nicht umfallen, und er will am Ende noch gut aussehen. Er will den Leuten gefallen, besonders den Frauen. Dabei hat er sein Lebtag noch nicht so viel einstecken müssen wie heute.

Als der Gong zur 15. Runde schlägt, glaube ich, ich halte es nicht mehr aus. Jetzt muß Ali endlich den Treffer landen, sonst ist er verloren. Zu lange hat er Frazier punkten lassen.

»Der Mann ist doch fertig!« ruft der deutsche Sportreporter.

Man sieht, daß Ali am Ende ist. Sein Kinn ist geschwollen. Frazier hat mit seinen linken Haken immer auf denselben Punkt gezielt. Er hat Alis schwache Stelle erkannt.

Niemand ist unverwundbar. Immer gibt es Menschen, die die schwache Stelle erkennen.

Frazier schlägt zu. Seine Rechte trifft wieder die Stelle an Alis Kinn. Und Muhammad Ali fällt. Das Publikum im Madison Square Garden schreit auf. Ali liegt am Rand des Ringes auf dem Boden und starrt vor sich auf die helle Leinwand. Die Füße mit den weißen Schuhen zeigen nach oben ins Dunkel. Dann schaut er zu Frazier auf, der in seinen Unterhosen vor ihm herumhüpft.

Wenn man nach einem Niederschlag nicht sofort aufsteht, kann es sein, daß man für immer liegenbleibt. Nach so einem Schlag wäre jeder andere liegengeblieben. Jeder andere hätte gesagt: Ich will nie wieder aufstehen.

Aber Ali ist in drei Sekunden wieder auf den Beinen. Der Ringrichter kommt gar nicht dazu, ihn anzuzählen. Er bewegt Frazier in die neutrale Ecke, und als er sich umdreht, steht Ali schon da.

Ich kann aufatmen. Ich habe schon gedacht, der kommt nicht mehr auf die Beine. Aber Muhammad Ali wäre auch aufgestanden, wenn Frazier ihn totgeschlagen hätte.

Das Schlimmste, was ein Ringrichter machen kann, ist, einen Niedergeschlagenen zu fragen, ob er weiterkämpfen will. Wenn man fällt, sollte niemand einen fragen, ob alles okay ist. Am besten, der Boxer fragt es sich selbst auch nicht. Arthur Mercante ist ein guter Ringrichter. Er stellt keine Fragen, und er zieht keine Sorgenfalten auf.

Wieder auf den Beinen, kämpft Ali besser als in den vierzehn Runden zuvor. Frazier steht im Hagel. Er weiß nicht mehr, wie ihm geschieht. Aber er bleibt stehen.

Und da schlägt der Gong. Dieser Kampf ist zu Ende.

Die Richter brauchen lange. Mir ist schlecht. Wird der rechte Haken in der letzten Runde Frazier den Sieg einbringen?

Der Ringrichter und die Punktrichter geben ihre Urteile ab. Über Lautsprecher werden sie verlesen. Frazier hat acht Runden für sich entschieden und Ali sechs, eine ist unentschieden verlaufen. Die Punktrichter votieren 9 : 6 und 11 : 4 – für Joe Frazier. Während das Urteil gesprochen wird, steht Ali mit dem Rücken zur Mitte des Ringes. Er schlägt die Augen zu Boden. Dann tritt Mercante zwischen die beiden Krieger und reißt Fraziers rechten Arm hoch. An dem Gejohle hört man, daß die meisten Zuschauer im Madison Square Garden mit dem Urteil einverstanden sind. Sie haben es nicht anders erwartet.

Und was ist mit Ali? Auch ihm muß jetzt etwas Bitteres in die Augen schießen. Aber so einer weint nicht. Sie hängen Frazier den Kranz um.

Jetzt stürzen sich die Besitzer von Mikrophonen, Photoapparaten und Fernsehkameras auf die beiden Kämpfer.

»Man muß reden nach einer Niederlage. Ich habe immer nach Siegen geredet. Man muß reden.« Der Verlierer blickt in die Kamera. »Ich bin mit ihm durch fünfzehn Runden gegangen.« Er spricht zu sich selbst.

Der Saal leert sich. Die Zuschauer können zufrieden

sein. Wie bei jedem Kampf hingen die Fighter manchmal durch, aber die Spannung hat bis zum Schluß gehalten. Die Leute im Garden haben für ihr Geld ein Meisterstück zu sehen bekommen.

Die Nahaufnahme zeigt, daß Alis Gesicht nicht mehr ganz so rund ist, wie es einmal war. Wenn er später in der Garderobe sitzt, wird er sehen, daß er nicht mehr der Schönste im ganzen Land ist. Besonders sein Kinn hat es erwischt. Hoffentlich bringen sie ihn ins Krankenhaus.

»Schaut euch mein Gesicht an: kein Kratzer. Und jetzt schaut euch Fraziers Gesicht an ...«

Der Sieger verzieht die Miene und drückt sich einen Eisbeutel auf das linke Auge. Sie halten ihm das Mikrophon unter die kurze Nase.

»Ich habe immer gewußt, wer der Champion ist«, sagt er. »Er war einfach fertig. Seine größte Tat war, daß er trotzdem nicht k. o. ging.«

»Frazier war am Ende der Begegnung ganz großartig«, meint Ali. »Die Entscheidung der Richter war aber doch sehr hart.«

Allah hatte es nicht gewollt.

»Welches Gefühl hatten Sie bei der Niederlage?«

»Als ich die Entscheidung hörte, hatte ich gar kein Gefühl.« Allahs Priester läßt Kopf und Fäuste hängen. Dann sagt er: »Es ist ein gutes Gefühl, zu verlieren. Man muß sehen, wie das ist. In einer Woche ist es Schnee von gestern. Ich bin froh, daß ich nicht k. o. gegangen bin.«

Die Fernsehleute spekulieren schon: Wird es einen Rückkampf geben? Man weiß nie. »Wenn ich Frazier wäre«, sagt der deutsche Kommentator, »ich würde mich nach so einem Zahltag zurückziehen und meine zweieinhalb Millionen genießen.«

Frazier ist 27, niemand kann ihm seinen Titel absprechen, und er braucht niemandem mehr etwas zu beweisen. Oder doch?

»Ich habe ihn mit allem geschlagen, was ich hatte«, erzählt Ali. »Ich hab ihn einfach nicht zu Boden gekriegt.« Doch er weiß, daß ihm schwere Fehler unterlaufen sind. »Beim nächsten Mal wird nicht herumgekaspert!«

Will er noch einmal gegen Frazier in den Ring steigen? Wenn alles danebengeht, kann man immer noch die Konsequenzen ziehen.

Dreieinhalb Jahre Ringpause, das ist keine Kleinligkeit. Dreieinhalb Jahre sind eine lange Zeit, wenn man keinen Gegner hat, der einen in Form hält. Vor dreieinhalb Jahren hätte Ali Frazier ausgeknockt.

»Ich will jetzt hier nicht weinen.« Ali kuckt in die Kamera. »Ich hab viele Leute unglücklich gemacht, als ich sie besiegte.«

Joe Frazier bellt ins Mikrophon: »Ich hab's ja gleich gesagt, daß der Clay nicht so weit laufen kann, wie ich ihn jagen werde.«

Nennt er Ali mit Absicht bei seinem Sklavennamen?

»Clay hatte mir eigentlich versprochen«, mault Frazier, »wenn ich siege, vor mir durch den Ring zu kriechen und mir im Knien den Gürtel zu überreichen. Meinetwegen braucht er nicht zu kriechen. Aber ich hätte es doch als sehr nett empfunden, wenn er sich für seine bösen Worte entschuldigt hätte.«

Dann geht die Kamera noch einmal nah an den Geschlagenen heran. »Joe Frazier ist ein starker, sehr starker Meister«, bekennt Ali. »Das hat er im Kampf mit mir bewiesen. Kein anderer Boxer hätte meine Schläge einstecken können wie er. Trotzdem – das Urteil ist hart.«

Um sechs Uhr morgens bin ich ins Bett gegangen. In New York war Mitternacht. Die Leute, die sich aus dem Madison Square Garden nach Hause und auf die Parties drängten, stellten sich sicher alle die Frage: Wird es einen Rückkampf geben? Eine Revanche? Vielleicht noch dieses Jahr? Und auch die Familienväter aus den Hochhäusern gegenüber, die jetzt zur Frühschicht zogen, würden sich fragen: Und was jetzt? Kann sich Muhammad Ali den Titel des Weltmeisters je zurückholen?

Als ich im Bett lag, hörte ich meinen Vater. Er war morgens der erste. Ich konnte nicht schlafen. Die Fünf-Millionen-Dollar-Nacht war um. Mein Herz hämmerte mit der Wucht von Fraziers Schlägen.

Würde Ali jemals ein Comeback schaffen? *»They never come back«*, sagte man unter Boxern. Aber das galt nicht für alle. Für meinen Großvater hatte es nicht gegolten.

14

Seitdem ich die Nachricht von meinem Großvater erhalten hatte, glaubte ich fest daran, daß das Böse und der Tod mich nicht kriegen konnten. Wenn es möglich war, daß sich mein Großvater über das Grab hinaus mit mir in Verbindung setzte, dann brauchte ich keine Angst mehr zu haben. Dann war vieles möglich, wovon ich jetzt noch keine Ahnung hatte. Dann könnte er auch eines Tages selbst kommen; in d-moll aus seinem Grab auffahren und den Stall ausmisten. Dann würde er die gefalteten Hände vor seinem Grab mit seiner Hand aus Stein umklammern und sie zudrükken, daß die faulen Knechte in die Knie gingen.

Am Abend nach dem Kampf lag ich im Bett und starrte auf die Gewichtstabelle. Unten kuckten meine Eltern die Aufzeichnung im Fernsehen. Der Globus war eingeschaltet und überflutete mein Zimmer mit blauem Licht. Ich nahm den silbernen Taufbecher vom Nachttisch und drehte ihn hin und her. Den eingravierten Taufspruch kannte ich in- und auswendig. Er entstammte dem Brief des Paulus an die Philipper: »Alles vermag ich durch den, der mich stark macht.«

Von unten hörte ich das Geschrei. Die Zuschauer in New York bangten noch. Nicht einmal der Supreme

Court konnte Ali jetzt seinen Titel wiedergeben. Er mußte ihn sich selbst holen; und zwar wieder gegen Joe Frazier. Erst würde er ein paar kleine Fische erledigen, und dann noch einmal mit Frazier in den Ring steigen. Ich hatte keinen Zweifel: Er würde sich schon wieder nach oben boxen.

Unten schrien sie: »Ali! Ali! Ali!« Das war die siebente Runde.

Es kam nicht darauf an, ob man siegte, sondern nur darauf, wie man kämpfte. Das hatte ich in der letzten Nacht erfahren. Schon dafür hatte sich das Aufstehen gelohnt.

Unten brüllten sie: »Joe! Joe! Joe!« Das war die Achte.

Meine Eltern kuckten den Kampf, und mein Bruder saß daneben auf dem Boden und lenkte sein Polizeiauto durchs Wohnzimmer. Ich hörte es piepen.

»Warum darf der Claus-Wilhelm den Kampf sehen und ich nicht?«

»Der kuckt gar nicht hin. Und er ist noch viel zu klein, um das alles zu begreifen.«

»Darf ich dann den nächsten Kampf sehen?«

»Wenn du dich gebessert hast.«

Sich bessern! Immer sollte man sich bessern. Wie wäre es, wenn die Großen sich besserten? Unter Besserung verstanden sie, daß man so werden sollte wie sie. Dazu hatten sie die Schule erfunden, die Universität, die Presse und die Politiker, damit man von Stufe zu Stufe immer dümmer wurde, bis man bei ihnen angekommen war. Denn jedes Kind ist ein Genie verglichen mit den armen Teufeln, die sich Erwachsene nennen.

Heute morgen hatte meine Mutter wieder ihre Augenschlitze gemacht: »Du bist bleich wie 'n Stück Papier.«

Ich hatte seit dem Kampf nicht geschlafen.

»Na, war wohl nichts mit deinem Clay«, schmunzelte sie, als die Nachricht im Radio kam. »So wird's dir auch gehen im Leben!«

Muhammad Ali konnte sich noch nicht abfinden. »Nur weil ein paar Leute der Meinung sind, ich hätte verloren, heißt das noch nicht, daß ich tatsächlich geschlagen wurde.«

Vielleicht wußte er gar nicht, wie recht er hatte. Wenn einer einen Kampf verliert, bedeutet das noch nicht, daß er besiegt wurde.

Auch die Größten hatten Niederlagen einstecken müssen. Joe Louis unterlag Schmeling, Sugar Ray Robinson zog gegen Randolph Turpin den kürzeren. Niemand mußte sich dafür schämen, nach Punkten gegen einen Joe Frazier verloren zu haben. Was mir Angst einjagte, war allein, daß jeder große Mann eines Tages von einem Nobody geschlagen werden konnte.

Unten rollte das Deutsche Fernsehen noch einmal den Geräuschteppich aus. Ich kannte das Muster, alle Farben, jeden Punkt.

Beim Abendbrot hätte ich beinah gesagt: »Das Aufstehen hat sich gelohnt.«

Ich lächelte in mich hinein, als mein Vater befahl: »Mach, daß du fertig wirst, und dann ab ins Bett! Wir wollen in Ruhe fernsehen.«

Neuerdings trugen meine Eltern Jeanshosen und eine Art Freizeitkleidung; Steppjoppen und Seglertrikots mit Ringeln, Pullover, die man vom Tennisplatz kannte, und Leinenschuhe, die auf jede Yacht gepaßt hätten. Irgend etwas gefiel mir daran nicht. Meine Eltern sahen wie riesige ABC-Schützen aus. Sie glaubten, sie seien Sportsleute.

»Ich fühl mich einfach wohl darin!« kommentierte meine Mutter meinen Blick auf ihre Jeanshosen. Ich mochte keine haben, und sie sagte: »Du bist ein Bürger.«

»Ja, und mein Großvater war der Bürgermeister!«

»Jeans sind keine Kleidung, sondern eine Lebenseinstellung«, sagte mein Vater.

»Und die hast du.«

»Zu allem bildest du dir deine eigene Meinung«, bemängelte meine Mutter. »Dabei bist du nur ein Abklatsch deiner Eltern. Wer hat dir denn Deutsch beigebracht? Als du vom Dorf zu uns kamst, konntest du gar nicht richtig sprechen. Alles hast du uns zu verdanken! Und die Jeanshosen sind einfach bequem.«

Jetzt lief sie in ihren Jeanshosen in die Küche und ging an den Kühlschrank. Gläser klirrten, ein Korken ploppte. Sie stießen auf Frazier an.

»Auf den Endsieg!« hörte ich meine Mutter rufen. Auch sie hatte Humor.

Den ganzen Tag wunderte ich mich über mich selbst. Ich konnte nicht verstehen, warum ich so guter Laune war, nachdem sie mein Idol vom Thron gestoßen hatten. Beim Mittagessen erzählte ich vor lauter Übermut, daß ich gerade einen neuen Roman mit dem Titel *»Die Nacht der Wahrheit«* anfing. Mit Absicht gab ich der Polizei etwas, das sie gegen mich verwenden konnte.

»Ich hab damals in Berlin auch Geschichten geschrieben«, überraschte mich meine Mutter. »Vor allem Tagebuch. Als meine Mutter das in die Finger bekommen hat, war allerdings Schluß damit.«

An diesem Tag hatte ich lauter gute Ideen. Ich kramte in einer Mappe und fand meine alten Zeichnungen. In Claus-Wilhelms Alter hatte ich mit Buntstiften eine Sonne mit Augen und Mund gemalt, darunter ein Gesicht, dem Arme und Beine wuchsen. Ich drückte es meinem Bruder in die Hand. »Da, geh zur Mama und sag, du hättest es gemalt!«

Als meine Mutter das Bild sah, tätschelte sie Claus-Wilhelm die Backe. »Donnerwetter! Tadellos! – Da haben wir einen kleinen Künstler in der Familie!« Sie nahm ihn auf den Arm. »Da wird der Papa stolz auf dich sein. Wir suchen einen schönen Rahmen aus, und dann hängen wir das auf!«

Der Mensch freut sich, wenn eine Gleichung aufgeht oder ein Experiment funktioniert. Man braucht dazu kein Chemielabor.

Es war ein guter Tag gewesen, der Tag nach dem

Kampf. Am Abend las ich im Halbdunkel noch ein paar Seiten *»Krieg und Frieden«*, dann knipste ich den Globus aus. Im Halbschlaf sah ich zum Nachbarhaus hinüber. Alfred war jetzt in seinem Trainingslager für Superhirne. Und Marika saß bei ihrer Mutter in Graz auf dem Sofa. Wann würde ich sie wiedersehen?

Während mir die Augen schwer wurden, dachte ich noch an die Worte von Alis Trainer Angelo Dundee: »Die Spielereien sind nun vorbei. Das nächste Mal werden wir bereit sein.«

Da hatte ich einen Traum. Bei Nacht verließ ich das Dorf. Mit mir gingen Magdalene und Frau Blömeke und alle meine Freunde. Ich baute ein Floß, auf dem alle Platz hatten. Nur für mich selbst reichte es nicht mehr. Unten im Tal stieß ich das Floß über den Bach und sah, wie es auf der anderen Seite anlegte. Da griff mich ein Mann an, den ich in der Dunkelheit nicht erkennen konnte. Er hatte große Kräfte. Während wir miteinander rangen, wurde seine Kraft noch größer. Aber damit wuchs auch meine, und er konnte mich nicht überwinden. Zuerst hatten wir nur gerungen, aber als er sah, daß er mich nicht besiegen konnte, fing er an zu boxen und schlug mich in die linke Seite. Ich knickte ein und konnte mich nur noch schwer bewegen. Mein Gegner wollte entkommen. Doch meine Kraft reichte noch, ihn zu halten und zu würgen. Über dem Bach ging langsam die Sonne auf, doch sein Gesicht konnte ich noch immer nicht sehen. »Wie heißt du?« fragte ich ihn. Da gab er sich geschlagen. »Du hast gewonnen«, sagte er, aber er nannte seinen Namen nicht. Ich ließ ihn laufen, und er verschwand in der Dunkelheit, aus der er gekommen war.

Am Mittwoch war Christian wieder in der Schule. Ich glaubte ihm immer noch nicht, daß er in New York gewesen war. Ich setzte ihm mit Fragen zu. Da erzählte er:

»Unsere Karten waren nicht für den Madison Square Garden, sondern für die Music Hall in der Radio City. Da hatten sie eine große Leinwand aufgebaut, auf der man den Boxkampf sehen konnte. Mein Vater hat herumgebrüllt. Er sagte den Amis, daß er Anwalt ist und sein Geld wiederhaben will. Er wird denen den Prozeß machen. Zumindest das Geld für den Flug und das Hotel will er zurückhaben. Wir mußten anderthalb Stunden vor dem Kino Schlange stehen. Und dann waren die Plätze nicht numeriert. Die Amis konnten den Kampf gar nicht im Fernsehen sehen. Du mußtest ins Kino gehen, die Karte zu zwanzig Dollar. Wir haben gehört, daß in so einem Kino in Chicago der Projektor ausgefallen ist. Die Zuschauer haben alles kurz und klein geschlagen.«

Christian hatte sich in den drei Tagen einen amerikanischen Akzent zugelegt. Besonders das R sprach er aus wie Richard Nixon.

»Dafür bin ich in New York gewesen«, prahlte er. »War auch nicht schlecht. Vor unserem Hotel fand gleich am ersten Abend eine Schießerei statt. Fünf Bullen sind dabei verwundet worden, stand in der Zeitung. Naja, geschieht ihnen recht. Und einen echten Gangster, der die Kinokasse klauen wollte, haben sie auch erschossen. Es war super. Und am nächsten Tag sind wir dann doch noch in den Madison Square Garden reingekommen. Da durften wir die Ausscheidungskämpfe vom Golden Glove sehen. Ich kriege jetzt natürlich ein anderes Geschenk zum Geburtstag. Ich nehm so'n Peugeot-Rennrad, Zehngang, in Gelb.«

Als Beweis, daß er in Amerika gewesen war, zog Christian einen Dollar-Schein aus der Tasche. Alle Umstehenden schauten auf wie zu einer Monstranz. Er hielt mir den Schein unter die Nase:

»Willste mal dran riechen?«

Es roch nach Papier, weiter nichts.

»Nächstes Jahr fahr ich mit Daddy zur Olympiade nach München!« rief ich.

»Hauptsache, die findet statt!«

Wenn in München die Olympiade lief, würde ich in Berlin sitzen, eingezäunt, auf einer Insel mitten im russischen Winter. Aber auch das war mir egal.

»Du hast echt was verpaßt«, sagte mein Vater beim Mittagessen. »Dein Freund Clay hat ziemlich eins auf die Nase bekommen. Nachher konnte Mister Clay sich gar nicht mehr erinnern, daß er in der letzten Runde umgefallen ist. Also, der muß ganz schön einen Blackout gehabt haben.«

»Ich hab gehört, in ein paar Monaten ist er bereit zur Revanche. In Kalifornien …«

»Wer einmal seinen Titel verliert, der kommt nicht wieder.« Er war sicher. »Das hat es noch nie gegeben.«

»Das ist kein Beweis.«

»Und ob das einer ist! Wenn es etwas nie gegeben hat, dann wird es das auch nie geben. – Außerdem glaubt kein Mensch im Ernst, daß der Clay von dem Frazier noch einmal eins auf die Nuß kriegen will.«

»Ich glaub es schon.«

»Und wenn sie noch ein dutzendmal kämpfen: Frazier wird den immer wieder ins Nichts zurückstoßen!«

Meine gute Laune konnte ich mir immer noch nicht erklären. Es war ein ganz normaler Tag. Nur den Nachtisch war ich nicht gewohnt. »Du kannst jetzt dein Eis haben. Aber nur, wenn du anschließend drüben bei Blömekes Blumen gießt. Ich hab das der Frau versprochen, daß wir nichts vertrocknen lassen, wenn die in Graz sind. Aber mach das gewissenhaft und schnüffel ja nicht bei denen rum!«

»Na gut, du kannst mir den Schlüssel hinlegen.«

Nach dem Essen hüpfte ich mit dem Schlüssel in der Hand über die Straße auf das Grundstück unserer Nachbarn. Ich werkelte einige Zeit am Sicherheitsschloß herum und stand plötzlich in der Diele und im Duft der schönen Frau aus Österreich. Es war ein großer Schritt für mich, allein über die Schwelle von Blömekes Haus zu treten. Ich fühlte mich wie Neil Armstrong bei seinen ersten Fußstapfen auf dem Mond. Ich trat auf die alten Teppiche und schaute mir die Gemälde an, Stück für Stück. Es waren Schlösser, Landschaften, Leute aus vergangener Zeit, manche in bunten Uniformen. Im Wohnzimmer hingen Photos in Silberrahmen. Der Mann mit der Glatze und der dunklen Brille zwinkerte mir zu.

»Na, was macht der Herr Kronprinz?«

Ja, was machte er hier? Es quirlte mir aus dem Magen bis zum Hals. Ich goß die Blumen und sprühte sie ein, dann füllte ich die Gießkanne wieder auf und schleppte sie die Treppe hoch. Alfreds Fensterbank stand voller Kakteen. Ich setzte mich an seinen Schreibtisch und kuckte aus dem Fenster. Da war das Haus meiner Eltern. Ich sah es aus neuer Perspektive, etwas erhöht. Links war mein Zimmer, daneben Claus-Wilhelms und das Badezimmer. Ob Alfred auch so oft zum Haus gegenüber schaute wie ich? Ich glaubte es kaum. Er hatte seine Sternkarte und seine Flugzeuge, und er hatte Pu den Bären. Er war beschäftigt.

Im Schach hat er mich besiegt. Erst hatte ich Schwarz genommen, aber auch als ich Weiß spielte, setzte er mich matt. Ich ließ meinen Blick durch das Zimmer schweifen, blieb an dem KC-135 Stratotanker hängen und dachte, was es doch für einen Unterschied ausmachte, Kind in diesem oder in jenem Hause zu sein, auf der einen oder auf der anderen Seite der Straße zu wohnen. Zwischen Alfreds Elternhaus und meinem schien ein viel tieferer Graben zu klaffen als zwischen dem Prinzengarten und den Hochhäusern. Ich streichelte die gelbe Kitfox, den kleinen Doppeldecker aus der Stummfilmzeit. Daneben lag »*Winnie-the-Pooh*« von Alan Alexander Milne. Ich schlug das Buch auf und versuchte zu lesen, kuckte mir dann aber nur die Zeichnungen an. »Du Schuft!« entfuhr es mir. Da lag das Buch noch einmal: »*Winnie ille Pu*« und darunter ein Schmöker mit der Aufschrift »*Learning Latin Through Mythology*«. Mit Alfred war es wie mit meinem Vater. Ich dachte, er hat keine Ahnung. Und dann merke ich irgendwann, er ist mir in allem voraus.

Nebenan lag das Arbeitszimmer von Herrn Blömeke. Auf dem Schreibtisch stand sein Photo. Da mußte er jünger gewesen sein; das Bild zeigte ihn ohne Brille und mit ein paar Haaren auf dem Kopf. Auf der kleinen Farbaufnahme daneben sah man ihn mit seiner Frau in einem VW Käfer ohne Verdeck.

Dann lachte mich ein Photo von der Wand an; die junge Marika. Ich schätzte sie auf zwanzig. Neben ihr stand der Vater, besser gesagt, der Stiefvater; oder was er auch immer war – ein Österreicher mit Schnurrbart. Ich fand, daß sie ihm ähnelte. Sie hatte seine hohen Backenknochen geerbt und ein Lachen, das man nicht nachahmen konnte.

Da sah ich den Aktenschrank. Hinter einer Glasscheibe standen zwei Dutzend Ordner. *Rechnungen*, *Zeugnisse*, *Verträge*, *Urkunden*, usw.

Sollte ich? Ich konnte es nicht.

Ich goß weiter. Nun kam das Schlafzimmer dran. Als ich vor dem großen Bett stand, stach es mich in den Magen.

Ich stellte die Gießkanne ab. Jetzt war klar, daß ich nicht mehr widerstehen konnte. Ich ging ins Arbeitszimmer zurück, schob das Glas beiseite und nahm den Ordner mit den Urkunden heraus. Die Heiratsurkunde überschlug ich. Dann hatte ich Herrn Blömekes Geburtsurkunde in einer Klarsichthülle vor mir. Sie war schwer zu entziffern; in alten Buchstaben gedruckt und in Sütterlin geschrieben.

Deutsches Reich. – Erstes Kind. Standesamt Essen. No. 622. Gustav Otto Blömeke ist am 9. October 1907 in Essen geboren. Eltern: Vater: Friedrich Gustav Blömeke. Mutter: Bertha Mathilde Blömeke, geb. Eisenmenger. Essen, 28. Oct. 1907.

Auf Stempel und Unterschrift folgte noch die Bestätigung der Taufe. Als er in meinem Alter war, hatte Herr Blömeke also den Ersten Weltkrieg am Hals gehabt. Ob das noch schlimmer gewesen war?

Und dann zitterte ein weiteres Dokument in meiner Hand und beglaubigte mir, daß es kein Traum gewesen war.

Deutsches Reich. – Zweites Kind. Standesamt zu Graz. No. 428. Marika Elisabeth Johanna Antonia Rosentreter ist am 20. April 1941 in Graz, Ostmark, geboren. Eltern: Vater: Mutter: Helene Malwina Maria Rosentreter. Graz, 26. April 1941.

Dann, nach Stempel und Unterschrift:

Marika Elisabeth Johanna Antonia Rosentreter empfing das Sakrament der hl. Taufe am 6. April 1941 in der Pfarrkirche Maria Trost zu Graz. Graz, den 3. Mai 1941. H. Kainberger, Kpl.

Bei den Schularbeiten kuckte ich immer wieder zum Haus hinüber, auf die weiße Wand. Die Straße, die uns trennte, war der Fluß, und ich durchschwamm ihn. Marika stand am anderen Ufer, begrüßte mich mit einem Kuß, weil ich für sie durch die Strudel geschwommen war. Ich war nicht untergegangen, ich würde nie untergehen. Dann hüllte sie mich in ein großes Badetuch und rieb mich trocken.

Ich mußte meine Augen wieder ins Heft zwingen, in die Zeilen und Zahlenkolonnen, ich mußte weiterschreiben, wenn ich heute noch an den Roman wollte. Plötzlich raffte ich alle meine Schulsachen mit einer Hand zusammen und warf alles in den Ranzen. Ich wollte das ganze Zeug heute nicht mehr sehen. Ich wollte es überhaupt nicht mehr sehen; all den Mist für die Schule, der sowieso keinen Sinn hatte.

Ich zog das unlinierte Heft aus der Schublade und legte es vor mich auf den Schreibtisch: »*Die Nacht der Wahrheit*«. Ich schwor mir, nie wieder Schularbeiten zu machen.

Marika Rosentreter. Wie lange hatte sie so geheißen, bis der Österreicher mit den hohen Backenknochen gekommen war und ihr seinen Namen gegeben hatte, den zweiten Familiennamen von dreien? Und wie hatte dieser Name gelautet? Wie hieß sie als junges Mädchen, wie war sie in der Schule gerufen worden, in der Tanzstunde? Der Name ihres Stiefvaters war der einzige ihrer Namen, den ich noch nicht kannte. Würde sie ihn mir eines Tages verraten?

Als ich sie zuletzt gesehen hatte, ging sie noch in Schwarz. Aber irgendwann würden kleine Mädchen wieder Rosenblätter streuen, auf die sie treten konnte. Ein Jahr trug man Trauer, dann konnte man wieder heiraten.

Ich würde ihr einen Brief schreiben, zu ihrem dreißigsten Geburtstag. Das war das erste, was ich in Berlin tun wollte. Das war ein Anfang.

»Jetzt hat Clay eingesehen«, sagte Max Schmeling am Mittwoch abend im Fernsehen, »daß er nicht mehr der liebe Gott ist.« Schmeling mußte es wissen. Er war selbst unsterblich. Und so prophezeite er: »Auch wenn beide noch einmal gegeneinander im Ring stehen, wird Frazier gewinnen.«

Wir saßen zu viert vor dem Fernseher. Es gab Bilder von Montag nacht. Die Sendung lief im zweiten Programm und hieß *»Die Legende ist tot«*.

Joe Frazier saß in seiner Garderobe und betrachtete sich im Spiegel: »Kann mir niemand helfen? Das tut weh!« Doch er vergoß keine Träne.

Jemand schaufelte Eis ins Waschbecken, und Joe steckte den Kopf hinein. Er zog ihn gar nicht mehr heraus. Er lag da, bis seine Leute glaubten, er sei er trunken.

»Geh rüber zu Ali und sag ihm, er soll endlich hier durch das Zimmer kriechen! Er hat's versprochen.«

Ali mußten sie anziehen wie einen Betrunkenen. Dann fuhren sie ihn in die nächste Klinik zum Röntgen. Sie fürchteten um seinen Schädel, aber es war nichts gebrochen. Noch bevor die Ärzte die Aufnahmen näher betrachten konnten, hatte sie jemand mitgehen lassen.

Dann sah man Ali, wie er aus seinem Hotel in der Eighth Avenue kam und sich durch die Menge zu seinem Straßenkreuzer quälte.

»Wohin gehst du jetzt?« fragte einer.

»Nach Hause, Mann. Ich habe diese Stadt satt«, knurrte er.

Schaulustige verbeugten sich vor ihm und lachten. »Na, bist du immer noch der King?«

Er sah trotz allem besser aus als Frazier. Der neue Weltmeister wollte sich gar nicht photographieren lassen. Er hatte allen Grund dazu.

Joe Frazier plante, mit seiner Band, den *»Knockouts«*, nach Europa zu fahren und zu singen. Doch vorher würde er als nützliches Mitglied der Gesellschaft durch die Staaten reisen und überall am Tisch des weißen Mannes sitzen.

»Ein Kämpfer zu sein, hat mir ein gutes Leben eingebracht«, sagte der alte und neue Champion. »Aber das ist nicht alles. Ich habe es geliebt, zu kämpfen.

Das gab mir die Möglichkeit, mich zu beweisen, aufzustehen und zu sagen: Ich bin der Beste. Auf mich kommt es an.«

Meine Mutter reichte eine Schachtel Konfekt.

»Ein guter Typ für einen Neger, der Frazier ...«

Mein Vater, den Mund voll Konfekt, stimmte zu: »Der klotzt ran. Merkt man, daß er nicht diese Lücke im Lebenslauf hat, dreieinhalb Jahre ...«

Ich stellte mir Frau Blömeke vor, wie sie gestand: »Ich habe eine Lücke im Lebenslauf, und zwar ganz am Anfang ...«

»Das war völlig klar, daß dieser Cassius Clay nicht verlieren kann.« Meine Mutter räkelte sich im Sessel. »Der ist wie der Oliver: Ein Hund, den man tritt, der jault.«

Ich ließ mich gern mit Muhammad Ali vergleichen. Aber bei wem sollte ich mich beklagen? Ich hatte keinen Pferdekopf am Kamin hängen, bei dem ich mich ausweinen konnte. Hin und wieder erzählte ich der Großmutter etwas. Ob sie geredet hatte?

Ich schluckte alles herunter, wahrscheinlich hatte ich deshalb so viel Wut im Bauch. Sogar die Astronauten von Apollo 13 hatten offene Ohren gefunden, als sie einsam und verlassen durchs All trieben.

»Houston, we've a problem here.«

Fünf Jahre lang hatte ich alles geschluckt und mich nur hin und wieder zu verteidigen versucht, wie ein Gentleman sich verteidigt. Und jetzt bezeichneten sie mich als einen Hund, der jaulte, wenn man ihn trat.

Ich jaulte nicht, ich boxte. Und ich schrieb. Ich schleppte die Schreibmaschine aus dem Zimmer meines Vaters in meines herüber. Meine Hände kreisten über den Tasten. Es dauerte alles dreimal so lange. Aber am Ende standen die Sätze da wie gedruckt. Ich schrieb den Anfang von *»Die Nacht der Wahrheit«* aus dem blauen Heft ab. Dabei zäumte ich jeden Satz noch einmal neu auf. Das war die einzige Art von *Abschreiben*, die Spaß machte. Ich ließ große Abstände zwischen den Sätzen. Jeder Satz sollte klar und sauber dastehen. Ich brauchte Zeit, die Tasten klackten nur ab und zu. Aber eines Tages würde ich mit der Schreibmaschine so schnell sein wie Clint Eastwood mit seiner 44er Magnum. Es war ein Unterschied, ob man als Amateur oder als Profi kämpfte.

Das mit dem Hilferuf aus dem All war gar nicht schlecht. Ich wollte es in *»Die Nacht der Wahrheit«* einbauen. Ich wußte nur noch nicht, wo. Doch wenn ich weiter tippte, würde der richtige Moment schon kommen. Wie wäre es, wenn ich auch den General, der sich bis jetzt noch nicht gemeldet hatte, in den Roman aufnahm? Vielleicht war der alte Soldat gar nicht so dumm. Der Beweis dafür, daß es im All intelligente Wesen gab, schien mir darin zu liegen, daß sie gar nicht erst versuchten, Kontakt mit uns aufzunehmen.

Mein Großvater Alphons war die einzige Ausnahme; und ich war gespannt, wie lange er dem ganzen Mist hier unten noch tatenlos zusah.

»Die Oma will, daß wir am Sonntag ins Hochamt mitgehen«, verkündete meine Mutter. »Es ist ja das letzte Mal.«

»Und wann kommen wir mal wieder her?«

»Deine Mutter hat es dir schon mal gesagt: Du stellst zu viele Fragen. Aber ich kann dich beruhigen: Du wirst das Dorf schneller wiedersehen, als du glaubst!«

»In Berlin kannst du erleben, wie es früher war. Es war nicht alles schlecht. Es hatte auch seine guten Seiten …«

Wenn ich schon nicht im Dorf sein konnte, wollte ich lieber gleich nach Amerika. Da war man frei. Man konnte einkaufen gehen, wann man Lust dazu hatte, und man mußte sich nicht bei der Polizei registrieren lassen wie eine Dirne. Die Polizei in Deutschland wollte immer wissen, wo man wohnte, damit sie einen jederzeit abholen konnte.

»Deiner kleinen Kirsten mußt du adieu sagen. Aber – *Nur nicht aus Liebe weinen*! Du wirst sehen, die Mädchen in Berlin sind gar nicht übel. Wo wir da wohnen, im Grunewald, das sind alles Akademikerkinder.«

Es gibt Sachen, bei denen erkennt man erst viel später, was es gewesen ist. So glauben Eltern, sie könnten einfach drauflosreden, Kinder verstünden sowieso nichts. Doch ein Kind merkt sich alles. Was die Alten tun und sagen, gräbt sich ins Gehirn ein wie in eine Silberplatte. Und viele Jahre später, wenn der Mensch versteht, liest er mit Entsetzen die Schmach, die er nicht mehr wegschieben kann.

Im Grunewald trugen die Mädchen sicher goldene Zahnspangen und ritten auf dem Pferd zur Schule. Die Jungs stellte ich mir wie Christian und Thomas vor, doch mit gestochener Aussprache. Sie fuhren alle in Porsche-Gokarts herum.

Amerika oder Graz wäre mir lieber gewesen als der Grunewald. Aber ich hatte das Gefühl, daß ich nicht lange in Berlin bleiben würde. Vielleicht war die Herzklinik doch keine Goldgrube, sondern eine Senkgrube, in der alles verschwand, was man hineinwarf. Man hat so seine Vorahnungen. Was ich allerdings nie geahnt hätte, war, daß meiner Mutter ausgerechnet die Liebe zum Verhängnis werden sollte, wenn auch nur die Liebe zu langen Schals.

Sie nahm Claus-Wilhelm auf den Schoß. »Na, mein kleiner Schatz? Freust du dich schon?«

Claus-Wilhelm reagierte nicht.

»Warum mache ich es nicht wie er?« fragte ich mich. »Einfach nicht mit denen reden. Mein Bruder ist viel klüger als ich.«

Aber ich wollte lieber streiten als gar nicht reden.

»Du kannst doch am Sonntag mit Claus-Wilhelm Mensch-ärger-dich-nicht spielen, wenn wir in der Kirche sind«, schlug ich meiner Mutter vor. »Wenn man evangelisch ist, braucht man sowieso nicht in die Messe zu gehen.«

»Ich bin katholisch!« rief sie.

»Und warum sagst du dann immer: Wir Protestanten machen dies, wenn man evangelisch ist, macht man jenes, bei euch Katholen sind sie alle bekloppt, und so'n Zeug?«

»Vor zehn Jahren bin ich in euern Verein eingetreten. Hat mir aber nichts gebracht. Alles Lüge, Wunderheilen und so ...«

»Lassen wir das!« Mein Vater griff noch einmal in die Schachtel mit dem Konfekt.

»Nein!« Meine Mutter war in Fahrt. »Der soll die Geschichte ruhig hören. Das schadet dem gar nichts!«

Im Hintergrund lief der Fernseher. Mein Bruder krabbelte seinem Polizeiauto hinterher.

»Ich war ein junges Ding aus gutem Hause, noch keine zwanzig, das Abi in der Tasche, und studierte Medizin. Das war mein Traum: Ärztin zu werden! Ich war nicht so eine von diesen aufgetakelten Zicken, die im Hörsaal posieren und sagen: *Wer nach dem dritten Semester noch keinen Doktor hat, der muß ihn selber machen!* Ich stand morgens um acht im Labor, und schüttelte mein Reagenzgläschen, da kannst du Gift drauf nehmen! Aber ich hatte schon im ersten Semester meinen Doktor. Und der ist inzwischen Professor. Dafür habe ich meinen eigenen Doktor weder im dritten noch in irgendeinem anderen Semester gemacht!«

Ich achtete auf jedes Wort, das sie sagte. Seit meine Mutter eine wahre Geschichte erzählt hatte, sah ich sie mit anderen Augen. Die Sache mit Frau Blömekes

Vater, dem ungarischen Partisanen, schien sich tatsächlich abgespielt zu haben. Ich hatte die Dokumente geprüft. Die Lücke in Marikas Geburtsurkunde, das freie Feld in ihrem Leben, ich hatte es klaffen gesehen.

Früher konnte man sicher sein, daß die Sonne schien, wenn die Wettervorhersage mit Regen drohte, und daß es regnen würde, wenn sie im Radio Sonne ansagten. Aber seitdem es Satelliten gab, wußte man einfach nicht mehr, was man glauben sollte. Genauso ging es mir mit meiner Mutter, nachdem sie einmal die Wahrheit gesagt hatte; selbst wenn es, dank ihrer großen Phantasie, nur die Halbwahrheit sein mochte. Und gerade diese Geschichte hatte ich abgetan, als ich sie durch die Schlafzimmertür meiner Eltern hörte. Die wahren Geschichten sind oft die, die man nicht glauben will.

Und nun behauptete sie, katholisch zu sein. Mein Vater saß daneben und sagte nichts.

»Ich hatte also meinen Doktor.« Meine Mutter war nicht mehr zu stoppen. »Motorrad, guter Anzug, roch nach Geld. Aber der war so einer, wo eine Frau schon schwanger wird, wenn der die Hosen übers Bett legt. Pille gab es keine. Einmal mit dem ausgegangen, und schon war was unterwegs. Dabei wollte ich das gar nicht. Ich bin herumgerannt, von Pontius zu Pilatus. Alles für die Katz. Was sollte ich machen? Man konnte sich das nicht wegmachen lassen damals, das war illegal. Und nach Holland zu fahren, hatte ich kein Geld. Und wie sollte ich's meiner Mutter erklären? Die würde mir den Kopf abreißen! Ich bin durch die Stadt gelaufen und habe nur noch geweint. Ich wußte gar nicht mehr, wo ich bin, ich kannte die Gegend gar nicht. War keine besonders gute Gegend. Da komme ich an einer Kirche vorbei. Ich da rein, wo sollte ich hin? Drinnen knien ein paar alte Frauen vor einer Madonna. Zufällig war es eine der wenigen katholischen Kirchen in Berlin. Alles so schön im Kerzenschein, ich da mitgebetet und gehofft, die kann helfen. Ich hab immer nur gebetet: *Heilige Mutter Gottes, mach, daß es nicht wahr ist!* Aber hätte ich mir ja gleich denken können, daß das nicht funktioniert. Wir Protestanten sind nüchterne, sachliche Leute und keine solche Wundergläubigen. Aber ich war jung und wußte nicht mehr, was ich tun sollte. Wenn ich katholisch werde, haben die vielleicht ein Einsehen, dachte ich, blöd, wie ich war. Dabei steht Mitleid und Gnade bei denen nur im Gebetbuch. Ich mußte auch noch Unterricht nehmen, Katechismus und so. Dann durfte ich zum zweiten Mal zur Taufe gehen. Reformierte Taufe war denen nicht gut genug. Am liebsten hätten sie mir noch 'nen neuen Namen verpaßt. Und die Zeit drängte. Was hab ich gebetet, Rosenkranz und alles, bin ständig in die Messe gerannt. – Alles umsonst!«

Während des Lamentos war mein Vater erstarrt. Jetzt regte er sich wieder und lutschte sein Konfekt.

»Ich muß jetzt mit deiner Mutter allein reden«, sagte er. »Komm, schwirr ab! Mach den kleinen Häwelmann, der mit seinem Bett in den Himmel fährt!«

»Und der Claus-Wilhelm?«

»Der kann hierbleiben. Der versteht das sowieso noch nicht.«

Ich war froh, daß ich hinaus konnte. Niemand atmet gern dicke Luft.

Ich hatte schon die Türklinke in der Hand, da drehte ich mich noch einmal um:

»Und was ist mit dem Kind passiert?«

»Was mit dem Kind passiert ist?« Meine Mutter kniff die Augen zusammen.

»Kuck mal in den Spiegel!«

15

Es muß ein scheußliches Gefühl für einen Arzt sein, wenn er einem Patienten noch etwas gibt, und dann ist doch nichts mehr zu machen. Dieses Gefühl der Vergeblichkeit – was man auch tut, es ist umsonst – ich kannte es. Muhammad Ali hatte es kennengelernt. Und ich nahm an, daß auch mein Vater es kannte.

In den letzten drei Tagen, seit dem gemeinsamen Fernsehabend, hatten meine Eltern nicht mehr miteinander geredet, und wenn sie geredet hatten, dann hatten sie geschrien.

Wenn meine Mutter mich sah, lief sie rot an: »Immer kriegen dein Vater und ich Streit, wenn du dabei bist!«

Hatte sie ihn vor anderen sonst *mein Mann* genannt, war er jetzt im offiziellen telephonischen Sprachgebrauch nur noch *der Vater von Oliver.*

»Der Sohn erzeugt den Vater«, dachte ich. »Meine Story ist noch besser als die von Frau Blömeke.«

Das Bild pochte wieder in meinem Kopf. Ich sah einen Arzt lachen, als er seinem Nachbarn die Spritze gab. Da ist nichts mehr zu machen, mein Lieber, sagte er und steckte dem Patienten die letzte Zigarette an. Um Ihre Frau werde ich mich schon kümmern. Dann nahm er die Frau an der Hand und ging mit ihr durch die Straße zum Friedhof. Sie standen vor dem Grab des Nachbarn. Das Herz hat ihn unter die Erde gebracht, sagte der Arzt und lachte die Frau an. An der Friedhofsmauer standen kleine Kreuze. Das waren Gräber für Kinder.

Ich wollte das Bild nicht mehr sehen. Nur wenn ich mit meinen zwei Fingern in die Schreibmaschine stach und sah, wie *»Die Nacht der Wahrheit«* entstand, löste es sich langsam auf. Ich haute auf die Maschine ein. Ich würde mich nicht in die Seile drängen lassen wie Muhammad Ali.

Die Dialoge, die ich mir mit meiner Mutter lieferte, konnte ich gleich übernehmen.

»Wir stecken dich ins Internat!«

»Macht doch, dann seid ihr mich los!«

»Du bist aggressiv und rücksichtslos!«

»Von wem hab ich das nur geerbt?«

Als ich am Sonntag in gebügelten Hosen und Samtjacke zu ihr ging, saß sie gerade unter der dröhnenden Frisierhaube und blätterte in der *»Brigitte«*. Sie maß mich von oben bis unten: »Der kleine Casanova, was? Du denkst doch nur daran, wie du den Röcken nachsteigen kannst. Frau Blömeke, Kirsten, Magdalene … Du merkst gar nicht, was für ein erbärmliches Bild du dabei abgibst!«

Sie sah immer gut aus, wenn sie unter der Frisierhaube hervorkam. Einmal holte sie mich von der Schule zum Einkaufen ab. Als sie mit den Müttern meiner Mitschüler auf dem Schulhof stand, dachte ich, die anderen würden von ihren Omas abgeholt.

War sie vor allem deshalb sauer auf mich, weil sie meinetwegen katholisch geworden war? Fluchte sie deshalb so oft: »*Es ist zum katholisch werden*«?

Und es hatte noch nicht einmal geholfen.

Ich wollte sie trösten: »Bei der Hochzeit hättest du sowieso katholisch werden müssen.«

»Hochzeit? Glaubst du etwa, ich wollte *den* heiraten?«

Sie tat mir leid, wenn ich sie durch Berlin gehen sah, mit Tränen besprengt. Erst war sie von Pontius zu Pilatus gelaufen und dann zur Heiligen Maria. Das war ein ziemlicher Umweg. Es war immer gut, wenn eine Kirche da war, in die man gehen konnte. Mit ihrem Anliegen war sie bei der Mutter Gottes freilich an der falschen Adresse. Aber woher sollte sie als Evangelische das wissen?

Am letzten Sonntag im Dorf hielt der Priester eine Predigt, die sich gewaschen hatte. Schon bei der Lesung ahnte ich, was er im Schilde führte. Neuerdings las einer aus der Gemeinde das Wort vor der Predigt. Eine alte Frau schlich zum Pult vor dem Altar und suchte mit dem Finger in der dicken Bibel die Stelle:

»Wie bist du vom Himmel gefallen, du schöner Morgenstern! Wie wurdest du zu Boden geschlagen, der du alle Völker niederschlugest!«

Man spürte, daß die Leute gespannt waren, was es mit diesem Morgenstern auf sich hatte.

»Ich bin kein Freund der Kämpfe«, begann der Priester und blickte in die Reihen. »Ich werde nie einer sein. Ich sehe nicht, was da der Punkt ist. Und was wir letzte Woche mit ansehen mußten, war nichts als ein primitiver Kampf vor einer rasenden Menge. Diese Prügelei entbehrt der menschlichen Würde und des gegenseitigen Respekts. Das Ganze ist nichts als ein blutiges Amüsement, das in seiner Zügellosigkeit und Bedeutungslosigkeit, in seinem falschen Glanz an den Niedergang vergangener Zivilisationen erinnert. Eine Veranstaltung wie diese entmenschlicht den Staat und die Gesellschaft. Und das Fernsehen hat das Ganze nicht nur gefördert, sondern geradezu glorifiziert.«

Er konnte reden, unser Priester. Die Worte flossen ihm aus dem Mund. Meistens war ich seiner Meinung. Eines aber hatte er vergessen: Muhammad Ali war ein Kollege von ihm.

»Die zentrale Frage, liebe Brüder und Schwestern, ist doch die: Entspricht das gigantische Ansehen, in das das Fernsehen die beiden Boxer katapultiert hat, ihrer tatsächlichen Bedeutung?«

Er machte eine kleine Pause.

»Gold kann man nur aus Gold herstellen!«

Mit der letzten Bemerkung hatte er allerdings recht. Ich wußte das schon lange. Ich hatte es nur nicht ausdrücken können.

Die Orgel setzte ein. Als mein Blick auf den Heiland über dem Altar fiel, klang mir ein Satz in den Ohren nach, den meine Mutter am Morgen zu mir gesagt hatte: »Heute wärst du gar nicht geboren worden.«

Als ich nach dem Mittagessen meinen Milchkaffee ausgetrunken hatte, trommelte ich mit den Hacken gegen die Leiste der Couch. Mein Vater tat mit der Zigarre eine Handbewegung:

»Gut, Junge, dann geh mal spielen. Aber bleib im Dorf, hörst du?« Meine Mutter stellte die Tasse hin. »Und latsch nicht wieder auf den Bauernhof. Es ist der letzte Sonntag. Geh meinetwegen auf den Friedhof!«

Meine Großmutter lächelte. Sie wußte, daß ich wieder zu Kampehoffs gehen würde, denn wo sollte ich sonst hingehen.

»Komm zurück, bevor es dunkel wird«, sagte sie.

Das Dorf war wie ausgestorben. Die Leute saßen beim Mittagessen. Der Marktplatz sah aus, als müßte mir von der anderen Seite gleich einer entgegenkommen, ganz wie in *»Zwölf Uhr mittags«*.

In der Kneipe saßen ein paar Männer, die nach der Kirche nicht den Weg nach Hause gefunden hatten. Sie erhoben das Glas auch auf ihren alten Bürgermeister. Er hatte ihnen allen zu essen und zu trinken gegeben.

Ich drückte mich eine Weile vor der Tür der Kneipe herum und überlegte, wo ich jetzt noch hingehen sollte, obwohl es doch schon klar war. Auf den Friedhof traute ich mich nicht allein. Dahinter begann eine fremde Welt, eine Welt, die nicht mehr zum Dorf gehörte. Die Felder, die hinter dem Friedhof anfingen, waren für mich ein leeres Stück Papier. Irgendwo dort begann Köppelsbleek.

Aber es gab einen Ort, der auf mich wartete. Ich ging durch das Wäldchen die Wiese hinab. Auf der anderen Seite muhten die Kühe, und oben auf dem Hof hörte ich Rupert, Max und Magdalene schreien.

Plötzlich stand ich unten am Bach. Jetzt mußte ich auf meine Schuhe aufpassen. Man konnte nicht sehen, wo Morast unter dem Gras war. Wie oft war ich sonntags in der nassen Wiese gesunken. Ich nahm Anlauf, sprang, stand trocken und stieg auf. Der Berg war steil. Ich drückte mein Gewicht fest durch die Knie und achtete auf Kuhfladen. Die Kühe, die weiter oben grasten, kamen manchmal bis zum Bach herunter und tranken. Als ich klein war, hatte ich Angst vor ihnen gehabt, wenn sie mit ihrem Gewicht so leicht am Berg liefen. Aber auch diese Angst war vergangen. Ich kannte sie alle mit Namen, Fani, Elsa, Rosa, Hella, Herta, Doris, Samba, Doro, Heike, Bleß, Heidi, Vicki und Erika. Kühe trugen damals noch nicht diese Nuttennamen; Kalinka, Barbie oder Karibik, wie man sie heute nennt, wenn sie nicht überhaupt nur noch Nummern sind. Mir waren Kampehoffs Kühe recht, wenn ich sonntags zwischen ihnen ging. Sie malmten Gras und Klee und sahen mich an wie einen, der zum Hof gehörte. Mir gefielen die riesigen schwarz-weißen Tiere mit den dicken rosa Eutern.

Die Zitzen berührten das Gras. Ich hätte gern eine Kuh gehabt.

Der Garten in Köppelsbleek war groß genug. Es gab aber nicht genug Gras zu fressen. Mein Vater mähte das Gras immer ganz herunter. Erst schnarrte ein mechanischer Drescher, später kaufte er einen heulenden Propellermäher.

»Das muß dastehen wie gebürstete Stoppeln!«

Ich ging hinter ihm her und harkte zusammen. Das frisch geschnittene Gras roch gut, und ich strengte mich an, akkurat zu harken, aber ich hätte lieber eine Wiese wachsen lassen. Bei Kampehoffs mähten die Kühe. Sie hatten Zungen wie Reibeisen. Gras, Klee, Löwenzahn und jede Menge Unkraut blieben daran hängen. Man hörte, wenn sie mit der Zunge eine Handvoll ausrissen.

Ich konnte schon die Tür des Bauernhauses sehen, die immer offenstand. Es klirrte und klapperte, Frau Kampehoff räumte mit der Magd das Geschirr vom Mittagessen weg. Ich nickte den Kühen zu wie alten Freunden. Sie standen vollzählig da. Die Bauern hielten ihre Tiere zusammen. Erst später fingen die Staatsbeamten an, ihnen für das Abschlachten ihrer Kühe den Herodeslohn zu zahlen.

Auf dem Bauernhof standen alle Türen offen. Auch die Stalltür war auf und ließ das Dunkel sehen. Die Tür zum Wohnhaus war weit geöffnet, als wollten die Bewohner mich begrüßen. Harras, der Schäferhund, kam auf mich zu, rieb seinen Kopf an meinem Bein und jaulte zur Begrüßung. Ich kraulte ihm die Ohren: »Wo sind denn die anderen, du Lump?«

Er jaulte.

Ich stellte mich mitten auf den Hof und rief: »Hallo! Wo seid ihr? Ma-ax! Rupert! – Magdalene? – Hallo? Herr Kampehoff?« Aber ich hörte nur die Schweine quieken. Ich trat in den Stall und sah die bleiche Haut im dunklen Koben. Wieder rief ich nach meinen Freunden, aber das Höllengeschrei der Sauen war die einzige Antwort.

Ich stellte mich vor die Tür des Wohnhauses.

»Frau Kampehoff?«

Von drinnen war kein Mucks zu hören. Eine Katze kam heraus, ohne Laut. Käfer krabbelten auf den Stufen herum.

»Ohne Käfer wäre die ganze Welt anders«, hatte meine Großmutter gesagt, als wir einmal im Garten waren. »Sie wäre viel schmutziger und nicht so schön.«

Ich betrat das Haus und ging in die Küche. Das Geschirr war abgespült und weggeräumt. Trotzdem sah es so aus, als wäre vor fünf Minuten noch jemand hier gewesen. Ich ging durch das Haus und rief und schaute in alle Zimmer, aber von den Bauersleuten war nichts zu sehen. Ich schlich um den Hof, sah hinter die Bäume, hinter jeden Strauch. Ich kletterte am Berg entlang zur Rückseite des Wohnhauses. Zwei Fenster standen offen. Wieder rief ich. Alles blieb still.

Wo waren sie nur? Sie waren noch nie weg gewesen,

wenn ich sonntags kam, und heute war mein letzter Besuch.

Als sich die Sonne neigte, verabschiedete ich mich von Harras und preßte dabei die Tränen zurück. Alles schien mir zu entschwinden, die ganze Welt, in der ich gelebt hatte. Dabei war ich noch gar nicht in Berlin. Wenigstens Magdalene hätte ich noch sehen wollen mit ihren Zöpfen. Ich brauchte eine Freundin. Am liebsten eine Österreicherin. Aber wenn das nicht ging, wäre ich mit Magdalene zufrieden gewesen.

Der roten Sonne entgegen ging ich den Berg hinab. Es lag wieder ein merkwürdiger Geruch über dem Gras, wie am Sonntag nach meinem Geburtstag. Die Kühe hatten sich in unten beim Haus versammelt, als suchten sie Schutz.

Ich sah ihn, als ich etwa in der Mitte des Hanges war. Ich erkannte ihn sofort. Und wieder zuckte mir zuerst dieser Gedanke durch den Kopf: Der gehört nicht dazu. Aus dem eckigen Gesicht sprang das Kinn vor. Blonde Haare klebten am Kopf. Die Sonne beleuchtete sie rötlich. Obwohl er etwa so alt sein mußte wie ich, trug er Kleider, wie sie schon mein Großvater nicht mehr angezogen hätte. Das Herz schlug mir in den Ohren.

Ich wollte stehenbleiben, aber der Berg zog mich herunter. Ich wollte ihm ausweichen, aber ich lief ihm gerade in die Arme. Er vertrat mir den Weg. Er kaute Kaugummi. Als ich nur noch drei Meter von ihm entfernt war, nahm er die Fäuste hoch.

»Ach, so ist das, Freundchen«, dachte ich. »Hätte ich mir denken können! Daß du nicht Gutes im Schilde führst, das riecht man im ganzen Tal.«

Es zieht mich den Berg hinunter, direkt auf ihn zu. »Ich gehe hier durch«, denke ich. »Du wirst da keine Mauer bauen.« Meine Fäuste werden schwer, sie laden sich auf. Ich weiß nicht, wo es herkommt. Ich weiß nur, daß ich jetzt stärker und schneller werde.

Der Junge geht in Grundstellung, linken Fuß und linke Faust vor. »Komme ich endlich dazu, ein Hühnchen mit dir zu rupfen!« flüstere ich. Am liebsten würde ich laut lachen. Ich muß nicht länger warten. Endlich kann ich kämpfen. Er tritt ein Stück den Berg hinauf, und ich wundere mich, was für große Schritte er machen kann. Er tastet mit der Linken, schlägt die Rechte nach, versucht ein paar Haken links und rechts. Als er mit einer linken Geraden nach meinem Kinn zielt, drehe ich den Kopf weg, wie ich es bei Ali gesehen habe. Seine Faust fliegt an meinem Kopf vorbei, daß ich die Luft spüre. Ich verpasse ihm einen Kinnhaken, an den er noch lange denken wird. Ich will den Kampf so schnell wie möglich beenden, so schnell wie möglich eine Entscheidung erzwingen. Er taumelt ein Stück zurück, fällt aber nicht den Berg hinunter, wie ich es erwartet habe. Mit einem Satz ist er wieder zur Stelle und schlägt einen linken Kopfhaken, den ich gerade noch abwehren kann. Einmal trifft er mich auf die Brust, daß ich glaube, keine Luft zu bekommen. Aber meine Arme bewegen sich weiter, auch ohne Luft.

Die ganze Zeit hat er denselben Ausdruck im Gesicht. Ich sehe ihn nah vor mir. Seine Augen sind blau. Er hat keinen Mundschutz zwischen den Zähnen und kaut weiter sein Kaugummi. Seine Schläfen bewegen sich auf und ab. Da spüre ich, wie ein rechter Haken sich aus meiner Schulter löst und seine rechte Schläfe trifft. Er prallt ein Stück zurück, und ich setze mit eine Reihe von Kombinationen nach. Meine Fäuste klatschen ihm ins Gesicht. Aber ich spüre keinen Schmerz in den Händen, obwohl ein Schädel härter ist als Handknochen. Es ist gut, wenn man viel trainiert, damit die Bewegungen in Fleisch und Blut übergehen. Der Körper muß von selbst wissen, was er zu tun hat. Im Kampf hat man keine Zeit zu denken.

Wir sind beide außer Atmen und stehen uns wieder in Grundstellung gegenüber.

»Steh nicht da wie ein Hase mit angezogenen Pfoten!« hat mein Vater gesagt, als er mir noch Unterricht gab. »Besser, du bietest dem Gegner die Handrücken und drehst dann die Gerade nach vorne heraus. Stell dir vor, du schraubst ihm die Faust in den Schädel!«

Dasselbe muß mein Gegner denken. Seine Linke kommt auf mich zu. Ich ducke mich im letzten Moment. Er ist verblüfft, daß er mich verfehlt hat, und starrt ins Leere. Ich nutze meinen Augenblick und schleudere einen linken Haken auf jene Stelle am Kinn, wo schon mancher hart getroffen wurde. Er fällt rückwärts den Berg hinauf und bleibt liegen.

Es vergehen mehr als neun Sekunden, und ich schaue

ihn immer noch an. Sein Gesicht kommt mir bekannt vor. Es erinnert mich an irgendein unangenehmes Erlebnis. Auf seinen Armen rekelt er sich langsam wieder hoch, faßt sich und will aufstehen. Ich ziehe ihn mit der Linken auf seine Beine. Wir schauen uns in die Augen. Ich kann seine Augenfarbe jetzt nicht mehr erkennen, es ist schon zu dunkel. Ich strecke ihm die Hand hin, wie das nach einem Kampf üblich ist. Alle Boxer kämpfen gegen dasselbe, auch wenn sie gegeneinander kämpfen. Nachher gibt man sich die Hand.

Aber meine Hand bleibt leer. Ich halte sie noch hin, da schleudert er mir die rechte Faust ins Gesicht. Sofort schmecke ich Blut auf der Zunge. Ich bin unfähig zu der kleinsten Bewegung. Ich kann mich nicht wehren. Nicht weil es weh tut, sondern weil ich es einfach nicht fassen kann.

Ich stehe auf dem Berg wie ein Ölgötze. Von meinem Feind ist nichts mehr zu sehen.

Inzwischen war es dunkel geworden. Ich tastete mich zum Bach hinunter und sprang auf gut Glück. Ich landete bis zu den Knien im Wasser, und beim nächsten Schritt fiel ich der Länge nach in den Morast. Aber es war mir egal. Es gab keine Strafe mehr, die mich hätte schrecken können.

»Na, haben die Bauernkinder dich ordentlich verkloppt?« Meine Mutter lachte ein gefährliches Lachen und kniff die Augen zusammen.

»Nein! Das war der unbekannte Junge auf dem Berg …«

»Der unbekannte Junge! Dir kann man doch kein Wort glauben, kein einziges ...«

Mein Vater maß mich von oben bis unten.

»Das wird ein Nachspiel haben!«

»Was heißt hier Nachspiel?« Ich dachte an Köppelsbleek, an meinen Bruder, an das Haus meiner Eltern, an Frau Blömeke und an Berlin. Und dann kamen mir wieder diese Bilder in den Kopf, ein Arzt mit weißem Mundschutz und einer großen Spritze, der tote Herr Blömeke und die schöne Österreicherin, die er hinterließ. »Dieses ganze Leben ist ein Nachspiel.«

Meine Mutter kuckte mich an, als wollte sie wieder sagen: »Das soll so etwas heißen!«

Meine Großmutter rieb mich mit einem Badetuch trocken. »Ich will nicht nach Berlin«, sagte ich zu ihr.

Sie lächelte und begleitete uns zum Wagen. Sie winkte uns lange nach. Durch das kleine Rückfenster im Porsche konnte ich sie sehen, bis wir um die Ecke bogen.

»Ach, Oliver – Berlin ist eine Reise wert!«

Mein Vater fuhr geradeaus. Er hatte den Kopf gesenkt. Mein Bruder und ich steckten hinten in den Notsitzen. Durch das Seitenfenster blies mir der Wind ins Gesicht. Ein Porsche ist ein schönes Auto, aber die hinteren Sitze sind eng. Später im Mercedes hatte ich es besser. Da war Claus-Wilhelm gewachsen, und der sollte es bequem haben. »Das können wir dem Jungen nicht zumuten, die kleinen Sitze hinten im Porsche.«

Es traf alles ein, nur anders, als ich dachte.

»Alles ist in zwei Wochen vergessen«, hatte Muhammad Ali gesagt. Aber sein Kampf gegen Joe Frazier hatte ein Nachspiel. Die Athletik-Kommission des Staates New York suspendierte seinen Helfer und Hofnarren Bundini Brown, weil der in der 15. Runde einen Schwamm genommen und seinen Herrn, der am Boden lag, mit Wasser besprengt hatte.

Als wir zum Fluß kamen, verfluchte mein Vater die Bäume. Er trat aufs Pedal, und der Wagen grölte. Als sie ein Jahr später die Straße breiter machten, wurden die Bäume am Fluß abgehackt. Der Verkehrsminister hatte befohlen: »Jeder in Deutschland, egal, wo er wohnt, soll in zehn Minuten die Autobahn erreichen können.«

Der Wagen zog am Fluß vorbei, und ich dachte, ich müßte bald das Regentropfen-Prélude von Chopin spielen können. Zwar hatte es einen schwierigen Mittelteil in cis-moll, aber trotz seiner fünf bs war das Stück gar nicht so schwer. Es floß in Ruhe. Ein nagelndes As durchzog die ganze Komposition. Das klang, als ob jemand an die Tür klopfte.

Der Traum von heute nacht war wieder da. Ich hatte Glocken gehört und gesehen, die sich in schwarze Säcke verwandelten. Einen Sack stülpten sie mir über den Kopf. Na und? Es war nur ein Traum.

Das Bild in meinem Kopf würde ich bald los sein. Wenn ich boxte, wurde das Bild schwächer. Der Arzt und die schöne Frau an seiner Hand verblaßten.

Wenn ich schrieb, ging das Bild weg. Es kamen andere Bilder. Eines Tages würde das alte Bild für immer weggehen. Es würde nur noch eine Erinnerung sein. Man kann sich selbst heilen, besser als jeder Arzt.

Die Vergangenheit war nie richtig vergangen. Sie konnte immer noch Überraschungen bringen. Man hat einen Vater, einen österreichischen Gentleman mit Bart. Und dann ist er gar nicht der Vater. Man hat eine Mutter, die eine Evangelische ist und sich auch so verhält. Und nach Jahren stellt sich heraus: Sie ist Katholikin, wenn auch keine besonders gute. »Das Leben ist ein starkes Stück«, sagte meine Großmutter.

Es kam nicht darauf an, ob man siegte. Man mußte nur über die Runden kommen. Man konnte Glück oder Pech haben. Muhammad Ali hatte Pech gehabt. Drei Jahre später hatte er Glück. In New York gewann er gegen Joe Frazier nach Punkten, und Anfang Oktober 1975 schlug er ihn in Manila in der 14. Runde k. o. Diesmal war es Pech für Frazier. Ein paar Jahre später hatte meine Mutter Pech. Sie fuhr mit ihrem Jaguar ohne Verdeck den Highway No. 1 entlang. Die Speichenräder blitzten in der Sonne Kaliforniens. Sie hatte sich den Wagen, nicht anders als die Villa in Santa Barbara, von dem Geld gekauft, das mein Großvater mir hinterlassen hatte. Aber ihre Liebe zu langen Schals wurde ihr zum Verhängnis. Vielleicht hätte sie auch auf die Speichenräder verzichten sollen.

Mein Vater hatte mit seiner Herzklinik nicht den Erfolg, den er erwartet hatte, selbst nachdem er Claus-

Wilhelms Erbteil hineinsteckte. Eines Tages fand man ihn in seinem Swimming Pool in Monte Carlo. Wieder einmal spielte er *Toter Mann*. Und noch einmal stand er in der Zeitung. Die Journalisten fragten sich, ob er mit einem Glas zuviel ins Wasser gefallen war, oder ob er die Konsequenzen gezogen hatte. Alles, was er hinterließ, waren ein paar leere Cocktailgläser. Die Gläser sind sehr schön. Sie stehen in meiner Bar, aufgereiht wie einst die Pokale in seinem Arbeitszimmer.

An jenem Abend, als wir zum letzten Mal aus dem Dorf nach Köppelsbleek fuhren, hatte Berlin für mich seine Schrecken verloren. Ich war sicher, ich würde irgendwie durchkommen. Ich würde heimlich Latein lernen. Nicht nur, um in Berlin eine Geheimsprache gegen die Evangelischen zu haben, sondern auch, um Alfred einen Brief in der alten Sprache schreiben zu können, der Sprache der Caesaren, der Sprache der Una Sancta Ecclesia. Alles, was nicht in der Schule drankam, alles, was man freiwillig tat, verlieh geheime Macht. Und irgendwie mußte ich ja auch mit meinem Freund Alfred in Verbindung bleiben. Ich wollte sehen, ob er in gutem lateinischem Stil antwortete. Außerdem konnte ich die Schularbeiten lateinisch abfassen, sollten die Lehrer in Berlin es wie Frau Nickel halten und Aufsätze nicht nach Stil und Inhalt, sondern nach der Meinung des Schülers beurteilen.

Selbst der Fluß schreckte mich nicht mehr. Ich sah hinunter in das schwarze Wasser. Ich würde mich in jeden Strudel stürzen. Ich würde nach Österreich schwimmen, um Marika nah zu sein. Aber ich hatte noch eine bessere Idee. In einem neuen Heft schrieb ich schon einen neuen Brief ins unreine, den ich ihr zum Geburtstag schicken wollte. Es mußte der schönste Brief sein, den sie je gelesen hatte.

In Berlin würde ich nur noch trainieren, essen und schreiben. Ein paar Jahre noch, und ich würde mehr als 86 Kilo wiegen. Ich mußte schwer und schwerer werden, ein Riese Atlas, der die ganze Welt auf seine Schultern stemmte.

Meinen Eltern sahen auf die Straße und sagten kein Wort. Ich wollte ein Gespräch mit ihnen anfangen und rief nach vorn: »Wenn ich groß bin, werde ich Weltmeister im Schwergewicht!«

Mein Vater erwiderte, ohne den Blick von der Straße zu heben:

»Du bist doch höchstens 'n Papiergewicht.«

Dann teilten meine Eltern mir mit, daß sie mir von Dr. Preuß den Blinddarm herausnehmen lassen wollten. Ich hatte keine Beschwerden, aber mein Vater sagte:

»Wenn er raus ist, ist er raus.«

Auf einmal erschien mir Berlin ein besserer Ort als das Dorf zu sein; aber nur, was die medizinische Versorgung betraf.

»Gibt es in Berlin keine Ärzte?« Manchmal ist es klug, sich dumm zu stellen.

»Es ist immer besser, wenn man zu einem Arzt geht, den man kennt«, lehrte meine Mutter.

»Dr. Preuß wurde mir nicht empfohlen«, konterte ich.

Dann herrschte wieder Stille im Wagen. Der Fluß verschwand aus dem Rückfenster. Ich zerbrach mir den Kopf, wie ich ins Dorf zurückkommen und ob Muhammad Ali doch noch ein Comeback schaffen könnte. Mein Vater schien meine Gedanken zu erraten:

»Über den Clay mach dir keine Sorgen. Der kommt nicht wieder.«

Da war ich nicht so sicher. Muhammad Ali hatte aus der Niederlage die Konsequenzen gezogen. Er hatte gelernt, was zu lernen war. Die Schwellung war verschwunden, das Kinn war geheilt. Als die Journalisten nach ein paar Tagen wiederkamen und ihm das Mikrophon ins Gesicht hielten, sagte er:

»Ich fühle mich jetzt viel stärker als vor dem Kampf.«

1 2 3 4 03 02 01

Satz: Greiner & Reichel, Köln
Druck und Bindung: GGP Media, Pößneck

ISBN 3-630-87086-4